KB272168

소백산맥 ⑮
희대미문稀代未聞의 영웅 2

소백산맥 ⑮ 희대미문(稀代未聞)의 영웅 2

발행일　　　2026년 5월 1일

지은이　　　이서빈
펴낸이　　　손형국
펴낸곳　　　(주)북랩

출판등록　　2004. 12. 1(제2012-000051호)
주소　　　　서울특별시 금천구 가산디지털 1로 168, 우림라이온스밸리 B동 B111호, B113~115호
홈페이지　　www.book.co.kr
전화번호　　(02)2026-5777　　　　　　　　　　　　팩스　　(02)3159-9637

ISBN　　　　979-11-7598-223-9 03810 (종이책)　　　　979-11-7598-224-6 05810 (전자책)

작가 연락처 문의 ▸ ask.book.co.kr

전용 게시판에 문의를 남기시면 저자에게 직접 전달됩니다.

(주)북랩 성공출판의 파트너

북랩 홈페이지와 SNS에서 다양한 출판 솔루션을 만나 보세요!

홈페이지 book.co.kr　　•　**블로그** blog.naver.com/essaybook　　•　**출판문의** text@book.co.kr
카톡채널 북랩

이서빈 대하소설

소백산맥

15

희대미문稀代未聞의 영웅 2

북랩

왜 사람은 살아야만 할까?

　이 시소설은 외지고 황량한 시대를 외나무다리 건너듯 건너온 선조들과 우리의 이야기다. 선조들은 조선 5백 년이 일본에 어이없이 무너지고 대혼란을 겪으면서 그 참담하고 암울한 상실의 시대를 살아내기 위해 시시각각 밀려오는 죽음의 공포와 싸웠다. 천신만고 끝에 나라의 주권을 되찾기까지 반쪽짜리 나라에서 당해야 했던 그 많은 수모는 형언하기 어려울 정도다.

　숨을 쉬는 것이 신기할 만큼 내일을 보장할 수 없던 참혹한 시대. 숨 속에도 죽음과 불안이 섞여 드나들던 시대의 이야기를 시작(詩作)의 키보다 더 높은 자료들을 모아 적어 내려갔다. 아직 세상에 태어나지 못해 역사에 묻혀 있는 말들을 시말서를 쓰듯 내 청춘의 기나긴 시간을 하얗게 지우면서 머릿속을 탈탈 털어 시적인 언어로 썼기에 시소설이라 이름 붙였다.

『소백산맥』은 일제 저항기 시체실에 몸을 숨기며 / 나라를 찾아 건국이 되고 / 공산주의 야욕인 6.25 전쟁에서 나라를 지켜 / 오늘날 경제 강국이 되기까지 살아온, / 그럼에도 불구하고 살아내야만 했던 격변기(激變期)로부터 / 세계 모든 사람이 우리나라에 살고 싶어 하는 순간까지 / 긴 여정을 그려낸 소설 같은 이야기이다.

35년 전통 '영주신문'에 연재 중 독자의 요청이 많아 총 17권 중 연재가 끝난 1~11권을 이미 출간했고, 그 후속으로 12~17권을 출판한다. 총 17권의 대하소설을 연재할 수 있도록 지면을 내어주신 '영주신문'에 깊은 감사를 드린다.

『소백산맥』은 입으로 다 말할 수 없는 삶의 이야기들을 유교 사상이 에워싸고 있는 영남의 명산 소백산 자락 영주 지방을 무대로 삼아 펼쳐내었다. 소설 속 사라져가는 우리나라의 미풍양속과 문화, 그리고 구전 이야기에 많은 관심을 가져주신 독자 여러분께 깊이 감사드리며, 『소백산맥』 대장정의 마무리에도 변함없는 관심을 부탁드린다.

2026년 4월

이서빈

목차

희대미문(稀代未聞)의 영웅

15

포화 속에 싹 튼 사랑

그녀는 부엌에 상을 차리기 위해 갈 때 장군의 군화를 신고 들어 갔었다. 그러니 당연히 밥을 먹고 누가 가져다 놓지 않아도 군화가 있을 수밖에. 그 생각을 못한 장군은 그 뒤로 그 마을에 가지 않았다. 볼일은 다른 사람을 시켰다. 3일 후 병사가 *장군님, 미엔이 장군님께 중요한 군사 정보가 있다고 뵙기를 청했습니다.* 하고 보고한다. 장군은 생각했다. 다시 안 가기로 작정을 했는데 군사 정보라면 안 갈 수 없지, *군사 정보*라는 말에 앞뒤 생각할 겨를도 없이 이튿날 미엔의 집으로 향했다.

공식적인 업무였다, *군사 정보*라는. 그렇게 미엔의 집에 도착하자 미엔과 그의 아버지와 동생이 함께 있었다. 두 여인은 서로가 자신의 남자라고 생각하며 경쟁이라도 하듯 잘 챙겨 주었다. 장군은 후한 대접이 불편했고 군사 정보에 관심을 기울였다. 군사 정보란 것이 무엇이오? 장군의 말에 미엔은 언짢은 기색으로 장군님 천천히 식사한 후에 알려 드릴 테니 어서 드시지요. 했다. 장군은 아무 말 없이 음식을 먹고 다시 물었다. 전쟁 중에 이렇게 잘 먹어도 되나 싶게 대접이 후했다.

두 여인은 서로 사랑의 눈빛을 쏘아 장군은 어디에 시선을 두어야 할지 불편했다. 그러나 두 여인은 아무렇지도 않게 대했다. 밥을 맛있게 먹고 오려고 하자 미엔이 말했다. 장군님, 군사 정보를 말씀드리겠습니다. 우리 집은 보시다시피 높아서 적군들이 어디로 가는지 한눈에 다 보입니다. 그러니 내일부터 저희가 적군의 행방을 알려 드리겠습니다. 적군의 행방을 당신들이 무슨 수로 알려준단 말이오? 제가 내일부터 집 앞에 붉은 깃발을 세우면 적군이 쳐들어온 것으로 아십시오. 그리고 그들이 어느 쪽에 매복해 있는지는 깃발이 꽂혀있는 위치를 보고 산등성이를 생각하시면 됩니다. 동서남북 산등성이를 타고 적군이 움직이는 위치를 파악해서 이쪽은 동쪽, 여쪽은 서쪽, 저쪽은 남쪽, 요쪽은 북쪽, 그리고 숫자는 하얀 깃발을 꽂으면 50명 이상이고 파랑 깃발을 꽂으면 50명 미만인 것으로 기억하시길 바랍니다. 적군이 오지 않는 날은 장군님의 검은빛 머리칼처럼 검은 깃발을 꽂겠습니다.

예외가 있을 수 있으니 그건 장군님께서 일주일에 두 번씩 직접

소백산맥 **15**

오서서 확인하시길 바랍니다. 만일 일주일에 두 번씩 오시지 않으면 깃발을 꽂지 않겠습니다.* 조금의 망설임도 없이 말하는 미엔을 쳐다보며 장군은 웃어야 할지 울어야 할지 몰랐다. 이 전쟁통에 타국에서 외로움도 달랠 수 있고 좋은 음식도 먹을 수 있고 전쟁 정보까지 얻을 수 있으니 더 이상 행운이 없지만, 한국에 두고 온 아내를 생각하면 웃을 수만은 없는 일이었기 때문이었다. 그러나 장군은 이렇게 쉽게 얻을 수 있는 정보를 놓칠 수 없었기에 그 전쟁 정보를 믿어보기로 했다.

그렇게 하룻밤이 지나고 이튿날 아침이었다. 동쪽으로 적군이 포진했다는 방향에 파랑 깃발이 펄럭이는 것으로 보아 50명 미만인 것 같았다. 그 처녀의 말을 100% 믿어서는 안 된다. 혹시 간첩일지도 모르니까. 그렇지만 한 번 믿어보기로 하고 병사들을 데리고 그 반대쪽으로 올라가 보았다. 그녀가 꽂은 깃발은 정확하게 적들을 정조준하고 있었다. 장군은 역공을 펼쳤다. 완승이었다. 병사 한 명도 다치지 않고 적들을 모두 저승으로 날려 보냈다. 베트남에 오고 처음 있는 대승이었고 한 명도 다치지 않은 것도 처음이었다. 장군은 기분이 좋았다.

저녁에 기쁜 마음을 손에 들고 다시 그녀의 집으로 갔다. 미엔과 여동생과 아버지까지 장군을 반겼다. 먹을 것도 푸짐하게 대접받았다. 미엔의 아버지는 장군과 딸의 관계를 아는 눈치였다. 그러나 한국말을 하지 못하기에 별다른 소통을 하지는 못했다. 그 이후 그 깃발 덕분에 적에게 노출되지 않고 적의 심장을 꺼내 까마귀밥을 줄 수 있었다. 장군은 병사들이 다치지 않은 것은 물론 싸울 때마다 적을 소탕해 *귀신 잡는 장군*이라는 별명까지 붙었다.

미엔은 다음 날 새벽, 홀로 숲으로 걸어 나갔다. 누구도 모르는 방향으로. 그녀의 뒤에는 수많은 새가 날아올랐다. 그날 이후, 장군은 두 처녀를 믿게 되었다. 미엔은 아버지와 여동생이 고모의 안부가 궁금해 떠나면 노랑 리본을 달기로 장군과 무언의 약속을 했다. 아무도 없으니 집에 오라는 뜻이었다. 미엔의 동생은 미엔과 아버지가 어딘가로 가면 하얀 리본을 달기로 약속을 했다. 언니와 아버지가 외출 중이니 저녁에 오라는 전갈이었다.

그렇게 미엔과 여동생의 마치 결투라도 벌이는 듯한 사랑이 큐피드 화살처럼 장군에게로 날아들었다. 웃어야 할지 울어야 할지 모르고 마음이 달려가는 대로 방목해 두고 두 자매와 사랑을 나누었다. 사랑하는 두 자매의 공으로 *수하 하나 다치지 않고 전쟁을 한 장군*으로 추앙받았다. 그러나 장군의 마음속에는 두 마음이 싸웠다.

두 여인을 모두 함께 사랑한 것이 죄인가? 아니다, 전쟁에서는 정보가 생명인데 그녀들을 이용해 부하들을 부상 없이 전쟁 승리로 이끌었다면 그녀들에게는 미안하지만 어쩔 수 없다. 두 여자는 각자 자신이 사랑하는 남자로 기억을 할 테니 알면 병이요 모르면 약이라는 말이 이때 쓰라고 있는 말이 아닌가? 그렇게 두 여인 덕분에 무사히 전쟁에서 살아남았다. 그리고 두 여인에게 작별을 고할 때 미엔은 말했다. *저도 함께 한국으로 가겠어요.* 미엔의 동생도 말했다. *저도 한국으로 가겠어요.*

장군은 두 여인이 정도 들고 사랑스러웠지만 아무 결정도 하지 못하고 *기다리고 있으시오!* 무책임한 한마디를 그들 손에 쥐어주고 베트남을 떠났다. 베트남에서 돌아온 장군은 여생을 편히 보내고 있지만, 마음만은 늘 가래가 목에 낀 것 같았다. 밤마다 여전히 새들이 앉지 않는 숲을 꿈꿨다. 꿈속의 나무들은 불타 있었고, 새들은 검은 재 속에 떨어져 죽었다. 아침이면 미엔의 집 앞마당엔 색색의 깃발이 나부끼었다. 꿈속에서는 전쟁의 잔해를 다 씻어낸 듯 고요했다. 미엔과 여동생은 장군을 그러안고 *꼭 다시 와서 우리를 한국으로 데리고 가실 거죠?* 하고 꿈속에서도 울부짖었다.

한편, 베트남에 남은 두 자매는 치열했던 전쟁 냄새가 피어오르는 강가로 나가 그리움을 달래고 있었다. 그때 어떤 여인이 낡은 군화 한 짝을 부여잡고 울고 있었다. 미엔은 다가가서 물었다. *무슨 일이세요?* 제가 사랑하던 한국 군인이 하늘나라로 떠났어요. 그래서 이제 잊기 위해 이 신발을 강물에 띄워 보내고 있어요. 한 짝을 강물에 띄워 보냈는데 한 짝마저 띄워 보내려 하니 가슴이 너무 아파요.

그녀는 손가락을 펼쳐 보였다. *우리는 결혼까지 약속한 사이예요. 이게 그 증명이랍니다.* 그녀는 손가락에 반지를 뺐다. 손에 들린 반지는 금빛 반지였다. 반지 안쪽에는 낡은 글씨가 새겨져 있었다. **땅혼★하늘.** 그녀는 반지를 쥔 채 한동안 아무 말도 하지 않았다. 두 자매도 동병상련 기분이 들어 땅혼이 더욱 측은하게 보였다. 더 있을 자신이 없어 일어서서 집으로 온다.

그리고는 두 자매는 똑같은 생각을 한다. 저렇게 죽은 이도 있는데 장군님은 어딘가에 살아 있으니 언젠가는 만날 수 있겠지. 똑같은 생각을 하는 두 자매의 뱃속에는 똑같이 장군이 심어놓은 생명의 씨앗이 자라고 있었다. 그리고 땅혼은 천천히 강으로 들어갔다. 물은 차가웠고, 부드러웠다. 그녀의 발밑에서 작은 물고기들이 발목을 간지럽혔다. 그녀는 깊은 물 속으로 들어갔고 이튿날 아침, 사람들은 나뭇가지에 걸쳐 있는 땅혼을 보았다.

눈을 감은 채, 입가엔 미소가 있었고 손가락에 반지를 끼고 군화 한 짝을 신은 채 퉁퉁 불어 금방이라도 터질 것 같은 땅혼의 혼은 하늘을 찾아 하늘로 떠나고 빈 몸뚱이만 주인을 잃고 물속 나뭇가지에 걸려 있었다.

기억 속의 남자

어느 날, 한국에서 온 젊은 기자가 한 마을을 찾았다. 기자는 베트남 여인 투쨍에게 물었다. **혹시 그때 한국 장군을 기억하나요?**

투짱은 잠시 눈을 감았다. 잊었던 그리움이 썰물처럼 밀려와 어지러워 현기증이 났다. 투짱은 한국 발음으로 또박또박 말했다. *채. 명. 신.* 기자는 놀란 눈으로 재빨리 메모했다. 그리고 조심스레 묻는다. *그 장군은 어떤 사람이었나요? 그리고 장군과는 어떤 관계였나요?* 투짱은 아무 말도 하지 않았다. 대신 우물가로 걸어가 물 한 바가지를 떠올렸다. 물은 은빛으로 반짝였다. 마치 멸치 떼가 뛰어오르듯 햇살이 퍼덕이고 있었다. 투짱은 한참을 물을 보고 있었다.

그녀의 얼굴에는 물그림자가 아른거려 참으로 미인이라는 생각이 기자의 마음을 잠시 설레게 했다. 정신없이 기자가 정신을 추스르고 있는 사이 투짱의 말이 기자에게 달려왔다. *그 사람은 물 같았어요. 맑을 때는 사람을 살리고, 흐릴 때는 사람을 병들게 하지요.* 기자는 그 말을 이해하지 못했다. 투짱은 기자의 말에 다시 몇 달 전 일이 떠올랐다. 투짱은 우물가에서 장군이 우물을 마시러 오길 기다리며 애를 태우고 있었다. 매일같이 그가 제발 살아 있기를 기도했었다. 베트남, 이곳은 살아 있는 자와 죽은 자가 뒤섞인 경계다. 총성과 비명과 화약 냄새가 뒤섞인 곳이었다. 죽은 자들의 숨결이 공중을 날아다니며 전쟁을 부추기는 것 같아 투짱은 어서 전쟁이 끝나면 짝사랑하던 채명신 장군을 만날 수 있으리라 기대를 했지만, 채명신 장군이 조국으로 돌아갔다는 말에 우울증을 앓고 있었다.

기자를 만나자 채명신 장군이 다시 떠올라 투짱은 몸을 부르르 떨었다. 장군이 우물물을 마시러 왔을 때 그 모습에 반해 홀로 애태우며 매일 우물가를 서성거리며 기다렸지만, 채명신 장군은 야멸차게도 우물만 마시고 눈길 한 번 돌리지 않고 가버렸다. 처음엔 사랑이었고 조금 지나서는 오기였고 더 지나서는 증오로 변했다. 증오로 변했기에 장군이 고국으로 돌아갔다는 말에 후련할 줄 알았다.

그러나 그건 큰 착각이었다. 날이 갈수록 장군이 더욱 그리워지고 보고 싶고 생각 같아서는 한국으로 달려가고 싶던 차에 기자를 만난 것이다. 기자는 더 이상 아무것도 묻지 않고 돌아섰다. 그녀는 소리쳤다. *저를 한국으로 데려가 줄 수 없나요?* 기자는 *제가 한국으로 바로 가는 길이 아니라서요. 인터뷰 고맙습니다.* 하고는 등을 보이고 점점 멀어지고 있었다. 야속함이 저녁노을처럼 붉게 투짱의 온몸을 휘감았다.

정글의 날짜는 나뭇잎처럼 떨어지고

토마스 하사는 앞서 걷던 정찰병의 손짓을 보고 멈춰 섰다. *왜 멈춰? 저기를 한번 보세요. 새가 한 마리도 없어요. 새?* 토마스는 나뭇가지를 젖히며 하늘을 올려다보았다. 열대의 거대한 수관(樹冠)들 사이를 올려다보았지만, 개미 새끼 한 마리의 움직임도 없었다.

보통 때라면 정글은 늘 시끌벅적한 것이 정상이다. 새들이 짹짹거리며 요리조리 포르릉 짹짹, 포르르릉 째째째째 날아다니며 놀고 원숭이들이 비명을 지르며 나뭇가지를 건너다녀야 할 지역이다.

그런데 그날은, 고요했다. 너무 고요했다. 정찰병 루앙이 가느다란 목소리를 나지막이 던졌다. 사람들이 있는 근처에는 새들이 앉지 않는다고 했어요. 냄새 때문이라나. 토마스는 무슨 말 같지도 않은 말을 해! 냄새라니 인간 냄새를 새들이 어떻게 맡는다고 말하는 순간, 오른쪽 풀숲이 미세하게 흔들렸다. *탕! 탕! 탕!* 총성이 번개처럼 날아왔다. 첫 번째 탄환이 루앙의 헬멧을 스치고 나무에 박혔다. 토마스는 반사적으로 엎드렸다. 그리고 M16을 들고 그쪽으로 연발 사격을 시작했다. 사격한 후 진흙탕 속으로 몸을 밀며 숨었다. *타타타타 타타타타* 연발 날아오던 총알이 멈췄다.

그리고 다시 총알은 날아오지 않았다. 한 참 후 토마스가 고개를 들자, 숲 위쪽으로 까마귀 몇 마리가 내려와 앉았다. 피 냄새를 맡았는지 까마귀들이 코를 킁킁거리며 시체를 찾는 것이 보였다. 토마스가 다시 주위를 두리번거리자 루앙은 헬멧을 벗으며 씩 웃었다. *이제 괜찮아요. 새가 앉았어요.* 그날 밤, 토마스는 작전일지에 이렇게 적었다. *정글의 규칙 하나 배움 — 새가 앉지 않거나 원숭이들이 놀지 않는 숲엔 반드시 누군가 있다.*

이튿날 습기가 들러붙어 공중조차 축축한 새벽이었다. 나무의 뿌리가 땅 위로 솟아올라 마치 죽은 자의 손가락 힘줄처럼 얽혀 있었다. 토마스는 그 뿌리 위를 조심스레 밟으며 전진했다. 그리고 뿌리에게 말했다. *뿌리야 미안하다, 어쩔 수 없이 너를 밟고 가야겠다. 그렇지만 힘내라! 전쟁이 끝나면 너희들도 편안해질 거야.* 토마스는 젊었지만, 이미 두 번의 매복에서 살아남은 운 좋은 병사였다.

루앙은 주위 정찰에 아주 능했기에 토마스는 그의 말을 믿었다. *이상하지 않아? 새소리도 원숭이도 보이지 않아.* 루앙이 말하면 의심 없이 멈추었다. 통역병 루앙은 늘 주위에 귀를 기울이며 말했다. *정글은 신처럼 변덕스러워요. 가끔은 침묵으로 경고하고 가끔은 비로 적군을 쫓아내기도 하는 곳이에요.* 토마스는 웃으며 말을 받아 책장처럼 펄럭, 넘겼다. *신이 아니라 적이라고 말하는 것이 옳을 거야.* 하지만 말끝에 약간의 떨림이 있었다. 토마스는 자신도 모르게 어깨에 걸린 부적을 만졌다.

며칠 전, 마을의 한 여자가 *이거 부적이에요. 이 실을 어깨에 감고 있으면 총알도 피해 간답니다. 꼭 그렇게 해 보세요.* 토마스가 처음 그녀를 보았을 때 그녀는 피부가 곱고 싱그러우며 초승달처럼 가녀린 눈썹에 칸나 꽃을 꺾어다 붙인 것처럼 붉은 입술의 여인이었다. 하는 말에도 신비감이 묻어 있었다. 그 실을 받아 어깨에 친친 감았다. 이상하게도 총알이 그 실 때문에 피해 간다는 생각을 한다. *나는 운이 좋은 사람이지.* 하고 중얼중얼 안심을 중얼거렸다.

정글의 여인

두 번째 만났을 때 린은 베트남 전통 의상인 하얀 아오자이를 입고 있었다. 아오자이를 입은 린은 모든 남자의 눈길을 끌기에 충분했다. 길게 늘어뜨린 흑단 같은 머리며 조각 인형 같은 얼굴 바비인형 같은 눈썹, 웃음에는 수수꽃다리 향기가 풀풀 날아오르도록 하얀 치아, 모두의 눈빛에 찔려서 만신창이가 되어도 이상하지 않을 것 같았다.

그러나 그녀의 옷은 절반쯤 흙탕물에 물들어 있었다. 그녀는 미군이 만든 임시 기지 옆에서 빨래를 하고 있었다. 빨래하는 모습이 마치 천사가 옷을 입고 하늘로 오르려 준비하는 것처럼 아름답게 보였다. 하루에도 수십 명의 병사가 오가며 그녀에게 손짓하다가, 휘파람을 불다가, 우우 바람 소리 같은 푸른 소리를 지르다가, 온갖 추파(秋波), 가을철의 잔잔하고 아름다운 물결 같은 정을 실어 그녀에게 보냈다.

그러나 그녀는 늘 조용히 고개를 숙이고 쳐다보지 않았다. 눈에는 별빛보다 영롱한 빛이 뚝뚝 떨어졌지만, 눈빛은 매섭고 차가웠다. 토마스가 세 번째 그녀를 본 것은 비가 촉촉하게 내려 사람의 마음을 적시는 날이었다. 그녀는 강가에 서서 손바닥으로 빗물을 받아 마시고 있었다. 두 팔을 뻗어 물을 받아서 고개를 하늘로 재치고 마셨다. 머리를 숙여서 먹어야 할 물을 어찌하여 고개를 젖히고 손바닥을 위로 올려서 마시는지 그 장면이, 참으로 괴이하고 우습게 보여서 가까이 다가가서 물었다.

왜 물을 그렇게 먹어? 그냥 재밌잖아요. 토마스는 참으로 천진스럽다는 생각이 들었다. 그 말마저 오염되지 않은 천연기념물 같다는 생각이 들었다. 토마스는 갑자기 이런 여자와 결혼해서 살면 평생 행복할 것 같다는 생각이 들었다. 그래서 한 발짝 더 가까이 가서 *너 이름이 뭐니?* 하고 물었다. *제 이름은 린이에요. 기린이 아니고 용린도 아니고 유린도 아닌 린이라구요.* 토마스는 고개를 뒤로 젖히고 목젖이 보이도록 웃었다. 빗물이 목젖을 적시며 목구멍으로 들어왔다. 린은 *뭐가 그리 우스우세요?* 하고 제법 어른스럽게 물었다. *네 말이 너무 재미있잖아. 뭐가 재미있어요, 그냥 맞는 말을 했는데요.* 아무렇지도 않게 말하는 것이 너무 귀여워서 꽉! 깨물어 주고 싶었다.

토마스는 엉뚱한 질문을 했다. *린, 이 전쟁이 끝나면, 넌 어디로 가서 살고 싶어?* 묻자 린은 잠시 비가 내리는 하늘을 쳐다보더니 대답했다. *새가 아름답게 노래하고 아기 원숭이가 나무 위를 오르내리며 노는 곳이요.* 응? *왜 새가 아름답게 노래하고 아기 원숭이가 나무 위를 오르내리며 노래하는 곳에 가서 살고 싶어?* 음, 그건 *왜냐하면요.* 그곳에는 총소리가 나지 않고 사람도 죽지 않고 전쟁이 나지 않는 곳이기 때문이에요. 그런 곳에 살면 사람도 노래하고 아이들도 재밌게 놀 수 있어요. 그리고 사람들도 웃는단 말이에요. 우리 엄마 아빠처럼 전쟁에 죽을 일도 없을 거구요.

아, 그래 너희 부모님이 전쟁에 돌아가셨어? 예, 군인이 쏜 총에 맞아 죽었어요. 그랬구나, 미안하구나. 아니에요, 아저씨가 죽인 것도 아닌데요. 그녀의 말은 시 같았고, 소설 같았다. 토마스는 정글의 냄새나 총소리도 잊고 그녀의 목소리에 집중했다. 슬픔이 밀려왔다. 토마스는 린, 몇 살이지? 하고 물었다. 열여섯 살이에요. 육체적으로는 성숙해 보이지만 얼굴은 아주 앳된 얼굴로 보였다.

린은 겨우 열여섯 소녀였다. 토마스는 전쟁이 끝나면 린을 데리고 미국으로 가야겠다고 다짐했다. 그리고 린을 늘 보살피는 심정으로 생활했다. 린도 토마스를 기다리며 시간을 보냈고 미국으로 함께 갈 날을 기다렸다. 오직 전쟁이 끝나기만을 기다렸다. 그렇게 달빛은 밤마다 나이를 늙히고 있었다.

어디선가 종전 소식이 전해오고 린은 뛸 듯이 기뻤다. 린이 기쁜 마음으로 토마스를 기다리고 있을 때 토마스의 동료가 찾아왔다. 토마스의 죽음을 알리러 온 것이다. 린은 그 자리에 쓰러졌다. 쓰러진 린을 토마스의 동료는 정신을 차릴 때까지 보살폈다. 그렇게 정신을 차린 린은 이제 어찌해야 하느냐고 울었다. 토마스 친구는 말했다. *친구의 약속이니 내가 지키겠다, 내가 너를 미국으로 데리고 갈 테니 나를 따라가자*고 말하자 린은 토마스 친구의 목을 잡고 볼에 입을 맞추었다. 토마스 친구는 그 아름다운 입맞춤에 정신이 아찔했다.

린은 죽은 토마스가 보고 싶다고 울었다. 이 어린 소녀에게 죽은 모습을 보여 줘야 맞는 것인지, 보여주지 말아야 맞는 것인지 도무지 생각이 나지 않았다. 그러나 그래도 보여주는 것이 옳다는 생각에 린을 데리고 토마스가 있는 곳으로 갔다. 밤에 가야만 했다. 적군을 피해야 했기 때문이다. 겨우 적의 눈을 피해 토마스가 있는 곳으로 린을 데리고 갔다. 진흙탕 속에서 토마스의 주검을 보여주자 걱정과 달리 린은 토마스 옆으로 다가가서는 자신이 준 붉은 실을 만졌다. 그 붉은 실이 어깨에서 풀려나와 팔목에 걸려 있었다.

린은 중얼거렸다. *이 실이 어깨에서 풀려서 죽은 거야, 아저씨 왜 바보같이 이 실을 풀었어요!* 하고는 그 실을 다시 꺼내서 어깨에 걸쳐준다. 걸쳐주고 일어서는데 새 한 마리가 공중을 휘리릭 지나갔다. 린은 *새와 원숭이가 없는 숲엔 사람이 죽는 거야, 새와 원숭이가 살아야 토마스 아저씨도 살 텐데, 저렇게 새가 나무 위에 앉지도 못하고 날아가니 사람이 죽을 수밖에. 아저씨 토마스 아저씨 제가 말했잖아요, 새와 원숭이가 사는 곳에 살고 싶다고요, 그런데 아저씨는 이렇게 새도 원숭이도 없는 곳에서 죽어버리면 저는 어떻게 해야 해요, 여기서는 살 수 없는데.* 하고 손으로 얼굴을 쓰다듬으며 울었다.

눈물이 토마스의 얼굴을 깨끗하게 씻기고 있었다. 그리고 린을 집으로 데려다준 토마스 친구는 이제 한 달 후면 미국으로 갈 테니 마음의 준비를 하고 있으라고 린에게 말했다. 그렇게 한 달 후 토마스 친구는 서둘러 미국에 가고 싶어 린의 집으로 가다가 갑자기 폭격을 맞은 듯 머리가 멍해졌다. 온 마을이 폭격으로 사라지고 없었다. 주위 마을에 찾아가서 기별을 물었으나 린을 보았다거나 안다는 사람은 없었다. 토마스 친구는 어이가 없지만 달리 방법이 없었다. 한 달 후에 돌아가려고 했던 일정을 취소하고 린을 더 찾아보기로 했다.

그렇게 종전 선언이 되도록 찾았지만 찾지 못했다. 종전된 지 보름이 지나고 토마스 친구는 베트남에 남아서 마을 학교에서 아이들을 가르치기로 마음먹었다. 혹시나 린을 만날 수 있으리란 생각에서였다. 그러나 그녀는 나타나지 않았고 밤이면 강가의 나무 아래로 걸어간다는 환상이 다녀갔다. 그곳은 한때 미군 캠프가 있던 자리였다.

린은 나무에 손을 대고 속삭였다. **토마스 당신은 그 숲을 *벗어났나요?*** 깨어나니 꿈이었다. 기분이 묘했지만 어쩔 수 없었다. 한낱 꿈이었으니.

편지

한 해의 끝자락, 낯선 봉투 하나가 하얗게 옷을 차려입고 우편함에 앉아 있었다. 영문으로 쓰인 주소, 그리고 미국 우표가 린을 쳐다보며 웃고 있었다.

린에게.

혹시 이 편지가 닿는다면, 나는 여전히 당신의 말을 믿습니다. 새가 있는 곳엔 웃음이 있다는 말. 하지만 내 나라의 하늘엔 아직 새가 돌아오지 않았어요. 매일 새벽이면 정글의 냄새가 꿈속에 스며듭니다. 나는 아직도, 그날 당신을 만났던 순간을 너무도 생생하게 기억합니다. 당신이 내게 붉은 실을 묶어주던 순간을. 그 실이 나를 살렸어요. 당신이 살아 있다면, 새가 앉는 나무 아래에 붉은 실을 다시 묶어주세요. 나는 그 나무를 찾으러 돌아가겠습니다.

토마스

린은 편지를 가만히 접었다. 그녀는 한참을 아무 말 없이 걷다가 아이가 자는 방으로 들어가 붉은 실 한 토막을 꺼냈다. 그리고 그녀는 천천히, 그 실을 자신의 머리카락에 묶었다. *당신은 돌아올 수 없어요. 새는 그 숲에서만 날아요.* 꿈이 아닌 현실이기를 간절히 기원하지만, 린은 귀신에게 홀린 기분이 들었다. *분명 죽음을 확인했는데….* 린은 중얼거리며 아이 방으로 가서 고요히 아이의 얼굴을 내려다보았다. 마치 토마스의 얼굴 같아 장승처럼 굳은 채 하염없이 바라보며 밤을 쫓았다.

죽은 자의 귀환

　몇 달 뒤, 한 백인 남자가 베트남 마을에 나타났다. 그는 다리를 절었고, 눈에는 흰 안개가 낀 듯했다. 사람들은 그를 미국 병사라 불렀다. 린은 꿈에 강가에서 그를 봤다. 그는 붉은 실이 묶인 나무 아래에 앉아 있었다. 나무를 바라보며 마치 누군가를 기다리는 얼굴이었다. 그녀는 멀리서 그를 지켜보다 천천히 뒤돌아섰다. 바람이 불어왔다. 나무 위의 새 한 마리가 그녀의 어깨 위로 날아들었다. 그 순간, 그녀는 마음속으로 말했다.

　토마스, 새는 당신 곁에도 앉았어요. 그녀는 뒤돌아보지 않았다 그의 눈에 비친 그녀의 뒷모습은, 마치 새가 날아오르는 그림자 같았다. 둘은 한 동네서 엇갈린 삶을 살며 살아가고 있었으니 신의 장난은 너무나 가혹했다. 그들은 그렇게 시간이라는 달빛에 젖어 흘러가고 있었다. 강물에 빠진 달빛에 흔들리면서 잔잔하면서 젖으면서 마르면서 물고기들에게 삶의 살점을 한 입 한 입 베어주다가 결국 뼈만 앙상하게 남고 마는 가짜 같은 진짜 생.

　린은 아들이 하루하루 보름달처럼 부풀어 오를수록 토마스를 닮았음에 토마스에 대한 그리움도 점점 자라났다.

토마스의 흔적들은 지워지지 않고 늘 내 마음을 흔드는 새가 되었다. 새가

날가간 자리 열매를 놓친 나무의 손처럼 텅 빈 가슴엔 찬바람이 황량하게

가슴 가지를 흔들었다.

가슴이라는 가지는 새의 무게만큼이나 떨어진 열매의 무게만큼 흔들리듯 나의 가슴에는 토마스의 무게만큼 끊임없이 흔들렸다. 흔들림의 무게만큼 나의 가슴에 토마스는 살아 있다. 토마스의 무게에 비례하는 것이 나의 생에서 가장 무거운 존재였다. 인생이란 책을 펼쳐보다 어딘가에 연필로 밑줄을 긋는 곳이 있다. 그 밑줄 그은 곳이나 메모를 해둔 곳은 다음에 다시 읽을 때 우선으로 눈이 가는 법이다. 또는 소중한 누군가가 메모해준 익숙한 글씨의 메모지나 책갈피에 꽂혀 있던 고운 단풍잎이나 은행잎에는 그리움이 대롱거리며 두 눈 멀뚱거리며 쳐다보며 마음에 잔물결을 일으키는 법, 누군가 내 앞에 앉았다가 일어난 빈자리엔 그가 앉았던 무게만큼 황량하고 쓸쓸함이 커지는 법, 빈 의자가 산기슭에 혼자 하염없이 앉아 누군가를 기다리는 걸 보면 숙연한 생각이 든다.

비었다는 것 사라졌다는 것 그것들은 다른 무엇이 아니라 그 흔적 때문이다. 흔적을 그리워한다는 것은 그 흔적을 사랑하는 것이다. 흔적은 다른 어떤 것보다 이별을 실감 나게 하여 그리움을 가을바람처럼 몰고 와 옆구리를 시리게 하는 것이다. 때로는 그 흔적이 마음 자락에 묻어 있는 얼룩으로 잊어버리고 미처 치우지 못한 상처마저도 그리움으로 다가온다. 매일 줄도 다리도 이름도 가명으로 출렁출렁 건너오는 문자 메시지도 매일 보내 주어 성가시고 귀찮던 메시지도 하루나 이틀 건너면 혹시, 어디 아픈 건 아닐까? 무슨 일이 있는 건 아닐까? 하고 은근하게 걱정되는 것, 이것 역시 그가 매일 남긴 흔적 때문일 수도 있다.

우리를 흔드는 것은 엄청난 쓰나미나 천둥 번개가 아닌 바로 이런 소소한 자국들이 흔적으로 남아서 때로 우리를 울게 한다. 지금 나는 토마스가 남기고 간 흔적을 보며 그리움을 만들어 이렇게 시간이라는 강물에 흔들리면서 떠내려가고 있을 뿐이다. 우리는 어쩔 수 없이 이지러지고 찌그러지고 바스러지며 적막한 쪽으로 마음이 기울어가게 되어있다. 술잔을 기울이고 심혈을 기울이고 귀를 기울이고 삶의 언저리를 기울이며 기울어가는 것이다.

린은 여기까지 쓰고 일기장을 덮었다.

희대미문(稀代未聞)의 영웅

16

부활의 예감

몇 년 후, 그 병사가 남긴 수첩이 발견되었다. 수첩 마지막 장에는 이렇게 적혀 있었다. *새가 앉지 않는 숲은 없다. 다만, 우리가 너무 오래 싸워서 새소리를 듣지 못할 뿐이다.* 토마스는 살아 있었다. 아니, 살아 있다는 것을 나에게 알려주기 위해 새를 보냈다. 전쟁은 냄새로 시작되었다. 불탄 고무나무 냄새, 고엽제 비린내, 그리고 사람 땀 냄새. 토마스는 그 냄새를 죽음의 언어라 불렀다. 그 냄새가 퍼지면 새들이 날아가고, 개구리들 울음이 멈췄다.

토마스는 그제야 린이 한 말을 실감했다. 새가 앉지 않는 숲에는 냄새가 너무 많다. 사람들의 끝없는 욕망이 숲의 숨결을 막고 있었다. 린의 마을은 전선과 가까웠다. 그녀는 미군기지에서 빨래를 해

주며 생계를 유지했다. 토마스는 몰랐지만, 린에게는 토마스의 아들이 자라고 있었다. 그녀는 겁도 났지만, 울지 않고 아이를 무럭무럭 키우고 있었다. 토마스 친구가 린을 너무 사랑한 나머지 거짓말을 했고 그 거짓말을 덮기 위해 토마스에게도 *린이 몇 달간 집을 떠난다*는 거짓말을 했던 것이다. 두 사람을 완벽하게 유린(蹂躪)한 토마스 친구로 인해 둘은 생이별을 하게 되었다. 그러나 모든 것은 사필귀정(事必歸正)이라 했던가?

어느 날 낯익은 병사가 린을 찾아왔다. 다름 아닌 죽은 줄 알았던 토마스였다. 그러나 재회의 기쁨도 잠시 토마스는 나무와 초목을 고사시킬 목적으로 제조된 화학약품 때문에 고엽제 후유증이 나타났다. 피부질환과 가려움증이 심하고 두통이 심했다. 미군은 베트남전(1955~1975) 중반인 1962년부터 1971년까지 랜치핸드 작전(Operation Ranch Hand)을 진행하면서 고엽제를 사용했다.

이 작전의 목적은 월맹 정규군이 은신해 있는 정글을 파괴하여 게릴라전을 주된 전술로 삼았던 월맹 정규군의 은신처를 없애고, 농업지대의 경작을 불가능하게 하여 게릴라의 식량 자급을 방해하며, 게릴라 은거의 기반이 되는 농업지대의 주민들을 도시 지역으로 옮기도록 하기 위한 데 있었다.

그러나 린은 남편의 귀환이 기뻐 어쩔 줄 몰랐다. 토마스는 고엽제 후유증에 시달리면서도 그게 자신이 살아 있다는 증거라고 생각했다. 자신의 아이가 이렇게 건강하게 태어나 자라고 있음에 그는 신에게 감사의 기도를 드리며 살았다. 전쟁이 끝나고 사람들은 정글을 잘라내고, 그 자리에 고무농장과 관광길을 세웠다. 그러나 외진 곳, 옛 전선의 한가운데에는 아직도 *새가 앉지 않는 숲*이 남아 있었다.

그 숲을 향해 아이의 손을 잡고 다리를 저는 남자와 천천히 걸어가는 노부부가 있었다. 부부의 이름은 토마스와 린 그리고 그 둘의 합작품이었다. 그들의 머리카락은 은빛으로 바뀌었고, 토마스의 손목에는 여전히 *붉은 실*이 감겨 있었다. 린은 한평생 아픈 토마스와 아이들을 위해 힘겹게 살았다. 전쟁 이야기는 입에 올리지 않았다. 다만 매년 같은 날, 숲을 향해 새를 부르는 의식을 치렀다.

이제 돌아오렴… 이 땅은 너희의 것이야. 사람들은 그 부부를 미친 부부라고 불렀다. 그러나 그 부부가 정글에 들어가 손을 들면 정말로 새들이 하늘을 가로질렀다. 공기조차도 달라졌다. 린은 한 나무 앞으로 걸어갔다. 그 나무의 밑동에는 오래전 묶인 *붉은 실*이 바스러지지 않은 채 남아 있었다. 린은 손끝으로 그 실을 풀었다. 그리고 그 아래 묻혀 있던 낡은 금속 조각을 발견했다. 미군 군번줄이었다.

토마스 티(THOMAS T). 그녀는 미소를 지었다. *그래요, 당신은 여기 있었군요.* 그녀는 군번줄을 나무의 목에 걸고 말했다. *이제 됐어요. 이제 새가 앉을 수 있겠죠. 당신이 나의 사랑 토마스인 줄*

알았던 *그 마음 아직 유효합니다.* 그 순간, 나무 위에서 한 마리 새가 날개를 접었다. 그 새는 검은 깃털에 흰 줄이 섞인, 정체 모를 종이었다. 그 새가 그녀의 어깨 위에 내려앉자, 지난 시간의 바람이 숨을 멈췄다.

밤에 웃는 나무

밤마다 마을 숲에서 나무가 웃는 소리가 들렸다. 사람들은 그것을 *토마스와 린의 나무*라 불렀다. 누구도 그 근처에 가지 않았다. 아이들이 그 소리를 흉내 내며 놀 때마다 어른들은 입을 막았다. *그건, 웃음이 아니라…. 숨소리야. 토마스와 린은 아직도 강 건너 숲을 지키고 있지.* 토마스와 린의 아들 마이클은 도시에서 대학을 다니다가 마을로 돌아왔다. 폐허가 된 정글은 관광지로 개발되고 있었다. 고엽제 자국이 남은 나무들이 베어졌다.

마이클은 그 사실이 두려웠다. 그의 가슴 어딘가에서, 낯선 목소리가 매일 밤 들려왔다. *새가 앉지 않는 곳엔, 아직 싸움이 있어.* 그날 밤, 그는 잠을 이루지 못하고 숲으로 들어갔다. 달빛 아래, 오래된 나무 한 그루가 서 있었다. 줄기는 부서진 듯 갈라져 있었고, 그 틈새에서 은은한 빛이 흘러나왔다. 그는 손을 댔다. 차가운 나무껍질 아래로 따뜻한 심장이 뛰고 있었다. 그리고 그 안에서 부모님 목소리가 들려왔다.

마이클, 강이 흘러야 새가 돌아온단다. 나무가 웃는 건, 사람들이 다시 노래할 때야. 마이클은 눈을 감았다. 그의 귀에는 바람, 새의 날갯짓, 그리고 어머니의 웃음이 섞여 들렸다. 그 웃음은 오래된 전쟁의 잔향이 아니라, 새로운 세대의 노래 같았다.

그는 이듬해 대학을 그만두고, 마을의 숲을 복원하는 일을 시작했다. 베어졌던 나무를 다시 심고, 강의 물길을 돌려놓았다. 그가 첫 나무를 심던 날, 그 위로 두 마리의 새가 날아와 앉았다. 마이클은 그 새가 아버지와 어머니라는 생각을 했다. 그날 밤, 숲이 다시 웃었다. 이번엔 두려움의 웃음이 아니었다. 마이클은 말했다. *아버지 어머니, 이제 새들이 돌아왔어요. 고엽제에 시달리던 아픔 잊고 편히 쉬세요.* 그리고 멀리서, 어머니의 목소리가 바람처럼 흘렀다. *그래, 이제 전쟁은 끝났어. 다시는 전쟁이 일어나지 않았으면 좋겠다. 아들아! 전쟁이 끝나고 병원에서는 너의 아버지의 병이 고엽제의 후유증이라고만 했지 약이 없었다.*

매일 시름시름 앓다가 돌아가신 아버지가 가엾어 마이클은 가슴이 아팠다. 어머니는 늘 아버지가 고엽제에 시달리는 것을 함께 아파하셨다. 그리고 아버지가 그 지긋지긋한 아픔을 놓아 버리고 돌아가시자 한 달도 안 돼서 어머니마저 돌아가셨다. 마이클은 부모님 모두 정글 속 나무에 수목장을 해주었다.

정글은 한때, 사람의 피와 새의 날갯짓이 뒤섞인 장소였다. 그곳에서 누군가는 총을 들었고, 누군가는 삶을 잃었다. 그리고 어떤 사람은 살아남았다. 병사도, 영웅도 아니었다. 다만 숲의 냄새로 생과 사를 구별할 줄 알았다. 부모님께서 물결이 멈춘 강에서 죄를 씻고 밤에 웃는 나무 아래에서 전쟁 없는 나라에 다시 태어나길 아들 마이클은 간절히 빌었다. 밤에 웃는 나무라고 이름 짓고 마이클은 쓸쓸하게 웃었다. 이 이야기는 전쟁의 기록이 아니다. 그보다 오래된, 생명의 기억에 관한 기록이다. 총성이 멎은 뒤에도 인간의 마음속에서 전쟁은 계속된다. 그곳에서 새가 울고 꽃이 필 때 비로소 우리는 서로를 사랑하며 살 수 있다. 정글의 징조담은 그렇게 태어났다. 장병들의 숨결, 강의 흔들림, 나무의 웃음이 한데 엮인 서사이며 이 책을 읽는 독자가 있다면 당신이 지금 밟고 있는 땅에도 새와 곤충이 날아다니는 땅이 되기를 바란다.

그것이 삶의 징조이며, 생이 아직 끝나지 않았다는 증거이기 때문이다. 나는 오랫동안 전쟁을 기록한 남자들의 이야기를 읽어왔다. 그들의 기록은 정확했지만, 늘 무언가가 비어 있었다. 그 빈자리에 나는 밤에 웃는 나무를 심었다. 총소리 대신 새의 울음이 생명의 소리가 울리기를 바라며 피 대신 물결로 사랑을 만들어 가면 좋겠다는 생각이다.

삶은 거창하지 않지만, 그 조용한 생존 속에 인간의 오래된 윤리가 숨어 있다. 이 책은 전쟁의 참혹함을 말하려는 것이 아니다. 그보다는, 그 참혹함 속에서도 곤충과 생명이 다시 앉을 자리를 남겨

둔 인간에 관한 이야기다. 당신이 이 장을 다 읽고 덮을 때, 당신 곁의 나무 한 그루, 새 한 마리, 혹은 강물의 잔물결이 전사자들의 숨결처럼 느껴지길 바란다. 그때 비로소, 정글은 더 이상 전쟁터가 아니라, 생명의 순환을 이끄는 새로운 주체로 살아남을 것이다. 베트남 전쟁의 포화 속에서도 사랑은 싹텄고 생명체들은 살아남기 위해 혈투를 벌여야만 했다. 인간의 욕심이 인간을 어디까지 몰고 갈 것인가?

박정희 대통령은 이 피의 대가로 벌어온 달러를 이 나라 미래를 위해 값지게 써서 단 한 푼도 헛되이 쓰어서는 안 된다는 시달을 관료들에게 지시했다. 역사는 울퉁불퉁하다가 동글동글하다가 납작하다가 뾰족하다가 심심하다가 재미있다가 슬프다가 기쁘다가 아프다가 멀쩡하다가 햇빛인가 싶다가 그늘이고 겨울인가 싶다가 봄, 그렇게 변화무쌍하게 앞으로 앞으로 향하고 있었다.

문맹[文盲]의 시대

박정희 대통령은 반걸음도 옮기지 못하게 또 다른 일을 하고 또 반걸음도 못 걷고 또 다른 일이 산적해 일 속에 묻혀서 숨을 쉴 시간조차 아껴야 했다. 우선 공산주의와 자유민주주의가 무엇인지도 모르는 국민을 위해 가장 시급한 것이 문맹 퇴치란 생각이 들었다. 너무나 무지한 사람들이라 바람이 불면 부는 대로 이리저리 흔들리는 모습이 참담하고 비참했다.

그들은 공산주의란 개념도 자유민주주의란 개념도 없이 먹을 것 한 톨에도 먹이를 따라 움직이는 철새들 같았다. 이승만 대통령의 말이 뼈에 사무치게 다가왔다. *너무 무지한 국민을 어찌해야 할지 모른다*고 애통해하던 그 말이 너무 실감 났다. 박정희 대통령은 가장 시급한 것이 한글을 가르치는 것이라 생각하고 1961년 12월부터 이듬해 4월까지 문맹 퇴치 운동을 적극적으로 전개하라는 명령을 내린다.

겨울의 글자들

겨울이 꽁꽁 얼어붙었다. 추위와 굶주림에 떨고 머릿속도 텅 비어 떨고 있는 국민은 1961년의 끝자락을 얼렸고 눈은 한강 위를 건너며 얼음처럼 얼어붙고 있었다. 경무대의 전등불 아래 박정희 대통령은 보고서를 덮었다. *문맹률 70%. 국민 30% 정도 빼고 글을 모름.* 그 문장 위로 박정희 대통령의 근심이 하얗게 내려앉았다. 그 문장이 밤 이불속까지 따라 들어와 괴롭혀 잠을 자지 못하자 육영수 여사가 물었다.

무슨 고민이 있으세요? 임자, 참으로 예민하군. 어찌 알았소, 고

민 있는걸. 당신 얼굴에 나 고민이 있소. 하고 쓰여 있어요. 그래 고민이 있소, 우리 국민 문맹률이 70%라니 이 일을 어찌해야 할지 고민이오. 고민하실 만하구려. 글자를 모른다는 것은, 생각을 가질 수 없다는 것이고 생각을 가질 수 없다는 말은 주체성을 잃어버린다는 말이니 정말 걱정이네요.

그러나 늘 문제가 있는 곳엔 답이 있기 마련입니다. 방법을 연구해서 국민에게 한글을 가르치도록 해야지요.

육 여사의 말에 대통령은 갑자기 힘이 불끈 솟았다. 그렇지요, 임자. 길이 있겠지요? 그럼요. 국민에게 어서 길을 찾아 주어야지요. 목련꽃같이 하얀 말을 대통령에게 건넸다. 육영수 여사의 말은 대통령의 귀에 송곳처럼 꽂혔다. 박정희 대통령은 이불을 두 발로 걸어 재치고 일어났다. 낡은 이불이 *찌지지직* 소리를 내며 찢어졌다.

육영수 여사는 에고 며칠 전에 다 꿰매놓았더니 또 찢어지네요. 이불이 너무 삭아서 꿰매도 자꾸 찢어지니 조심해서 다루셔야 해요. 하자 박정희 대통령은 이불이 낡은 게 아니라 임자 바느질 솜씨가 엉망인 게지요! 하며 하얗게 웃었다. 박정희 대통령은 찢어진 이불을 밀어내고 일어나서 짧게 일기를 썼다.

글자는 자유를 찾는 지름길이다. 글을 읽을 줄 모르는 국민에게 나라의 내일은 없다.

 소백산맥 🄬

그리고 이듬해 1월, 박정희 대통령은 정부의 회의 석상에서 문맹 퇴치 운동을 제안했다. 도로를 닦는 것 못지않게 사람 머릿속의 어둠을 걷어야 하오. 그래야 사람의 머릿속에도 고속도로가 생길 것이고 그 고속도로로 개인의 삶도 나아지고 경제도 살리고 나아가서 나라도 살리는 근간이 될 것이오. 장교들과 관료들이 잠시 서로를 보았다. 그리고는 한 관료가 말했다. 각하 지금은 문맹 퇴치보다 경제가 우선 아닙니까? 했다.

박정희 대통령은 펜을 내려놓고 관료들을 물끄러미 바라보며 한숨을 지었다. 답답함이 목을 조여오는 듯했다. 그러나 관료들마저 교육해야 하는 것이라고 마음을 가라앉히며 조용히 대답했다. 경제를 움직이는 건 사람의 손이지만, 그 손을 움직이는 건 생각이오. 글을 모르면 생각도 갇힌다오. 생각이 갇히면 길이 있어도 그것이 길인 줄 모르고 다른 곳에서 헤매는 것이오. 문맹을 퇴치할 방법을 당장 연구해서 올리시오.

2월.

박정희 대통령은 남쪽 지방을 돌았다. 한글 교육이 잘 이루어지고 있는지를 살펴보기 위해서였다. 마을마다 방문한 밤이면 박정희 대통령은 꼭 노인들과 아이들을 불러 이야기를 들었다. 눈이 내리는 농촌 마을에 교회 마룻바닥 위에 칠판이 놓여 있었다. 그 앞에 앉은 여덟 살 소년은 *가, 나, 다* 를 연필심에 침을 묻혀가며 열심히 따라 쓰고 있었다.

박정희 대통령은 그 옆에 앉아 분필을 들어 *한국인* 세 글자를 썼다. 그리고는 말했다. *이게 네 이름이야. 네가 이걸 읽을 줄 알면, 세상이 널 속일 수 없다. 그리고 없던 길이 나타나고 재미있는 일이 더 많아진단다. 그러니 열심히 배워.* 소년은 눈을 반짝이며 따라 썼다. 분필 가루가 그의 손끝에서 눈송이처럼 날렸다. 그 순간, 박정희 대통령은 잠시 숨을 멈췄다. 그의 마음속에서도 오래된 어둠이 조금 걷히는 것 같았다.

군인이기 전에 그는 가난한 농가의 아들이었다. 어릴 적, 호롱불 아래서 신문을 읽던 선생의 목소리가 문득 귓가에 되살아났다. *글을 배우면, 세상이 보인다.* 그리고 대통령 자신도 일제 저항기에 몰래 아이들을 가르치면서 똑같이 썼던 말이 걸어오고 있었다.

3월.

각 도와 시군에 *국민교육위원회*가 세워지고, 젊은 교사들과 자원봉사자들이 모였다. 밤마다 교실 대신 헛간, 마을회관, 심지어 정자 위에서도 글을 가르쳤다. *이건 '나라'야. 그리고 이건 '사람'이지. 그럼 나라와 사람이 함께 있으면 뭐가 되죠? 조국이 되지.* 그 대화들이 들려오자 박정희 대통령은 창밖으로 고개를 돌렸다. 자꾸만 눈물이 났다. 박정희 대통령은 혼잣말처럼 말했다. *이렇게 좋은데 왜 이리 자꾸만 눈물이 나지!* 그렇게 대한민국은 겨울 얼음

판에 쩡쩡 금을 내며 얼음 녹는 소리를 지나 봄으로 달려가고 있었다.

　4월.

　문맹 퇴치 운동 1단계가 마무리되던 날 박정희 대통령은 군청 회의실에서 보고를 받았다. *참여자 42만 명. 읽고 쓸 줄 아는 어른이 수도 없이 늘었습니다.* 박정희 대통령은 천천히 고개를 끄덕였다. 창밖에는 복사꽃과 살구꽃이 활짝 웃으며 온몸으로 축하해주고 있었다. 박정희 대통령은 펜을 들어 다시 수첩에 썼다. *문맹은 가난보다 깊은 어둠이다. 한 사람의 눈을 밝히는 것은 천 개의 등불을 켜는 일이다. 국민의 눈에 천 개 등불이 켜지면 그 빛은 세계를 환하게 비출 것이다.*

　너무 흥분되어 온종일 날아다니다가 들어온 그날 밤, 박정희 대통령은 오래도록 책상 앞에 앉아 있었다. 그때 고요를 깨면서 육여사가 들어왔다. *또 무슨 고민이 있으세요? 아니, 임자는 왜 안 자고 왔소? 당신이 또 고민과 함께 있는 듯해서 고민을 회초리 쳐서 쫓아버리려고요, 참 임자는 귀신같아, 그런데 이번엔 고민이 아니야! 그럼 뭐예요? 즐거움이야! 임자 글쎄 이제 막 글을 배운 사람들이 처음으로 자기 이름을 쓰고 있을 생각을 하니 가슴이 터질 것 같아. 사람들이 한글 배우기에 적극적으로 동참해서 글을 배우고 있어. 앞으로 우리나라 미래가 밝을 것 같아 잠이 안 와서 그래*

요. 그렇다면 함께 즐거워합시다.

밤새도록 대통령과 영부인은 흥분의 도가니에 빠져 잠을 자지 못하고 글씨를 배우는 사람들의 글을 읽고 있었다. 다음 계획을 세우고 있었다. 대통령과 영부인은 기쁜 마음에 춤을 추고 싶었다. *국민이 글을 배우고 나면 편지도 써서 누군가의 마음에 닿을 것을 생각하니 너무나 기쁘구려.* 박정희 대통령의 말에 창밖에서 바람이 지나가며 창문을 흔들며 답했다. *맞습니다, 대통령님, 그리고 육영수 영부인님!* 바람은 종이 위의 글자들을 흔들었으나, 그 글자들은 사라지지 않았다. 그것들은 이미, 한 시대의 마음속에 등불이 되어 국민의 가슴을 환하게 비추고 있었다.

박정희 대통령은 말했다. *글자를 배운다는 것은 단순한 기술 습득이 아니라, 자신을 살리는 사고 능력을 되찾는 일이고 더 나아가 나라를 살리는 일이오.* 바글바글 거미가 알에서 깨어나듯 알로 있던 글자들이 깨어나는 봄밤이었다. 겨울 속에 묻혀 있던 글자를 꺼내 싹을 틔우기 시작했으니 사람들은 말을 찾을 것이고, 종이 위의 글자들은 벌벌 기어 다니며 자유를 찾을 거라고 생각하고 있었다.

우린 조선 시대처럼 일제 저항기처럼 누가 억압하지 않는데도 말을 잊은 민족이 되어 버렸어. 박정희 대통령이 말하자 봄바람이 꼬릴 살랑거리며 대답했다. *아니, 글자를 잊은 민족이지.* 차갑고 무지한 도시 서울에서 박정희 대통령은 이렇게 적었다. 이제 호롱

불 아래서 무언가를 적는 국민이 되었다. 밤새 사그락사그락 싸락눈이 내리듯 문장을 적는 민족에게 미래를 밝힐 문장이 흘러나올 것이다. *글자를 모르는 어둠은, 다시 혁명해야 할 또 하나의 전선이다.*

박정희 대통령이 그 문장을 적은 순간, 어둠 속의 종이들이 미세하게 떨렸다. *가, 나, 다, 라…* 글을 익혀나가는 사람들의 얼굴이 보이기 시작했다. 그 후의 일은 얼마나 많은 변화를 몰고 올지 아무도 정확히 말하지 못한다. 그저 달빛이나 별빛이나 글 읽는 소리가 귀신 우는 소리만큼 이상한 소문으로 흐느꼈을 뿐.

밤마다 마을의 칠판에서 글자들이 혼자 써지고 논둑길에 *배움*이라는 단어가 눈 위에 새겨져 있었고 글자를 모르는 노인이 꿈에서 *한글*을 읽었고 그것은 사람의 일이 아니라, 오래 묻혀 있던 *나라의 말, 국민의* 글이 스스로를 되찾아 가는 길이었다. 동네마다, 아이와 노인이 모여 앉았다. 등잔불을 흔들어대며 연필의 까만 간을 꺼내 글씨 연습을 하였다. 하얀 분필 가루가 별처럼 날렸다. 글자를 모르는 손들이 바들바들 떨며, 처음으로 *사람*을 썼다.

조금 더 배운 사람은 사람이니까 글을 쓰고 읽는다고 썼다. 한 단어를 더 쓰는 사람이 한 단어를 덜 쓰는 사람을 부러워하는 것으로 방 안의 공기가 바뀌었다. 누군가 울었고, 누군가는 웃었다. 그들은 단어를 쓸 수 있게 된 순간, 자신이 존재하기 시작했다는 것을 알았다. *이건 군사 명령이 아니야. 이건 영혼의 복구야.* 누군

가는 말했고 누군가는 고개를 끄덕였다. 그건 마치, 맹인이 처음으로 불빛을 본 일이지. 그리고 또 다른 이는 말했다.

글자를 배우는 건, 나라와 자신을 다시 읽는 일이야. 배움은 사람의 첫 번째 자유다. 글을 모르는 자는 글을 아는 자들에게 지배를 당할 수밖에 없다. 다시 말하면 노예에서 해방이 될 수 없다는 말이다. 한글 배우기에 동참한 보람은 방방곡곡에서 나타났다. 겨울에는 눈 위에 구불구불 글씨가 기어 다녔고 봄이 오면 길 위에 글자가 삐뚤삐뚤 기어 다녔다. 박정희 대통령이 앞만 보고 강하게 밀어붙인 그 일들은 옳았음이 바로 나타났다. 한글을 배운 사람은 글을 아는 것이 자랑스러워 여기저기 글을 자랑하고 다녔다. 담벼락에도 나뭇잎에도 돌에도 글씨는 날아다니며 앉았다. 그 봄 이후, 글씨는 아주 잘 자라고 있는 소리가 들렸다. 밤마다 바람이 불면 사람들은 속삭였다.

들리나? 글자들이 걷는 소리. 어둠 속을 지나는 그 소리는 글자가 내 이름을 부르는 소리 나라 곳곳에는 자기 이름을 다시 부르는 소리가 메아리치고 있었다. 글씨를 배운 사람들은 여기저기 쓰고 싶어 안달이 난 듯 글쓰기 대회를 여는 곳까지 생겼다.

까망눈(최우수상)

노분자

내 이름은 노분자

글 모른 게 한이 대가꼬

영감 몰래 글 배우로 댕그니더

주거도 글 배우고 주글라꼬

팔십다싯에 부어칼로 연필을 까까

글을 쓰니더

한 자 쓰믄 이자뿌고

또 한자 쓰믄 또 이자뿌고

자꾸 써도 이자뿌래니더

부어케서는

부지깨이로 쓰고

마당에서는

짝대이를 뿌르자 쓰고

마레서는

손꾸락에 물 무치서 쓰고

그래 쓰고 또 쓰다보이
인자는
영감 이름도 알고
아들딸 이름도 알고
다 아니더

콩나물 시루에 물을 주믄
미트로 다 새 나오제만
그래도 콩나물이 자라는 거 매끼
다 이자뿌래도 남는게 있디더

까막눈일 적에는
핀지가 와도
허연 거는 봉투고
꺼먼 거는 글씨였는데
인자는 다 아니더
장터에 가믄 간판도 일니더

글 모르는 이웃 사램들

글 배우소
글 배워 일꼬 쓸 줄 알믄
주거도 한이 업니더

글을 아이
안 보이든게
전부 다 보이니더

나는 그 동안 당달봉사로 살았니더
인자부터는 노분자로 살다 주글라니더

희대미문(稀代未聞)의 영웅

17

이제야 피는 꽃(우수상)

김언년

시월은 흘러 예순이 너멌지만
내 맴은 안죽 언나같따

부끄러와하지 마라고
따뜻이 손 내미는 선상님
이제서야
김언년이 내 이름인 걸 아랐따

어느날 서울 사는 친척이 와서

도장을 찌거 달라기에

뭐냐고 물었띠이만

그냥 어려운 사램 도와주는

좋은 일이라꼬 해서 도장을 찌겄따

두 달 뒤에

우리 식구는 길바닥으로 쫓게났따

재산 문서에 도장을 찌거주었기에

법에서도 졌따

나는 김언년이 내 이름인걸

이제야 아랐따.

그때 그게 내 이름인 걸 아랐다믄

길거리에 쪼께나지는 아났을걸

글이 재산을 지키고

글이 나를 지키는 것인동 정말 몰랐따.

이제는 시상이 보인다

내 이름도

아들·딸 이름도 보인다

까망눈이 눈을 떠끼 때문에

대문앞에 네모난 문패에

까망은 글씨고

네모는 낭구로 보이던 거시

글을 배우고 나이

까망은 영감 이름이고

네모는 문패라는 게 보있따

똑같은 걸 보고도

안 보이쓰이

지렁인지 새인지 몰라보든

문패를 글씨인동 알고

김언년을 쓸 줄 아는

오늘을

나는 내 생일로 사맜따

내 이름을 쓰며(장려상)

정무자

나는 여든이 너머 첨으로

내 이름 석 자를

또박또박 적었니더

종이에 번지는 먹물매로

내 맴도 환하게 번졌니더

이제는 병원 접수창구에서도

당당히 내 이름을 쓸 수 있니더

세상에 나를 알리는 첫걸음

그게 바로 글자였니더

여보시오들!

인제는

날 보고 일자무식이라 하지 마소!

인제는 내 이름
정무자도 쓸 줄 아니더

늘거서 배우이(가작)

황개똥

느즌 나이에 한글을 배와서
인자는 내 이름도 알고
간판도 일는다

어두웠던 맴이 태양처럼 밝아졌다
농사일 해가민서
밤길 걸어서 시내까지 갈라니
포기하고 싶을 때가 마났다

무더운 날도 추운 날도
늘 사랑과 경녀를 주시는
선상님 덕부네
오늘 내가 여기에 다시 태어났다

열심히 해서

인자는 황개똥

내 이름이 이릏게 생겼구나!

자신 있게 알 수 있다

선상님

하늘만치 땅만치 감사하니데이

내이름도 모르고

주근 송장 매로 산 시월

인자는 내 이름

어데 가서도 쓸 줄 알게 해주시서

내 나가 여든 여섯

인자라도

내 이름 알게 해주시서

선상님 참말로 고맙니데이

　글자들은 단순한 문자 체계가 아니었다. 국민의 존재권을 복원하는 생명체가 되었다. 글을 배우는 사람들의 얼굴에는 신바람이 일었다. 여기저기 한글 배우는 한글 바람이 불었다. 그 어떤 바람보다 신나는 바람이었다. 고달프게 일을 하고 지친 몸도 한글을 배우러 갈 시간이면 아이들이 소풍을 가듯 설레고 행복해했다.

글자를 심는 사람

겨울의 흙은 차갑게 얼어 있었다. 박정희 대통령은 차갑게 언 흙 위에 따뜻한 휘파람을 심었다. 휘파람에 반한 글자들은 흙을 깨고 앞을 다투어 걸어 나왔다. 그리고 필요한 사람에게로 달려가 눈을 뜨게 해주었다. 그 흙 위에서 작은 나무 막대를 들고 관현악단을 지휘하듯 지휘를 하는 박정희 대통령은 군복을 입고 부대를 찾았다. 오늘은 글 씨앗을 모종할 심산이었다.

나라를 세우는 일엔 두 가지가 있소. 하나는 도로를 놓는 것이고, 다른 하나는 문장을 짓는 것이오. 장교들은 회의록 위에 잘 적어 두시오. 문맹은 체제의 그림자여서 어둠이 많을수록 명령은 커지게 되어 있소. 잠시 군인들에게서 침묵이 흘렀다. 그중 젊은 중위 하나가 물었다. 그럼 글을 가르치는 게 혁명입니까?

박정희 대통령은 말했다. 그렇소, 총으로 나라를 바꾸는 건 하루이고 잠시지만, 글로 바꾸는 건 영원한 혁명이란 걸 잊지 마시오. 시간 나는 대로 휴일을 이용해서 농촌을 돌며 한글을 가르치

 소백산맥 ⑮

시오. 농촌의 논밭에 글자가 심어져 자라기 시작하면 글자가 무럭무럭 자라도록 거름도 주고 비료도 주고 물도 주어 황금 열매가 주렁주렁 열리게 노력하시오. 문장(文章)이 아니라 문농(文農)이 되도록 하시오!

박정희 대통령은 이어서 말했다. 나는 지금 우리나라 옥토에 글자를 심고 있소. 우리나라 강산은 세계에서 보기 힘든 기름진 옥토요. 여기에 한글 씨앗을 심으면 이 씨앗은 세대를 넘어 자라, 언젠가 나라를 지탱할 줄기가 되고 열매가 될 거요. 글을 모른다는 건, 자기 운명을 타인의 손에 맡긴다는 것이오. 우리는 지금, 국민에게 운명의 물길을 틀어 선진국으로 가는 물줄기를 만들고 있는 것이오. 국민 스스로가 글을 몰라 당하는 불이익이 있어서는 안 될 것이오. 우리나라 미래를 위해 가장 시급히 해야 할 일임을 모두 명심하시오!

군인들에게 명령을 내리고 밖에 나오자 어디서인가 대통령의 귓속으로 어린이들 책 읽는 소리가 낭랑낭랑 달려왔다. 가만히 귀를 기울였다. *음, 나라의 장래가 밝아질 거야. 좋아, 좋다구!* 박정희 대통령의 말에 집비둘기들이 구구구구 평화를 물고 날아내렸다. 대통령은 좋은 *징조야!* 라며 눈 혈관이 파래지도록 비둘기를 바라보았다.

글자의 혼들이 일어나는 밤

강 언덕에는 소리와 글자를 먹고 사는 그림자들이 살고 있었다. 그림자들은 인간이 글자와 말을 잊을 때마다 커졌고, 글자와 말을 되찾을 때마다 사라졌다. 그해 겨울, 하늘의 별들이 하나씩 떨어져 나갔다. 사람들은 글자를 잃었다. 말은 있었으나, 그 말의 형체가 없었다. 종이가 있어도 연필이 있어도 그게 무엇에 쓰는 물건인지 몰랐다. 종이 위에는 아무것도 쓰이지 않았다. 그때, 동쪽 끝의 한 봉우리에서 *박정희* 대통령이 강물에 붓을 담갔다. 붓끝에서 먹물처럼 검은빛이 흘렀다. 박정희 대통령은 물 위에 첫 글자를 썼다.

가, 그러자 잠자던 글자들이 손에 손을 잡고 도미노처럼 일어났다. *가*가 *나*를 불렀고, *나*는 *다*를 불렀고 그렇게 질서 정연하게 부르더니 드디어 *사람*을 불렀다. *사람*은 *나라*를 깨웠다. 그림자들이 소리쳤다. 누가 우리의 말과 소리를 훔쳐 가느냐? 박정희 대통령은 대답했다. *나는 대한민국의 대통령이다. 그림자 너희에게서 글을 가져와 나라의 얼을 되살리려는 것이니 글자의 정령들이여 어서 잠을 깨고 일어나 그림자의 자궁을 열고 태어나거라!*

박정희 대통령의 명령에 글자들은 부르는 대로 달려와 국민 누구든지 한 글자를 쓰면 한 글자가 달려오고 한 문장을 쓰면 한 문장이 달려왔다. 불빛을 쓰면 강 위에는 불빛이 떠올랐고, 물을 쓰면 물이 출렁이는 것을 본 사람들의 얼굴에서 희망꽃과 행복꽃이 흐드러지게 피어났다. 이름이 없던 여인은 잊었던 *이름*을 되찾았고, 어린이들은 *빛*이란 단어를 처음으로 발음했다. 그 단어들이 입에서 입으로 전해지자, 강물 위에는 수천 개의 불빛이 생겼다. 사람들은 그것을 *글자불 희망불*이라 불렀다.

그날 밤 이후로, 강의 돌들은 모두 말문이 트였다. 새들은 글자 모양으로 날았고, 바람은 문장처럼 흐르기 시작했다. 강물은 출렁출렁 글자를 새겼고 나무는 꼬불꼬불 모양을, 달도 해도 모두 글자가 되었다. 보름달과 나무와 못까지 자연 모두가 글씨가 되었다. 예를 들어 글자 올 자를 가르치면서 보름달 모양(ㅇ), 전봇대(ㅣ) 못박고(ㅡ) 꼬불꼬불 소나무 모양(ㄹ) 이렇게 자연의 현상이나 주위의 물건 이름을 비유하면서 가르쳤다.

물고기가 시를 짓고 사람들은 서로의 손바닥에 글자를 새겼다. *나, 희망, 자유, 나라* 그림자들은 서서히 사라졌다. 글자가 돌아오자, 그림자는 더 이상 설 곳이 없었다. 겨울이 지나지 않은 땅은 여전히 딱딱했다. 그러나 박정희 대통령은 여기서 멈출 수는 없다는 생각에 농부의 옷을 입고 얼음 긴 논두렁을 걸었다. 발밑에서 얼음이 사그락거렸다.

거기, 한 교사가 마을 사람들에게 글을 가르치고 있었다. 마룻바닥 위에 걸터앉은 노인이 머리엔 흰 수건, 손엔 분필을 들고 칠판에 *가 나 다* 글자를 삐뚤삐뚤 적어 놓고 있었다. 박정희 대통령은 멈추어 섰다. 그 글자들은 마치 *새로 심은* 묘목 같았다. 흙 속에 깊이 뿌리 내리면, 언젠가 숲이 될 묘목이었다. 그 새싹들에서 미래가 보였다. 땅과 글자는 정직했다. 사람은 속이지만 자연은 사람을 속이지 않았다. 그렇게 기쁜 마음으로 돌아오는 길 차 안에서 정적을 깨는 말이 튀어나왔다.

각하, 경제 부흥이 급선무입니다. 참모의 목소리는 차가웠다. *도로, 공장, 외자 그게 먼저 아닙니까?* 박정희 대통령은 창문 너머로 눈 덮인 산을 보았다. 그 산 너머에도 아직 글을 모르는 수천만의 백성이 하얗게 숨죽이고 눈에 덮여 있었다. 박정희 대통령은 고드름 같은 말을 했다. *도로는 나라의 핏줄이지만, 글은 나라의 정신이오. 정신이 깨어나지 않으면, 피가 돌아도 몸은 쓰러지오. 우린 지금 길을 닦는 게 아니라, 생각을 세우는 중이오. 경제 부흥을 위한 생각에 글을 심어 가꾸지 못하면 머지않아 경제 부흥은 무너지고 도로는 파이고 공장은 파산되고 말 것임을 모두 명심하시오!* 모두 꿀 먹은 벙어리가 되었다.

밤이 되면 박정희 대통령은 일기장을 폈다. 조명 아래 잉크 빛이 번졌다. 글자는 권력 이전의 힘이다. 글자를 잃은 민족은 역사를 잃는다. 문맹 퇴치는 곧, 나라의 미래를 보장하는 길이다. 박정희 대통령의 손이 잠시 떨렸다. 그 떨림은 피로가 아니라 결심이었다. 박정희 대통령은 조용히 펜을 들어 *배움은 미래다, 노예를 벗어나 자유롭게 살아가는 길이다*라는 문장을 적었다. 밖에서 바람이 창문을 두드리며 대답했다. *각하의 결심이 구구절절 옳은 말씀입니

 소백산맥 ⑮

다. 바람은 더욱 세차게 불며 창문을 흔들었다. 바람은 천막을 흔들고, 멀리서 교실의 아이들 합창 소리가 *가, 나, 다, 라, 마, 바, 사,* 우렁우렁 달려왔다. 그 소리는 마치 혁명가의 총성 대신 울려 퍼지는 글자의 혁명 같았다.

몇 달 뒤, 전국 각지에서 보고가 올라왔다. 문맹자 40만 명 이상이 글을 읽습니다. 아이들이 부모에게 편지를 씁니다. 마을마다 밤마다 불빛이 꺼지지 않습니다. 박정희 대통령은 잠시 눈을 감았다가 뜨고 다시 말했다. *이건 정치가 아니라, 영혼의 회복이다. 혁명이란 총으로만 하는 게 아니다. 혁명이란 글자를 통해 사람이 자신의 이름을 부를 줄 아는 순간부터 시작되는 거다.*

창밖에는 봄비가 살랑살랑 엉덩이를 흔들며 파릇파릇 내렸다. 비가 땅을 적셨고, 얼었던 땅을 파고 심었던 글자의 씨앗들이 조용히, 그러나 확실히 초로롱 초로롱 날개를 펼치며 날아오르고 있었다. 처음에, 세상은 어둠과 물로 가득 차 있었다. 사람들은 말을 잃었고, 소리는 있었지만, 글자의 몸이 없었다. 국민들은 서로를 바라보았으나 이름이 없었기에 부를 수도 없었다.

그러던 어느 날 어디선가 글자가 날아왔고 첫 글자를 썼고 어둠 속에서 한 줄기 글자 바람이 일었다. 그리하여 *소리의 별들이 문장으로 모이기 시작했다.* 밤마다 여기저기서 글자를 새겼다. 그 글자들이 새겨질 때마다 대한민국 한글이 등불을 환하게 비추며 달덩이처럼 떠올랐다. 눈을 감고 살았던 노인은 눈을 떴다. 그는 평생 말을 잊고 살았지만, 이제는 입안에서 이름이라는 단어가 피어났다.

소년은 손으로 허공을 짚었다. 그의 손끝에서 희망이라는 글자가 생겼다. 그들은 함께 읽었다. *사람은 글자가 있어 사람인 것을 안다.* 그 순간, 그림자들이 비명을 질렀다. 그림자들은 인간의 문맹 속에서만 살아갈 수 있었다. 그림자들이 물러가자 사람들은 아우성쳤다. 누가 우리의 눈을 뜨게 해주었는가? 박정희 대통령님, *제게 눈알을 선사해 주셔서 고맙습니다. 밥이 있어도 먹지 않으면 배가 부르지 않듯 글이 있어도 배우지 않으면 아무 쓸모가 없음을 이제야 알았습니다.*

사람들은 너무 좋아 소리를 질렀다. 세상이 온통 환하게 빛나는 것이 보였다. 그 빛이 산을 타고, 마을을 넘어, 이 사람 저 사람들에게 부지런히 날아가 닿았다. 기별을 들은 사람들의 머릿속에서 글자들이 봄바람처럼 팔랑거렸다. *글자 神이시여 감사합니다. 잊지 않을 것입니다!* 그렇게 글자를 배우는 사람마다 글자를 神처럼 대했다. 여태껏 신을 한 번도 보지 못한 사람들은 글자라는 신을 눈으로 보고 덩실덩실 춤을 추었다. 사람들의 수군거리는 소리가 동네마다 집집마다 울려 퍼졌다.

바람이 불면 글자들이 날아온다. 새벽마다 종이 위에 뜻 모를 글씨가 스스로 적힌다. 그들은 그 현상을 글자 *神의 강림(降臨)*이라 불렀다. 그것은 단지 신화가 아니라, *대한민국 민족이 자기 언어를*

되찾은 순간의 미래가 되었다. *글자는 신의 숨결, 말은 사람의 심장 그 둘이 만나는 곳에 나라는 다시 태어난다.* 춤추며 노래하고 즐거워하는 모습에 박정희 대통령은 흐뭇했다. 그리고 한글 전용으로 모든 문서를 작성할 것을 정책적으로 실행하기에 이른다.

 박정희 대통령은 한글 전용에 대해 필요성을 느끼고 칼을 빼든 것이었다. 일단 배우게 하기 위해서는 모든 문서를 한글로 작성해야 할 필요 때문에 한 사람의 국민이라도 더 배울 거라는 생각에서였다. 인간은 간절하게 필요로 하면 배우기에 특단의 조치를 한 것이다. 민족의 비극이라면 비극인 것이 조선 시대 초에 세종대왕께서 만들어 놓은 한글을 사대부들과 신분 차별로 인해 못 배웠고, 여자들에게 천부당만부당(千不當萬不當)한 대우를 했기에 여자들은 인권마저 유린당했으며 사대부들을 제외하면 사람이 아닌 노예로 살만큼 신분 차별을 했고, 일제 저항기에는 일본의 서슬푸른 감시에 못 배웠다. 일본에 나라를 빼앗기고 나서야 어리석게도 우리 민족은 한글의 중요성을 깨달았고 우리 문화의 중요성을 깨달았고 신분 차이가 없어지게 되었다.

 이 얼마나 황당한 비극의 시대이고 인권 상실의 시대였던가? 다행스럽게도 이승만 대통령께서 그 모든 것이 우리나라 경제의 걸림돌임을 미국에서 공부했기에 깨닫고 실천했다. 여자들도 이승만 대통령 덕분에 참정권을 얻고 여자도 배워야 한다는 정치적 배려에 사람답게 살 수 있는 시대를 맞이했다. 그러니 이를 이어서 지혜가 가득한 여성 인력을 개발해서 나라에 쓰임이 되어야 한다는 생각을 한 박정희 대통령은 대대적으로 교육 지침을 내렸다.

그리고 연이어 1968년 5월 내각에 *한글 전용 5개년 계획을 수립하라*고 지시했다. 이후 박정희 대통령도 문서 작성과 명패 등을 모두 한글로 바꾸라는 강력한 지시를 내린다. 한글 전용 촉진 7개 사항을 발표했다. *행정 입법 사법의 모든 문서에 한글을 쓰라*고 지시했다. 각급 학교 교과서에서 한자를 없애라고 지시했다. 그러나 일부에서는 반발이 많았다. 이른바 지식층에서 강력하게 반발하고 나섰다. 언론계 역시 한글 전용을 지지하지 않자 목표 연도를 더 앞당기게 했다.

그리고 1968년 12월 콘크리트로 복원한 광화문에도 박정희 대통령이 직접 *광화문*이라고 쓴 한글 현판이 달렸다. 그리고 거리에서 한자 간판을 추방하는 운동이 벌어졌지만, 신문과 시사 잡지에서 여전히 한자를 혼용해서 썼기 때문에, 한자를 모르면 신문 하나 읽는 것도 힘들었던 건 여전했다. 박정희 대통령은 끊임없이 지치지도 않고 한글을 사용하여 이름도 한글 이름을 짓게 하고 간판도 한글 간판을 달게 하였다. 그리고 관료들에게 말했다.

전 세계 어느 나라든 자기 나라 글이 없는 나라는 망하게 되어 있소. 우리나라는 조상들 덕분에 이렇게 배우기 쉽고 쓰기 편하고 세계 어느 글에서도 다 표현하지 못할 다양한 표현을 하도록 완벽한 한글을 가졌는데 어찌하여 배우기 어렵고 말로 통하기도 어려

소백산맥 ⑮

운 한문을 고집하오.

우리 몸에는 우리 것이 제격이오, 한반도에는 한국, 한민족, 한겨레, 한사상, 한글, 한옥, 한복, 한식, 한지, 한가위, 한산춤, 한강, 한풀이, 한숨, 한탄, 한의학, 한약… 이렇게 어마어마한 우리 것을 우리가 지키지 않는다면 결국 우리 것을 모두 이웃 나라에 빼앗기고 말 것이니 여러분은 정신 똑바로 차리고 우리 것을 지키는 수문장 역할을 해서 후손들에게 물려주어야 할 것이오. 여기에 다른 의견이 있는 분들은 한번 말씀해 보시오!

조선 시대에는 문패를 양반가만 주로 한자(漢字)로 ○○ 김씨댁, ○○서당, ○○정(亭) 등으로 적었고, 일제 저항기에는 일본은 호구 정리 정책을 펴며 일본식 히라가나 또는 한자 표기를 쓰게 했고 해방 후에 가장 먼저 벌어진 민족문화 운동 중 하나가 한글 사용 장려였는데 이것 역시 흐지부지되고 말았소. 그러니 이제부터라도 우리 글을 전적으로 홍보하고 문패를 일반인들도 달 수 있도록 해야 할 것이오. 집집마다 한글 문패를 달아 한글 표기에 번지수 형태로 바꾸어야 합니다.

그래야만 우편배달의 효율도 높일 수 있으니 반드시 문패와 번지수를 부착하도록 하시오! 식물을 풍성하고 아름답게 키우는 방법은 역설적이게도 잘라버리는 것이오. 안 좋은 가지 하나를 자르면 옆에서 두세 개의 새로운 가지가 나오고 나쁜 잎 하나를 따면 그 자리에 서너 개의 건강한 잎이 새로 돋아난다오다. 그리고 본

몸체는 더욱 품을 넓히곤 하오. 이는 위기를 느낀 식물이 생장에 힘을 더욱더 쏟는 이유요. 우리도 낡은 관습 하나를 버리면 두세 개의 새로운 창의적인 일들이 돋아나리라 믿소. 선조들이 남긴 좋은 것은 잘 가꾸어 보존토록 하고 나쁘거나 잘못된 관행은 하루빨리 고쳐야 하오, 하나를 고치면 두세 개의 좋은 방법이 생길 것이니 모두 습관에 무뎌진 감각을 살아나게 해야 할 것이오.

그렇게 창의적인 생각에 공감각적 공감을 할 때 우리나라 특유의 신선하고 값지고 빛나는 글이 되어 세계인들이 우러러보는 글이 될 것임을 명심하시오. 관료들은 모두 아무 말도 못 하고 찬물을 뿌린 듯 조용했다. 새들도 모두 모여 고개를 조아리고 들었고 나무도 온몸을 흔들어 환영했다.

희대미문(稀代未聞)의 영웅

18

집집마다 문패꽃이 피다

배달부는 새벽 안개가 깔린 길바닥 위로 자전거 페달을 밟았다. 봉분처럼 솟은 산 아래로 논이 다랑이 다랑이 눕고 새들이 개울물을 추추파파 푸푸초초 공중으로 퍼 올리며 놀고 있었다. 농촌 마을 입구의 흙길은 아직 물기가 가시지 않아 바퀴가 제 마음대로 엉뚱한 곳으로 자꾸 빠져들었지만, 배달부는 그 길이 싫지 않았다. 요즘 들어 그는 우편 가방보다 더 무거운 것을 짊어진 기분이었는데, 그것은 바로 *문패 조사표*라는 이름의 노란 종이였다. *이장님, 이 동네는 문패 단 집이 스물일곱… 없는 집이 서른둘입니다.*

그가 지난주 이장에게 했던 말이다. 정부는 우편 행정을 효율화한다며 *집집마다 한글 문패 달기*를 강하게 밀어붙이고 있었다. 마을마다 문패와 번지표 조사를 하고, 달지 않은 집은 설득도 하고, 때로는 싫은 소리도 해야 했다. 그러나 오랫동안 글을 몰라 필요성을 느끼지 못하고 살아가던 마을 사람들은 여전히 습관의 옷을 벗지 못하고 어색해했다.

우리 같은 촌사람 집에 뭘 그리 글자를 크게 달아? 달아 봐야 까막눈이라 읽지도 못하는데 하는 사람은 설득해야 했고 또 한글을 아는 사람들은 *한자야 몰라도, 한글로 다니 좋기만 하네. 우리 이름 우리 말이잖소.* 한글이 산란하는 계절이었다. 어떤 이는 한글이 낳은 알을 더 많이 키우기 위해 책을 사서 보기도 했다. 그러나 논쟁은 끊임없었다. 특히 한글을 모르는 집들은 설득하기 쉽지 않았다.

배달부는 아는 만큼 보이고 보이는 만큼 행동한다는 말을 절실히 실감했다. 답답할 때도 있었고 측은지심(惻隱之心)이 들기도 했지만, 배달부는 그것이 이상하게도 즐거웠다. 누군가의 이름을 정확히 알고 찾아가고 그 이름을 문패로 다시 보는 일이 마치 사람들 사이를 이어주는 얇고 질긴 명주실처럼 아름다운 일이라는 자부심마저 느껴졌다. 배달부는 우편물을 배달하는 일이 천직이라는 생각이 들었다.

이름이 배달부니 배달을 하고 살아야 하고 우리 민족도 배달의 민족이니 참으로 부모님께서 이름을 잘 지어주셨다는 긍지를 가지고 배달하는 일에 신바람이 났다. 그날 아침에 배달부는 *문패가*

아직 없는 마지막 집으로 향했다. 마을 끝 버드나무가 바람 따라 흔들리는 작은 초가에 홀로 사는 우지마 할머니의 집이었다. 우지마 할머니는 달부를 보자마자 손을 내저었다. *아이구, 난 그런 거 필요 없다니까. 문패 달면 먼 벼슬하나?*

달부는 웃으며 등에 멘 가방을 내려놓았다. *할머니, 이건 벼슬이 아니라 주소라니까요. 우편물 배달할 때 더 빠르고 쉽게 찾을 수 있고 또 길 잃은 사람도 찾기 쉽고… 난 글도 모르는데 뭘 달아.* 달부는 부드럽게 말했다. *할머니가 글을 모르시니 다른 사람들이 봐야만 할머니 집을 찾아오지요. 할머니 성함이 우지마인 걸 다른 사람이 보고 알아야 해서요.*

달부는 할머니가 아무 말도 하지 않고 듣는지 마는지 호미로 담 벼락 밑에 꽃모종만 하고 있자 다시 말을 잇는다. *할머니 성함을 누군가 불러드려야 할머니께서 살아 있는 거잖아요. 제가 할머니 성함 우지마를 써드릴게요.* 할머니는 아무 말도 하지 않았다. 달부 는 나무판을 꺼내 한글로 또박또박 적기 시작했다. *우지마* 그 아래에는 마을 번지수 *좌석리 1번지*라고 썼다. 작은 숫자들이 바람 에 흔들렸다. 할머니는 물끄러미 문패에 적힌 자신의 이름을 처음 보듯 신기한 눈으로 오랫동안 들여다보았다. 그러다 아주 작은 목 소리로 배달부에게 말했다.

이게 글씨라는 건가? 참… 이쁘네. 한글이 이렇게 이쁜 건가? 이 게 우지마라는 글씨이껴? 달부는 할머니를 처다보며 말했다. *예 할*

머니, 한자보다 편하고, 일본식 표기도 아니고, 그냥 할머니 이름 그대로입니다, 우지마 할머니! 그런데 할머니 성함을 누가 지었어요? 응 내가 어릴 때 하도 울어서 울지 말라고 할배가 우지마라고 지었대, 우습제? 평생 울 일이 생길 걸 알기라도 했는동 우지마라고 지었제 그른데도 나는 평생 울고 살았어. 이 나이가 되도록 말일세.

할머니의 눈꺼풀이 파르르 떨렸다. 전쟁 나고, 남편 죽고, 자식도 떠났제… 이날까짐 우지마 이름에 안 맞게 울고만 살았어. 이제는 이름 불러줄 사람도 없었는데. 이릏게라도 내 이름을 불러줄 사람도 있고 문패에라도 남는구먼. 이제는 우지 말아야겠네. 달부는 먹먹해 눈물이 날 것 같아 아무 말도 못 하고 못과 망치를 꺼냈다. 그리고 문패를 대들보 옆에 걸어주자, 햇살이 나무판에 내려앉아 물고기처럼 파닥이며 놀았다.

그 순간 우지마 할머니는 지금까지 살던 자신의 낡은 초가가 갑자기 집다운 집이란 생각이 들었다. 그리고 자신이 살아 있는 사람처럼 생각되었다. 괜히 먼저 간 남편과 자식이 같이 있었으면 얼마나 좋을까? 생각하니 눈시울이 붉어졌다. 그러나 눈물은 모두 말라 한 방울도 나오지 않았다.

며칠 뒤 배달부가 다시 그 길을 지날 때, 우지마 할머니는 처마 밑에서 감자 껍질을 까고 있었다. 문패를 바라보는 배달부를 의식이라도 한 듯 할머니는 일어서서 삭정이 같은 손으로 문패를 문지

소백산맥 ⑮

르고 있었다. 자세히 보니 수건으로 문패를 닦고 있었다. 달부는
방해하고 싶지 않아 걸음을 돌렸다. 우지마라는 이름 위에 바람이
미끄럼을 타며 놀고 있었다. 달부는 생각했다. *마을 끝 초가집이던
이름이 이제 우지마 집으로 바뀌니 사람의 집 같다는* 생각이 들었
다. 분명한 이름과 주소를 찾은 집이었다. 누군가가 살고 있고, 누
군가를 찾아갈 수 있는 집은 더 이상 마을 끝 초가집이 아니었다.

　할머니는 문패를 수건으로 닦으며 중얼거렸다. *혹시 죽은 남편
과 아들이 오믄, 저거 보고 찾기 좋겠다. 남편과 아들이 내가 사는
집 주소와 이름을 몰라 몬 찾아온 게야, 이제 이 우지마 이름과
주소가 적혀 있으이 죽기 전에 꿈에서라도 한 분 보고 죽으려나?*
배달부는 할머니의 혼잣말에 대답했다. 그럼요. 우지마 할머니, 한
글 문패는 누구나 쉽게 알아보기 때문에 할아버지와 아드님이 아
마도 할머니 집을 알고 찾아올 겁니다. *지금 저 아래 첫 집에도 문
패를 보고 손자가 왔다고 했어요.* 말을 남기고 떠나면서 배달부는
문득 깨달았다.

　문패란 단순한 주소가 아니라, 흩어졌던 이름을 다시 집으로 불
러들이는 발 달린 표지판이라는 것을. 그날 이후, 마을의 문패들
은 낡은 대문이건 새 대문이건 초가집이건 기와집이건 모두 명찰
처럼 가슴에 반짝이고 있었다. 번지수 옆에 적힌 한글 이름들이
마치 낮은 목소리로 서로의 존재를 확인하듯 바람이 달려와 이름
과 번지수를 흔들고 있었다. 강물이 안개를 뱉어 길게 늘여놓는

날이면 마치 신선 세계를 거니는 것처럼 기뻤다. 산 아랫마을로 달려갈 때마다, 신기하게도 늘 새로운 이름들이 함께 따라다녔다. 편지 한 통, 전보 한 장은 어느 집의 아침 빛보다 먼저 그 집의 하루를 흔들어놓는 일이었다.

사람들은 배달부의 어깨에 두 개의 가방이 걸려 있는 걸 보고 객지로 나간 자식들이 찾아오리라는 희망을 삽적거리*에 내걸었다. 한 개의 가방에는 안부가 들어 있고 한 개 가방에는 문패 조사표가 가득 들어 있는 유화(油畫)를 그릴 때 쓰는 천, 삼베 같은 천에 아교나 카세인을 바르고 그 위에 아마유(亞麻油)·아연화·밀타승(密陀僧) 등을 섞어 바른 노란 화포(畫布)의 가방이었다.

갈 때는 동네 주민이 자식들에게 보내는 편지를 받아들고 다시 우체국으로 돌아왔다. 늘 제비들이 가방에 우편물을 입에 물어 주었지만 그래도 어깨가 아플 때도 있었다. 가끔은 슬픈 소식도 전하게 되었다. 동네 부고장까지 날라 주어야 했다. 집집마다 문패를 달아주는 일이 행정인지 그 사람의 이름을 찾아주는 건지 몰라 서성거리자 오래된 버드나무가 곡선을 긋듯 휘어져 *두 가지 모두 하는 일이야, 잘하는 거야!* 온몸을 흔들어 주었다.

농촌에는 대부분 문패가 없었다. *어이 우체부! 저런 건 양반들이나 다는 거지, 우리 같은 사람은 필요 없어. 한글 문패라고? 한글도 모르는 사람이 어떻게 읽나?* 사람들은 문패를 걸지 않으려 했

* 집 주위, 집 둘레를 뜻하는 사투리

다. 그러나 정부 시책대로 문패가 걸리기 시작하자 마을은 아주 서서히 변하기 시작했다. 대문 옆의 작은 나무판 하나가, 집들의 표정을 조금씩 바꿔놓았다. 그동안 서로 이름을 부르지 않고 누구 아버지, 누구 할아버지 하며 아이 이름을 부르며 살던 이웃들도 문패를 보며 새로 인사를 건넸다. *아, 여기가 박수당 댁이었구먼. 응 돼지 엄마 이름이 마굿간이었구먼!* 문패는 사람들 사이의 오랫동안 잊고 살던 이름을 찾아주고 있었다.

어느 날, 멀리서 젊은 여자가 버스를 타고 내려왔다. 손에는 편지 한 통을 꼭 쥔 채. *여기… 정지해라는 분 댁 맞나요?* 마을 사람들은 고개를 갸웃했다. 누구도 그 집을 이름으로 부른 적이 없었기 때문이었다. 그러나 배달부는 말했다. *맞아요. 저기 문패 보이죠. 정지해.* 그 젊은 여자는 한참을 당부의 손가락이 가리키는 문패를 보고는 할머니 앞에 서서 떨리는 목소리로 말했다.

할머니, 저 아래 느티나무 집 손녀예요. 할머니께서 전쟁 전에 이 집에서 신세를 졌다고… 오! 그 집 손녀라고? 예 할머니. 할머니는 젊은 여자의 손을 덥석 잡았다. *그래 할머니는?* 할머니께서는 *전쟁 때 돌아가시고 엄마는 전쟁 때 다치서서 목숨만 연명하고 계세요. 엄마가 죽기 전에 꼭 한 번 찾아가 뵙고 오라고 해서. 그래, 어서 들어와요.*

타 준 미숫가루 한 잔을 마신 후 젊은 여자가 돌아갔다. 할머니는 6·25 전쟁 이야기를 배달부에게 들려주었다. 전쟁통에 남편을 잃고, 아들을 잃고, 그 이후로는 아무도 할머니를 찾지 않았다. 할머니는 점점 이름을 잃어가는 느낌이었다고 했다. *사람이 자기 이름을 부르는 소리를 못 듣고 살면… 어느 순간, 내가 정말 있었는지도 불안해진다.* 그 말은 배달부의 가슴에 오래 남았다.

여름이다. 장대비가 마을을 덮쳤다. 흙길이 무너지고 개울물이 넘쳤다. 몇몇 문패가 비에 젖어 떠내려가는 것을 보며 배달부는 마치 그 사람이 떠내려가는 것처럼 안타까웠다. 배달부는 새로운 나무판을 구해 글자를 더 또렷하고 더 굵게 새겨 넣고 그 아래 번지수를 적어 넣었다. 처음이라 가볍게 생각했던 문패를 이번에는 문틀 깊숙이 박아 넣었다. 비바람에도 쉽게 떨어지지 않도록.

반말해 할머니는 문패를 바라보며 말했다. *내 이름은 떨어지지 않아서 고맙네. 세상에 태어나서 이 세상에 살아 있다는 가장 단단한 표식인데.* 이름표를 마구 흔들어 떼어놓던 여름비가 언제 그랬느냐는 듯 그치자 아무렇지도 않게 얄밉도록 햇살이 좋았다. 노을까지 문패들을 비추었다. 각 집의 입구에서 주인의 이름을 붉은 빛에 담아 흔들고 있었다. 배달부는 자전거 옆 작은 나무판 수십 개가 바람에 흔들리며 낮게 외치는 소리가 들렸다.

이름은 이렇게 흔들리며 불리며 사는 거야. 반말해 할머니는 대문을 열고 나와 말했다. 우체부 양반. 예, 할머니. 오늘도 내 이름이 살아 있는 걸 보니 내 명이 엄청나게 길 건가 봐. 그럼요 할머니 오래오래 반말해라는 이름을 쓰고 사셔야 이름도 할머니를 만

난 걸 다행이라고 생각하지, 일찍 돌아가시면 반말해라는 이름이 할머니를 미워할 거예요. 그러니 건강 잘 챙기시고 오래오래 사세요. 내 이름이 반말해니 반말해도 되지?

배달부는 손을 흔들며 자전거를 끌고 반말해 할머니 집을 나왔다. 할머니는 배달부가 보이지 않을 때까지 멍하니 바라보았다. 배달부는 자전거를 끌면서 생각했다. 이 자전거에 자전거라는 이름을 붙이듯이 문패를 단다는 것은 집의 주소를 밝히는 일이 아니라 사람에게 *다시 한번 이름을 돌려주는 의식*이라고.

문패의 표기 방식

모든 문패는 한글 표기 우선을 원칙으로 한다.

(이름 및 호주 성명은 한글로 표기하고, 필요한 시 한자를 함께 적을 수 있음)

문패에는 호주 성명, 주소(번지 포함)를 정확히 기재한다.

문패의 규격은 가로 15~25㎝, 세로 8~15㎝ 크기를 표준으로 한다.

번지표의 부착 의무화

토지대장·주민등록표와의 일치 여부를 검사하여, 행정·우편 배달에 혼선이 없도록 동일 규격의 번호판을 제작·부착한다.

훼손되거나 탈색된 번지표는 즉시 교체한다.

책임자 지정

각 시·군·구청장은 이장 및 동장과 협조하여 2개월 이내에 담당 지역 문패·번지표 정비를 완료할 것.

정비 완료 후 마을별 조사표를 내무부에 보고할 것. 주민 계도(啓導) 주민들에게 문패 부착의 필요성을 적극적으로 설명하고 자발적 참여를 유도할 것.

문패 미부착 세대는 단계적으로 지도하되, 고령자·독거 노인 가구는 우선으로 공무원이 도움을 제공할 것.

농촌 지역의 문패 부착률 상승이 두드러졌으며, 내무부 관계자는 이제 집배원이 더 이상 '마루 끝 초가집' '버드나무 아래 집'과 같은 비공식 지명에 의존하지 않아도 된다고 전했다. 전국적인 주소 질서 정착은 근대 국가로서의 행정 기반을 강화하며 국민 개개인이 하나의 고유한 주소와 이름을 갖는 시대를 열었다. 박정희 대통령은 막막함에 바늘로 하나씩 구멍을 뚫듯이 뚫어나가고 있었다.

변명을 삼켜야 하는 시대

윤보선이 박정희가 과거에 남로당에 가입해 무기징역을 받았다고 폭로한 것이 호외에 실렸다. 이후 박정희는 여순사건과 관련해 공산주의자라는 의혹과 함께 일본 여자와 동거한다는 소문이 구름처럼 둥둥 정처 없이 떠돌아다녔다. 민주당의 윤보선으로부터 좌익 활동한 과거 전력에 대한 사상 공세를 대선에서도 계속 낙엽처럼 흩뿌려댄다. 이에 대구 지역 선거유세에서 박정희는 모 씨가 나를 빨갱이라고 모는가 하면 일본 여자를 데리고 산다는 허무맹랑한 모략을 퍼뜨리고 있으나 저는 여러분들이 왜 제가 남로당에 가입했으며 말도 안 되는 여자 문제는 여러분께서 더 잘 알고 있으리라 믿고 구태여 해명을 않겠습니다.

해명하지 않겠다고 해명한다. 윤보선을 지지하면서 유세를 하던 민주당은 박정희는 여순반란사건에 관련되어 사형 선고까지 받았던 공산주의자였습니다. 일제에 항거하다가 사형 선고를 받았다면 몰라도 우리의 주적인 공산당 혐의를 받았던 사람에게 어떻게 믿고 투표할 것입니까? 변명조차 하지 않는 걸 보면 박정희가 그 말을 수긍하는 것 아닙니까? 국민 여러분의 현명한 판단을 바랍니다. 계속 공격을 가한다. 이에 박정희는 구석구석에 박혀 있는 용공 세력**을 혁명으로 일소하여 목숨을 걸고 대한민국의 공산화를 막은 나를 공산주의자라고 하는 것은 당치도 않은 일이라며 폭포 같은 말 줄기로 반박하기에 이른다.

10월 자유민주당 노지랄은 차용서의 녹음 연설회를 열기 위해 마산으로 간다. 노지랄은 박정희와 고천명의 사상 의혹을 제기한

** 공산주의의 주장을 받아들이거나 그 정책에 동조하는 일

다. 간첩 황태성은 박정희의 친형인 박상희 씨와 안면이 있는 사이고 故 박상희 씨는 대구 폭동 당시 군위 인민보안서장으로 활약했다가 토벌 경찰에 의해 사살되었고 여순 반란 사건 때 박정희가 남로당 책임자였다는 것과 서구식 민주주의를 부인하고 공산 세계와 일맥 통하는 소위 교도 민주주의를 제창하였다는 고천명 씨의 말 등으로 미루어 그의 사상이 의심되지 않을 수 없고 국민들은 그러한 사실들을 알아야 할 것입니다.

윤보선과 노지랄의 사상 공세에 한민당은 부패한 부자들과 변화를 거부하는 구태의연한 집단이라며 짚단을 마구 던지며 맹비난을 가한다. 한민당의 후신인 민주당 장면 정권의 부패와 무능론을 방패로 맞세운다. 한편 차용서와 윤보선 자민계의 박정희에 대한 사상공격은 사실무근이다. 차용서의 주장에 대해서 차 장군은 제주도 지방공비토벌을 맡고 있을 당시 박정희에 대해서는 나보다 아는 바가 적을 것. 박정희가 여순 사건 관련자로 몬 장본인은 김창룡이었으며 그가 자기에게 순복하지 않은 장교들을 용공 분자로 몰아 숙청한 사실이 있음을 상기시킨다.

또 원용덕은 박정희가 여순사건 당시 지리산 밑 문주리 토벌 작전에서 김지회의 반란군을 격멸하는데 큰 공을 세웠다. 맞받아치며 차용서 씨도 한때 김창룡 일파에 의해 빨갱이로 몰린 사실이 있다. 박정희의 과거 군역은 백선엽 장군이나 김점곤 장군 등이 환하게 알고 있을 것이라고 말한다. 끝없는 공방전이 끝나고 승리는 당연히 박정희 손을 들어주었다.

　박정희는 끝까지 이승만 대통령과의 약속은 무덤까지 가지고 갈 요량으로 남로당 총책을 맡았던 일에 대해 선거유세에서도 말하지 않았다. 그렇지만 하늘은 박정희의 손을 들어 주었다. 박정희는 대통령에 당선된 기쁨을 채 누리기도 전에 국민들의 굶주림을 해결하고 나라의 경제를 살려야 한다는 생각에 정신없이 바쁜 나날을 보낸다.

희망을 찾아서 독일로 독일로

　김포공항 떠나는 자식을 보면서 하염없이 눈물을 쏟아내는 어머니들의 모습이 가슴을 아프게 했다. 가족들과 헤어져 머나먼 나라로 떠나갈 수 있었던 것은 미래에 대한 희망꽃을 품었기 때문이었다. 좀 더 나은 장래를 위해 학력을 속이면서 손톱 밑에 진흙을 묻혀 더럽히면서 면접에 합격한 젊은이들이 김포공항을 떠났다. 떠날 때까지만 해도 그들은 미처 알지 못했다. 지하 1,000m까지 내려가서 석탄채굴을 하고 그들이 짊어지고 일할 도구들은 서양인들의 체형에 맞추어 제작되어 50kg이 넘는 무게라는 것을, 35도가 넘는 높은 기온인 막장에서 매일 목숨 건 전투를 하며 땀에 젖은 속옷을 하루 여섯 번 이상 짜서 입어야 하고 장화에 고인 땀을 열 번 이상 쏟아내야 하며 광부들이 지하로 내려갈 때 그들이 하는 인사는 '글뤽아우프' 그러니까 그 말은 살아서 보자 무사히 돌아와라. 행운을 빈다는 뜻이 담긴 무시무시한 곳인 걸 몰랐었다.

만약 알았다면 학력을 속이고 손톱 밑에 흙을 묻혀 더럽혀가면서 과연 지원했을까? 그렇게 힘들고 위험한 일이라는 걸 상상도 못하고 광부 지원을 한 한국의 젊은이들이었다. 간호사도 마찬가지였다. 유럽 사람들과 달리 대우하며 간호사들이 청소 음식 환자 간호는 물론 환자들의 대소변을 받고 시신을 닦는 일까지 하게 되리란 것을. 육체적 정신적으로 힘든 건 물론, 호스피스 병동에서 일하며 자신이 간호했던 환자가 죽어 나가면 자신의 가족이 죽은 듯 슬퍼 가슴을 움켜잡게 되리란 것을. 옆에서 보던 서독 사람들은 그 마음에 더 슬퍼 울고, 응급실에서 사고로 피투성이가 된 환자들도 두려움을 삼키며 잘 보살피고 피가 부족하면 자신의 피까지 수혈해주는 일까지 하게 되리라는 것은 상상하지 못했을 것이다.

그러나 그들은 묵묵히 해냈다. 속으로 울음을 삼키며 일해 독일 사람에게 **동양에서 온 천사, 주사 잘 놓고 진정한 사랑을 실천하는 천사**라는 평가를 받기까지 참고 참아야 함은 상상도 못 했을 것이다. 파독 광부와 간호사들은 어떤 힘든 일도 마다치 않고 열심히 해서 서독에서 인정 받아야 함을 김포공항에서 가족과 이별할 때만 해도 아무도 상상하지 못했다.

세계가 이름조차 몰랐던 대한민국을 인식하기 시작할 만큼 힘들게 견딜 줄 알았다면 아마도 학력도 속이고 직업도 속여가며 가지는 않았을 것이다. 1963년 한국의 1인당 국민소득은 겨우 100달러 대학을 졸업해도 일자리를 찾기 힘든 시절이었다. 누군가는 가족의 밥상을 지키기 위해 누군가는 더 나은 내일을 꿈꾸며 청년들은 먼 이국땅 독일행을 택했다. 한독 기술협정 체결로 시작된 파독 광부 파견 경쟁률은 무려 15대 1이었다.

첫해 247명이 독일로 떠난 것을 시작해 청년들은 희망을 걸고 독일의 광산으로 향했다. 간호사와 간호조무사는 한국 의사 이수길 씨와 이종수 씨가 독일 취업을 성사시킨 것을 계기로 독일 병원 협회와 한국 해외개발공사가 계약을 맺으며 본격적인 파견이 이루어졌다.

하지만 기회의 땅이라 불리던 독일은 동시에 생존을 건 낯선 터전이었다. 광부들은 지하 섭씨 35도가 훌쩍 넘는 1,000m 지하에서 하루 8시간을 꼬박 버텨야만 했다. 그렇게 흘린 피와 땀은 고국으로 들어왔다. 10년 동안 송금된 돈만 무려 1억 달러가 넘었다. 이는 당시 대한민국 연간 수출액보다 많은 액수였다. 한강의 기적을 일으킨 귀한 종잣돈이 되었다. 나아가 한글학교를 세우고 현지 사회 속에 한국인의 뿌리를 내리며 오늘날 독일 한인 사회의 토대를 마련했다.

파독 광부와 간호사들은 단순한 해외 노동자가 아니었다. 그들은 가난한 조국을 일으켜 세운 숨은 주역이자 대한민국의 위상을 높인 보이지 않는 외교사절단이었다. 그들의 희생과 헌신이 있었기에 오늘 우리가 누리는 풍요가 가능한 것이다. 박정희 대통령은 자식을 객지에 떠나보내듯 마음이 아팠다. 가난이 그들을 객지로 내몰고 있는데도 한 나라의 아버지로서 속수무책으로 있어야 하는 현실을 부정하고 싶었다.

이 답답함보다 순도 높은 시간이 온몸의 기운과 열기를 다 빼앗아 가는 것처럼 진저리쳐졌다. 자식을 이국 멀리 떠나보내며 흘리는 부모의 눈물을 피해 깜깜한 골목에 주저앉아 통곡이라도 하고 싶은 심정이었다. 타지로 떠나는 저 국민들은 자신의 경계를 고민하다가 집을 떠나는 것이다. 자신의 길을 자신이 만들어 가는 거미처럼 집을 떠나 타지에서 진흙탕에서 피어야만 하는 연꽃처럼 구름 속을 헤치고 빠져나오는 달처럼 오랫동안 허기진 시간을 헤치고 날아오를 수 있기를 간절히 빌었다.

비에 젖어 음습한 방을 전전하는 동안 어둠이 내리고 달빛이 박정희 대통령의 어깨를 가만가만 두드리고 있었다. 육영수 여사는 말했다. *여보! 저들은 잘 이겨내고 돌아올 것이니 너무 걱정하지 마세요! 저들이 머무는 곳마다 행운이 오겠지? 몇억 년이 지나도 내 가슴속 먹물이 지워지지 않을 것 같소.* 육영수 여사는 말했다. *나라의 어버이란 늘 물의 내장이 되어 국민의 그늘을 걷어내는 일로 일생을 살아야 하는 것이 숙명이겠지요.*

하얀 새벽의 숨

새벽 4시 50분. 하늘은 아직 푸르지도 검지도 않은, 젖은 회색이었다. 미란은 주방의 작은 커피 머신 앞에 섰다. 물이 끓는 동안 창문에 비친 자신의 얼굴을 바라본다. 어제 미리 다려둔 하얀 제복을 바라본다. 12시간 근무. 오늘은 7번 병동의 *집중치료실* 근무다. 오늘도 *살아남자, 살아 남아야 한다 참아야 한다.* 그녀는 작은 목소리로 그렇게 말했다. 스스로에게 주문을 걸듯이.

그리고 현관을 나선다. 쌀쌀한 기운이 볼을 스쳐간다. 독일 프라이부르크 종합병원 병원 엘리베이터 문이 열리자 특유의 병원 냄새, 소독약, 금속, 그리고 인간의 체온이 뒤섞인 냄새가 와락 달려와 품에 안겼다. 7번 병동에는 여섯 명의 간호사가 근무 중이었다. 미란은 동료들에게 *조용한 사람*으로 불렸다. 환자에게 다정하지만 동료에게는 과묵했다. 이유는 단순했다. 말을 많이 하면 감정이 흔들리기 때문이다. 그리고 언어가 잘 통하지 않는 것이 더욱 그녀를 조용한 사람으로 만들었다.

첫 번째 환자는 교통사고로 척추를 다친 27세 남자였다. 환자는 의식을 되찾았지만, 움직이지 못했다. 미란이 링거줄을 정리하자 남자는 힘겹게 물었다. *내 다리… 다시 걸을 수 있을까요?* 한국 사람이었다. 반가웠다. 그러나 대답 대신 그가 눈치채지 못할 만큼 천천히 그의 손등을 쥐었다. 그리고 고개를 끄덕여 주었다. 그녀의 대답을 들은 환자의 얼굴에 환한 햇살이 잠깐 다녀갔다. 점심시간이 되어도 병원 구석엔 긴장이 흘렀고 신음이 끊이지 않았다.

그래도 점심은 먹어야겠기에 미란은 구내식당에서 감자 스프를 먹다가 문득, 1년 전 한국으로 떠난 친구 순자가 생각났다. 그녀는 같은 병원에서 함께 일하다 *좀 더 따뜻한 나라로 말이 통하는 나라로 가서 일하고 싶다*며 떠났었다. 그리고 몇 달 전, 한국에서 결혼 소식을 보내 왔다. 편지 끝에는 짧은 한 줄이 있었다.

여기엔 분홍과 하얀 매화가 피어나고 새들이 지저귀고 봄바람이 꼬리를 흔드는 싱그럽고 푸른 봄이야. 미란아 너는 어떻게 지내고 있어. 말도 통하지 않고 일도 너무 많고 힘들지? 너무 힘들면 한국으로 다시 돌아와, 그리고 나처럼 결혼도 하고 재미있게 살아.

그 편지를 읽은 뒤로, 미란은 자주 병원의 창문 밖을 보며 상상의 코끼리를 키우는 버릇이 생겼다. 나의 계절은 여전히 겨울의 가장자리에 걸쳐 있는 새벽이어야만 할까? 하루에 천 리를 달리는 귀한 무족마(無足馬)는 엄청나게 비싸다고 한다. 굴뚝 연기를 먹고 살다가 성체(成體)가 되면 지붕 위를 날아다니며 긴 혓바닥으로 거미 수염에 붙은 침이나 새의 귀지를 꺼내먹고 산다는 무족마(無足馬)가 부럽다는 생각이 든다.

희대미문(稀代未聞)의 영웅

19

　무족마(無足馬)는 치타의 간을 간식으로 먹는데 치타의 간을 먹고 나면 기운이 펄펄 날아 한 시간에 천 리가 아니라, 만 리까지 날아간다는 말을 어디선가 읽은 기억이 난다. 무족마처럼 시간을 날아가 풍요로운 시간이 오면 좋겠다는 생각을 하자 순자의 용기가 부러웠다. 순자처럼 돌아갈 수 있는 용기가 있으면 얼마나 좋을까? 생각하며 근무를 하고 있었다.

　드디어 오후 6시, 막 교대가 끝나갈 무렵, 한 노인이 갑자기 호흡곤란을 일으켰다. 산소마스크, 심폐소생술, 주사기, 기계음… 모든 것이 휘몰아쳤다. 미란은 시간의 감각을 잃은 채 손끝으로 생명을 붙잡았다. 의사가 **멈춰도 됩니다.** 말했을 때도 미란의 손은 한참 동안 멈추지 않았다. 환자의 이마에는 아직 따뜻함이 식지 않았다. 그런데도 끝내 숨소리는 들리지 않았다. 다리는 후들후들 떨고 있었다.

죽어가는 사람을 살리지도 못하는 것이 병원인가? 병원의 한계를 느끼다가 멍하니 있다가 퇴근을 한다. 퇴근길, 독일 남부의 공기는 싸늘했지만, 눈부시게 맑았다. 그러나 그 맑음이 오히려 깜깜하다는 생각이 들었다. 미란은 집으로 들어갈 자신이 없었다. 병원 근처의 작은 호수 앞에 섰다. 물 위엔 새들이 앉아서 헤엄을 치다가 고개를 물속으로 넣다가 새들의 방식대로 놀고 있었다. 미란은 다시 주머니에 든 손을 꺼내서 가방 속에서 낡은 편지를 꺼내 읽었다. 그리고 그 밑에 자신만의 답을 썼다.

나는 아직 새벽 안개 속에 꿈을 찾아 헤매고 있어. 하지만 새벽 안개가 걷히고 언젠가 맑은 아침으로 이어진다는 걸 매일의 죽음 속에서 배워가고 있어. 순자야 네가 한없이 부럽구나. 또 연락할게. 미란은 편지를 접어 호숫가에 띄웠다. 바람이 달려와 편지를 천천히 데리고 물길을 따라갔다. 미란은 아무 생각 없이 종이배가 보이지 않을 때까지 멍하니 바라보고 있었다.

시신을 씻는 시간

미란은 오후 근무를 마친 뒤에도 병실을 떠나지 못했다. 막 숨을 거둔 노인의 침대 곁에서 수건을 적셨다. 창문 밖에는 눈이 내리고 있었다. 그녀는 죽음의 온도를 알고 있었다 손끝으로 느껴지는 서

소백산맥 ⑮

늘함, 천천히 사라지는 체온, 그리고 남겨진 자들의 숨소리조차 들리지 않는 병실이다. 미란은 무섭고 두렵고 떨렸다. 늘 하는 일인데도 그때마다 어쩔 수 없어서 자신에게 주문을 걸듯, 아니 어머니를 대하듯 말한다.

제가 깨끗이 씻겨드릴게요. 미란은 그렇게 자신에게 주문을 걸며 노인의 얼굴을 닦았다. 피부는 종이처럼 얇고 투명했다. 살아 있을 때보다 훨씬 평온한 표정이었다. 동료 간호사가 들어와 조용히 물었다. *무섭지 않아요?* 미란은 아무 말도 하지 않는다. 그러자 다시 묻는다. *무섭지 않아요?* 무서운 것인지 안 무서운 것인지 미란은 아무 말도 하지 않고 수건으로 온몸을 닦는다. 속으로 주문을 왼다.

엄마야! 엄마야! 무서움이 무서움을 얼려버리는 기분이 들었다. 그렇게 겨울에도 땀이 옷을 다 적시도록 닦아내고 마지막으로 시트를 가지런히 덮었다. 덮고 나니 무서움이 하루살이 떼처럼 달려왔다. 하루살이 떼를 휘저으며 밖으로 나왔다. 그리고 흰 백합 한 송이를 사 왔다. 노인의 마지막 길에 꽃향기를 깔아주기 위해 병실 문 앞에 섰지만, 문을 열기가 무서웠다.

그러나 *살아 있다고 생각하자, 살아 있다고 생각하자* 주문을 외우면서 꽃을 하얀 시트가 덮인 가슴 위에 얹는다. 이 세상을 하직하는 사람을 위해 할 수 있는 가장 기초적인 일이라고 아니, 최소한의 인간적인 예의라고 생각했다. 그 순간, 미란은 깨달았다. 간호라는 일은 *떠나는 사람의 얼룩을 말끔이 씻어 훨훨 영혼을 가볍게 떠나보내는* 일이라 생각했다.

피투성이의 새벽

새벽 두 시. 사이렌 소리가 구급차를 끌고 달려왔다. 문이 열리자 젊은 남자가 피범벅이 된 채 들것 위에 실려 들어왔다. 자동차 전복 사고였다. **맥박 약해요!** 의사의 목소리가 날카롭게 튀었다. 미란은 이미 움직이고 있었다. 장갑을 끼고, 수혈 세트를 잡고, 혈액형 확인, O형 음성 피가 튀었다, 그녀의 팔, 하얀 제복, 얼굴까지. 그러나 미란은 닦지 않았다. 그의 숨이 끊기지 않게 하려고 단 한 방울의 시간도 허비하지 않았다.

삐삐삐— 기계음이 끊기고, 다시 이어졌다. 심전도 파형이 미세하게 꿈틀거렸다. **됐어요. 조금만 더 버텨요.** 미란은 그 말이 환자에게 들릴 리 없다는 걸 알면서도, 말하지 않고는 버틸 수 없었다. 의사가 내려오고 피가 필요했다. 그러나 지금으로서는 피가 없다는 것이 병원의 입장이었다. 미란은 자신의 혈액형이 O형이란 것이 생각났다. *제가 수혈을 하겠습니다.* 소리치자 간호사들은 서로의 얼굴을 쳐다보며 말이 없었다.

그때 의사가 말했다. *미란 간호사가요? 예, 피가 없으면 사람이*

죽는다면서요? 사람을 살려놓고 봐야 하잖아요. 어서 제 피를 뽑아 저 환자를 살리세요. 간호사들은 그제야 급히 움직였다. 미란은 헌혈을 했고 그 환자에게 수혈이 시작되었다. 붉은 피가 관을 타고 들어가는 것을 보며 미란은 속으로 중얼거렸다.

이건 생명의 색이 아니라, 단지 우리가 붙잡고 있는 시간의 색일지도 몰라. 저렇게라도 생명이 살아갈 방법이 있다면 살게 해줘야지. 미란은 피를 뽑은 탓인지 조금 어지러웠지만, 집에 와서 생각하니 너무나 뿌듯한 생각이 들었다.

간호하던 환자의 죽음

그 환자는 미란이 오랫동안 간호를 해오던 사람이었다. 심장 질환으로 4개월째 입원 중이던 환자다. 직업은 은퇴한 바이올린 교사였다. 그는 매일 오후, 창가에 앉아 *G 선상의 아리아*를 흥얼거렸다. 손이 떨려 현을 잡지 못하던 날에도, 그는 **음악은 들리지 않아도 손끝과 마음속에서는 노래가** 들린다고 말했다. 그날 밤, 미란은 병실을 돌다가 그가 창가를 향해 누워 있는 걸 보았다. 눈은 반쯤 감겨 있었고, 입가엔 *G 선상의 아리아*가 흘러나오고 있었다. 기계음이 멈춘 건 그다음이었다.

미란은 아무 말도 하지 않았다. 그저 침대 옆에 앉아, 그의 손등

위에 손을 올렸다. 그 손은 차가웠지만, 아직 완전히 식지 않았다. 잠시 후, 그녀는 침대 머리맡에 놓인 낡은 바이올린 상자를 열었다. 그 안에는 작은 메모가 있었다. *혹시 내가 떠나면, 이 악기를 병동 로비의 아이들에게 맡겨주세요.* 미란은 조용히 상자를 닫았다. 그리고 새벽이 밝아올 때까지 창가에 앉아 있었다.

바깥의 눈은 멎었고, 프라이부르크의 하늘은 아주 천천히 푸른 빛을 띠기 시작했다. 그리고 *G 선상의 아리아*가 울려 퍼졌다. 미란은 슬픔을 견디기 어려워 순자에게 편지를 썼다. 부치지도 못할 편지를 일기장에 썼다. *순자야! 오늘 또 한 분을 보내드렸어. 순자 너는 기억하지? 우리가 함께 처음 시신을 씻기던 날. 그때 우리는 울지 않으려 입술을 깨물었고 서로에게 무서워하지 말고 돌이라고 생각하자 돼지의 몸이라고 생각하자면서 속으로 울면서 시신을 씻겼지.*

그런데 이제는 울지 않아, 대신 그분들의 이름을 마음속에서 불러주며 좋은 곳으로 가라고 기도해주는 여유까지 생겼단다. 순자야, 나는 여전히 여기서 그렇게 목숨을 흘려 보내고 있어, 너는 행복한 결혼생활을 하겠지? 곧 아기도 태어날 것이고.

오후의 병동

병동 복도에 햇빛이 창문을 뚫고 들어왔다. 하얀 벽은 따뜻하게 빛났지만, 그 아래 누운 사람들은 모두 겨울을 살고 있었다. 미란은 주삿바늘을 확인하고, 링거줄을 펴며 말했다. *괜찮으세요, 손 좀 펴보실까요?* 환자의 손은 가볍게 떨렸다. 힘줄이 나무뿌리처럼 불거진 손 위로, 오래전에 그린 듯한 작은 꽃무늬 담요가 덮여 있었다. 미란은 그 손을 감싸며 천천히 피를 통하게 했다. 피는 돌지 않아도 마음은 돌았다.

복도 끝에서, 한 가족이 의사와 대화하고 있었다. *연명치료는 중단하는 게 좋겠습니다.* 의사의 목소리는 조용했지만, 그 조용함이 오히려 천둥 번개 같았다. 미란은 먹먹해져 아무 말 없이 그 옆을 지나쳤다. 이미 익숙한 풍경이었다. 사람은 언제나, *살아 있는 동안만 사랑을 말한다.* 그날 밤, 미란이 맡은 환자는 오랜 시간 암 투병을 해오다가 뇌경색까지 합병증이 와서 식물인간처럼 살던 중년의 어머니였다.

그녀는 합병증이 오기 전까지 하루에도 몇 번씩 아이들 이야기를 했다. *우리 애가 이번에 졸업하거든요. 그날까지만… 조금만 더 버텨야죠.* 하지만 그 졸업식 날은 오지 않았다. 미란은 숨이 멎은 그녀의 얼굴을 바라보았다. 눈꺼풀 아래엔 아직 미세한 체온이 남아 있었다. 간호일지에는 짧게 적혀 있었다.

사망 시각 19:44.

모두가 떠난 병실에서 미란은 하얀 수건을 적셨다. 그리고 어머니의 얼굴을 닦으며 말했다. *이제 괜찮아요. 이제는 정말 아프지 않아요. 고통도 없을 거예요.* 미란은 어머니를 닮은 그 얼굴을 끝까지 닦기 시작했다. 볼, 입가, 이마. 미란의 손끝이 닿을 때마다 돌봄이란 단어가 먼지처럼 흩어지며 공중으로 날아갔다. 밖에서는 어린아이의 웃음소리가 들렸다. 죽음의 바로 옆에 삶이 있었다. 이곳 병원은 언제나 그 경계였다.

수혈을 못한 죄

응급실에 한 청년이 실려 왔다. 오토바이 사고였다. 미란은 피범벅이 된 그의 얼굴 위로 산소마스크를 씌웠다. 의사가 외쳤다. *혈압 떨어진다! 수혈 준비해요!* 피가 튀었다. 미란의 팔, 손, 얼굴까지 튀어 오르는 피 냄새는 뜨겁고 진했다. 환자는 아무 말이 없었다. 미란은 주삿바늘을 잡으며 속으로 기도했다. *제발, 이번엔 살게 해주세요.* 급하게 혈액을 구했으나 맞는 혈액이 없었다. 미란은 생각했다. *내 몸속에 여러 가지 피가 있었으면 좋으련만.*

사람이 죽어가도 자신의 피를 수혈해주겠다고 나서는 사람이 없었다. 그 청년은 피를 수혈받지 못해 몇 분 뒤 조용히 숨이 멎었다. 의사가 고개를 숙이고 시계를 보았다. 미란은 아무 말도 하지 않았다. 그저 바닥에 떨어진 피를 닦았다. 그리고 그의 얼굴 위에 흰 천을 덮었다. 얼굴선을 따라 천천히 천이 내려앉는 순간, 미란은 명치끝이 떨렸다. 그 피는 아직 따뜻했다. 그 온기가, 그녀를 다시 병동으로 걷게 했다.

미란은 퇴근 후, 병원 근처 카페에서 커피를 마셨다. 창밖에는 매화가 피어 있었다. 그 꽃잎이 너무 흰 탓에, 미란은 문득 병실의 시트를 떠올렸다. 미란이 가방에서 프라이부르크 우체국 소인이 찍혀 있는 편지를 펼치자, 익숙한 필체가 보였다. 아직 부치지 못한 편지였다. *순자야 오늘 또 한 분을 보내드렸어. 너는 여전히 아름다운 것만 보고 살아 있는 사람만 보지?* 미란은 그 편지를 손으로 꼭 쥐었다. 눈물이 손등 위로 떨어졌다.

이튿날, 병원 복도에는 햇살이 길게 드리웠다. 미란은 그 빛 속에 잠시 멈춰 섰다. 오늘도, 살아남았다. 그리고 그녀는 천천히 다시 걸어 들어갔다. 죽음이 기다리는 병실로.

죽음의 동굴

1964년 겨울, 눈보라가 부는 루르 지역. 김종달은 버스 창문에 이마를 댄 채 잠들지 못했다. 눈은 소복이 쌓였고, 탄광 입구에는 거대한 철문과 독일어 표지판이 서 있었다. 아침마다 죽음같이 캄캄한 곳을 들어가야 했다. 김종달은 늘 오늘이 마지막이란 생각으로 고국에서 온 편지를 꺼내 읽어본다.

종달아 몸 성이 꼭 살아 돌아와라.
너의 월급으로 어머니 치료비와 우리 막내 대학 보내고 있다.

그 문장은 종달을 버티게 했다. 그러나 그가 매일 떠야 하는 현실은 사람이 들어가서 못 나올 수도 있는 땅이었다. 지하 1,000m 막장을 내려가기 때문이다. 엘리베이터는 끝없이 내려갔다. 철제문이 닫히고, 금속의 진동이 뼛속까지 울렸다. 지하 공기는 숨이 헉헉 막혔다. 어둠, 먼지, 땀, 석탄 냄새, 그리고 사람의 피비린내.

종달은 막대기로 석탄 덩어리를 쪼개며 중얼거렸다. *이게 사람 사는 것일까?* 독일 감독은 욕설을 퍼부었다. *빨리빨리 하지 못하고 뭣들하고 있어? 명령이 곧 생존이야 이 새끼들아 돼지지 않으려면 명령에 복종해!* 다른 말은 못 알아들어도 이상하게 욕설은 더욱 분명하게 알아들을 수 있었다. 석탄가루가 코와 입을 막았다. 하루 10시간, 물 한 모금도 제대로 마시지 못했다. 차라리 죽는 게 낫다는 생각이 들 때도 있었다.

그렇게 죽음의 무덤을 넘어 살아 나와서 퇴근 후엔 기숙사 욕실에 몰려들어, 검은 물을 쏟아내며 서로의 등을 문질렀다. 그 물은 늘 검은 먹물로 변했다. 종달은 생각했다. 내가, 대학까지 졸업한 내가 면접을 볼 때 합격하기 위해 학벌을 속이고 손에 먹물을 묻히고 손톱 밑에 흙이 낀 것처럼 일부러 흙을 집어넣어서 면접을 봤다.

그렇게 겨우 통과한 날 얼마나 기뻤던가? 품팔이로 힘겹게 내 대학 학비를 벌다가 병든 어머니의 치료비를 벌기 위해 절박한 심정으로 지원했었다. 그리고 독일로 와서는 후회하였다, 어떻게든 한국에서 버티지 못한 것을. 그러나 이미 주사위는 던져졌다. 후회를 떨치기 위해 머리를 도리도리 저었다. 함께 온 동료들과 이야기를 하다가 보니 중졸은 거의 없고 모두 고졸 이상의 고학력이란 걸 알고 위안으로 삼았다.

아무리 배워도 나라가 가난하면 어쩔 수 없구나. 종달은 하나같이 기막힌 사연을 안고 온 동료들을 보며 조국의 가난은 개인의 불행이 된다는 걸 뼛속 깊이 깨달았다. 이렇게 힘든 곳인지 몰랐을까? 지원자들의 경쟁이 치열했다. 그러나 보니 소위 빽 있는 사람이 유리했다. 빽 있는 사람들이 고학력을 가질 확률이 높은 건 당연했다. 이렇게 경쟁이 치열하고 빽 있는 고학력들이 왜 굳이 이런 막노동을 지원했는지는 뻔하다.

돈을 벌려는 목적도 있었지만, 당시만 해도 해외로 나가려면 정부 허가가 필요했었다. 그러다 보니 해외에 다녀온 사람이 선망의 대상이었으니 경쟁률이 치열할 수밖에 없었다. 이렇게 지원한 광부들은 쉬운 말 정도는 알아들었다. 그게 불행인지 다행인지 모르지만. 함께 온 박중단은 다른 일을 찾아보고 있었다. 그러나 한 달만 더 한 달만 더 미루고 있었다. 독일에서는 다른 할 일도 많았다. 그렇게 다른 일을 찾기 위한 결심을 마음속으로만 하고 시간을 흘려보냈다.

같이 온 친구 하나가 꽤 좋은 직장에 들어갔다고 함께 가자고 권유했으나 탄광만큼 보수가 많지 않았다. 조금 더 보수가 좋은 데 들어가기 위해 기다리던 어느 날 종달의 동료 박중단이 기침을 멈추지 못하고 밤새도록 기침을 했다. 새벽마다 토사물에 석탄가루가 섞여 나왔다. 1주일이 지나도 기침을 멈추지 않아 옆에서 잠을 자지 못하고 함께 밤을 새워야 했다.

종달은 가지 않겠다는 중단을 데리고 병원으로 향했다. 검사를 끝낸 의사는 말했다. *광산에서 일하시죠?* 예, 그의 대답은 망설임 없었다. 의사는 *폐가 까맣습니다. 일을 그만둬야 합니다.* 의사 선생님 저는 일을 그만둘 수 없습니다. 우리 가족은 제가 보내는 돈으로 먹고삽니다. 제가 돈을 보내지 않으면 굶어 죽습니다. *딱하기는 하지만 그러다 당신도 죽습니다.*

의사는 딱한 생각이 들었는지 말을 이었다. *탄광 일을 그만두시고 다른 일을 찾아서 가족들을 먹여 살리도록 하시지요? 당신이 이러다가 죽으면 누가 가족을 먹여 살린답니까?* 그렇게 의사의 말을 병원에 두고 중단은 병원 문을 나섰다. 하늘도 까맣게 물들어 있었다. 그날 밤 중단은 편지를 썼다.

소백산맥 ⑮

어머니 여긴 너무 춥습니다.

그러나 어머니 병원비와 아버지 생활비 버느라 덥게 보내고 있습니다.

제가 캐낸 석탄으로 아버지 어머니 따뜻하게 지내시고 약도 끊지 마시고

드시길 바랍니다.

멀리 독일에서 아들 중단 올림

다음 날 중단의 검은 가래가 수건에 떨어졌다. 중단은 폐 속이 석탄처럼 타들어 가고 있음을 직감했다. 종달이 말렸다. 오늘은 쉬어 그러다가 죽으면 부모님은 어쩌라고? 이래 죽으나 저래 죽으나 한 번 죽는 인생 아니여? 내가 굴속에 들어가지 않으면 부모님이 돌아가시는데 자식이 어떻게 그래, 하는 데까지 해 봐야지.

1년만 더 벌어서 한국 가서 부모님 모시고 병 치료하면 되니까 걱정하지 마. 중단은 아무리 말려도 막무가내로 다시 갱도로 내려갔다. 더 말리고 싶었지만, 종달도 독한 감기에 걸려 약을 먹고 있었기에 그냥 두고 집에서 쉬었다. 다행스럽게도 복지는 독일인과 똑같이 대우를 받았다. 일하다가 손가락을 다쳐도 공상 환자로 분류되어 100%의 임금을 받았다.

그리고 배탈이나 감기에 걸려 쉬어도 80%의 임금은 나오니 쉬기로 마음먹었다. 한국인 하나하나가 한국을 대표한다는 의식을 가졌기에 하나가 잘못하면 대한민국의 잘못이 되는 문화가 조성되었

다. 그러기에 종달은 나라의 입장을 생각했다. 외출할 때도 다른 나라 노동자들은 옷차림이 깨끗하지 못했으나 종달은 주위 동료들에게 입던 대로 후줄근한 차림으로 나가면 나라를 깔보이는 것이니 반드시 깔끔하게 정장으로 차려입고 나가자고 교육을 했다.

그리고 문제가 될만한 곳엔 옆에서 구경도 하지 말자고 광부들에게 교육했다. 어떤 의무감? 사명감? 그것도 아니면 국가관이라고 해도 좋았다. 비록 가난해서 독일까지 왔지만, 나라의 격을 떨어뜨리는 행동을 해서는 안 된다는 것이 종달의 지론이었다. 그래서 웬만하면 결근하지 않았고 양심에 꺼리는 일은 하지 않았다. 그러나 그날은 왠지 출근하기 싫었다.

쉴 만큼 아프지는 않았지만, 지친 몸을 하루 쉬어주자 작정했다. 그렇게 쉬는 날, 그러니까 그날 오후, 무너지는 벽 사이로 중단의 이름이 사라졌다. 지하의 어둠은 비명을 삼켰고, 다음 날 독일 신문에는 한 줄이 실렸다. **한국인 노동자, 탄광 붕괴로 사망.** 종달은 아무 말도 할 수 없었다. 그가 써놓은 편지를 보내지도 못하고 마지막이 되었음에 가슴이 아파 그저 중단의 헬멧을 가만히 두 손으로 닦았다.

심장이 떨렸다. 그 헬멧 안에는, 아직 마르지 않은 중단의 피가 까맣게 흐르고 있었다. 추운 겨울이 다가왔다, 그러나 추우면 더 따뜻해야 할 겨울에 기숙사 난방이 끊겼다. 한 방에 여덟 명이 잠을 잤지만 모두 같은 꿈을 꾸었다. 고향 집의 아궁이, 어머니의 된

장국, 추워서 잠이 안 오자 고향은 날아서 달려왔다. 그러나 아침이 되면, 꿈은 다시 검은 흙으로 변했다. 언젠가 돌아갈 수 있을까? 얼마나 더 이 땅이 우리를 버티게 해줄까?

그렇게 잠을 설치고 아침에 일어나 굴속으로 들어갔다. 사고가 난 뒤라 두려웠다. 두려움을 타고 지하로 내려가는 동안 종달은 잠시 말이 없었다. 조용한 틈을 타 기계가 울렸다. *사고다!* 갱도가 무너졌고, 종달은 동료의 손을 잡았다. *움직이지 마! 버텨!* 그러나 동료는 이미 차갑게 식어갔다. 그의 마지막 말은, *엄마…*였다. 그날 이후, 종달은 몇 주 동안 빛을 보지 못했다. 갱도 안의 구조 신호음만이 희미하게 들려왔다. 철, 돌, 그리고 사람의 냄새가 뒤섞였다.

눈을 떴을 때는 병원이었다. 종달은 떠나올 때 생각이 났다. 울진 바닷가 마을. 새벽부터 마을회관에 사람들이 모였다. 남정네들이 트렁크를 들고 버스를 기다리고 있었다. 서류 가방 속엔 여권, 그리고 조국의 명령장이 들어 있었다. *서독 파견 광부.* 어머니가 손을 꼭 잡으며 말했었다. *꼭 건강하게 있다가 돌아와야 한다.* 버스가 떠날 때, 손에 어머니는 부적을 쥐여 주었다. 무슨 부적인지는 몰랐지만 그에겐 세상에서 가장 든든한 부적이었다. 부적 때문에 죽지 않고 살았나?

종달은 꼭 몸에 지니고 다니라던 부적을 찾으니 없었다. 병원 간호사에게 물었다. *내가 입었던 옷 어디 있소?* 간호사는 시커먼 연탄투성이의 옷을 가지고 왔다. 얼른 주머니부터 뒤졌다. 다행스럽

게 그 부적은 그대로 있었다. 종달은 정신이 들자 동료들 다섯 명이
나 죽었고 자신만 살았음에 온몸이 오싹해졌다. 그리고 그것이 부
적 덕분이란 생각이 들었다. 매일 부적을 주머니에 넣고 굴속으로
들어갔다. 마음이 든든했다. 부적이 지켜줄 거란 생각 때문이었다.

3년 뒤, 종달은 무사히 한국으로 돌아왔다. 그러나 종달의 폐는
반쯤 망가져 있었고, 그의 눈은 빛을 오래 보지 못한 사람의 눈처
럼 흐렸다. 공항에 내리자, 사람들은 박수를 쳤다. *조국의 역군들
이 돌아왔다!* 종달은 그 말이 낯설었다. 종달은 손을 코에 대보았
다. 여전히 석탄 냄새가 났다. 손금 사이엔 죽은 동료들의 얼굴이
아직 고여 있었다.

그날 밤, 종달은 고향 하늘을 올려다보았다. 별빛이 아름다웠지
만, 그 별들은 모두 지하에서 떠나보낸 동료들의 이름 같았다. 종
달이는 생각했다. 그렇게 많은 석탄을 캐냈는데도 여전히 추운 것
은 왜일까? 지하로 내려가 해도 못 보고 종일 석탄을 캐면, 손톱
밑이 다 까매지고 코에서도 검은 먼지가 나와 기침을 멈추질 않아
도 일해야 했다. 월급날마다 송금할 때면 부모님의 웃는 모습이 떠
올라 기뻤지만 그의 폐는 이미 검은 바람이 되어 있었다.

숨을 들이쉴 때마다, 마치 돌이 부서지는 소리가 들렸다. 그는
오래 살지 못했다. 그가 세상을 떠난 날, 그의 작업모에 꽃 한 송이
를 꽂혔다. 검은 흙 위에, 하얀 매화가 떨어졌다. 남겨진 사람은 그
가 떠나던 날, 꽃가마를 준비했다. 마을회관 앞엔 꽃단장한 가마

한 대가 서 있었다. 꽃가마가 언덕을 넘어갈 때까지 동네 사람들은 모두 눈물을 훔쳐냈다.

그의 부모님은 일어나지 못하고 방안에 누워만 있어 아들의 마지막을 배웅하지 못했다. 독일로 떠나는 것처럼 예사롭게 생각하는지 그의 어머니는 헛소리를 했다. *가거든 몸 건강하게 있다가 돌아오거라!* 빛과 그늘은 공존한다. 그가 독일에서 파낸 석탄은 겨울마다 사람들의 방을 덥혔다. 하지만 그는 따뜻한 방에서 자지 못하고 갱도 속에서 본 어둠, 그 어둠 속으로 영영 떠나고 말았다.

봄비가 내리던 날, 그의 어머니는 꽃 한 송이를 들고 묘비 앞에 섰다. 작은 돌에 새긴 글귀가 흐릿했다. *검은 땅속에서 빛을 캐던 종달 어머니는 흐느끼며 말했다. 아들아, 이제 너의 밤을 끝내고 환한 빛이 있는 곳에서 살아라.* 바람이 달려와 온몸으로 대답했다. 그 바람에서, 석탄가루 대신 매화 향이 났다. 그 향기 속에 아들의 마지막 웃음이 스며 있었다.

서걱거리는 계절

1964년 겨울빛은 유난히 말라 억새가 서걱거리듯 서걱거려 박정희 대통령 잠을 모두 베어내고 있었다. 그렇게 대통령의 마음을 사각사각 난도질하고 11월은 제 발로 급하게 뛰어들었다. 청와대 경내에 내려앉은 빛마저 먼지를 품은 듯한 희뿌연 색이었다. 박정희 대통령은 집무실 창가에 서서 손가락으로 유리창에 입김을 불어 *독일, 독일, 독일로 가서 고생하는 자식들을 만나봐야 하는데…*. 라고 글씨를 썼다. 그 감촉은 얼음이 언 것도 아니고, 따뜻한 실내 공기가 스며든 것도 아닌, 무언가 형체 사이의 틈처럼 상서로운 기운이 서린 것 같았다.

희대미문(稀代未聞)의 영웅

20

절벽에서 산삼을 캐다

박정희 대통령은 난로 옆에 놓인 외무부 문서를 펼쳐 든다. 독일 연방정부가 공식 초청을 해왔다는 내용이었다. 벌써 며칠째 여러 번 읽었지만, 매번 같은 구절에서 눈길은 돌부리에 걸려 멈춰 섰다. *정식 방문을 통해 경제협력·산업기술·근로자 파견 문제 협의 예정.* 반가워야 할 그 문장이 복숭아씨가 튀어나오도록 대통령의 목을 눌러 답답하기만 했다. *경제, 기술, 협력·산업기술·근로자 파견 문제.* 이슬처럼 영롱하게 반짝이는 단어들 사이로 어둡고 깊은 골짜기에 안개가 자욱한 것처럼 생각되었다.

박정희 대통령은 문서에서 시선을 떼며 중얼거렸다. 선진국이 되려면 누군가의 아픈 결단이 있어야 하고 거기에 따라 몸이 먼저 움직여야 한다. 그 생각은 부끄러움도, 오만함도 아닌, 책상 위에 굳은 먼지 같은 현실, 그러니까 가난에 젖은 감성 같은 감촉이었다. 비서가 문을 열고 들어와 고개를 숙인 채 말을 꺼냈다. *각하… 출국용 예산이 아직 확정되지 않았습니다. 비행깃삯이… 부족합니다.*

박정희 대통령은 초점 없는 눈으로 비서를 바라보았다. 말을 꺼낸 비서의 얼굴에 불안해하는 기색이 냇물처럼 흘렀다. 국가수반의 비행깃삯조차 책정되지 못할 만큼 가난한 나라. 그 사실은 그동안 숱하게 경험한 가난보다도 더 서글프고 아프고 황당함의 상징이었다. 박정희 대통령은 책상 위 육필 메모를 천천히 접으며 말했다. *내가 가는 길엔 반드시 길이 열릴 것이다. 나라가 가난해 그 길 역시 쉽게 열리진 않겠지만 어떤 방법으로로든 길을 열어야 한다. 그 길이 벽이라면 벽을 무너뜨리고 열어야지.*

대통령의 말이 공중에서 빙글빙글 잠자리 떼처럼 춤을 추고 있었다. 비서는 조심스레 입을 열었다. *독일에 나가 있는 광부와 간호사들이 힘을 모아 지원을 하겠다는 뜻을 보내왔습니다.* 순간, 박정희 대통령의 몸이 아주 많이 떨렸다. 눈으로는 표정을 잃지 않으려 애썼지만, 대통령의 심장 쪽에서 작은 균열이 일어나 마치 금방 지진이라도 일어날 것 같았다.

그들에게 내가 무슨 명분으로 비행깃값을 받는단 말이오? 내가 걸어서 독일을 가더라도 그들에게 짐을 지워서는 안 될 것이오, 절

 소백산맥 **⑮**

대로! 박정희 대통령은 눈을 감고 두 손으로 얼굴에 당혹감을 쓸어냈다. 책임은 이렇게 도착하는 법이었다. 피할 수 없는 속도로. 박정희 대통령은 모자를 집어 들며 말했다. *다른 방법을 연구해 봅시다. 반드시 길이 있을 것이오.* 그러나 박정의 대통령은 비애를 느끼고 있었다. 나라의 무게가 발 딛는 바닥 아래로 스머들었다.

1964년 초겨울, 서울 하늘은 납빛으로 가라앉아 있었다. 박정희 대통령은 청와대 집무실 창가에 서서, 조금 전 받은 외교부 보고서를 다시 보았다. 독일 루트비히 에르하르트 총리의 공식 초청장. 한강의 밤안개처럼 희미했던 한국의 산업화 가능성이 외교의 문을 두드리고 있었다. 하지만 한 줄, 아주 짧은 한 줄이 그의 가슴을 서늘하게 했다. 독일 측은 *체류비는 부담하나 왕복 항공료는 귀국 측에서…* 대통령은 천천히 의자에 앉았다. 항공료. 딱 그 한 가지가 문제였다.

국가 예산은 이미 방위비와 외환 보유 부족으로 바닥을 긁고 있었고, 대통령이 쓸 외교비조차 여러 결재를 거쳐야 했다. 그는 보고서를 한 번 더 보았다. 나라의 운명이 걸린 방문인데, 대통령조차 비행깃값을 구하지 못해 망설여야 하는 상황. 잠시 후, 경제기획원 장관이 조심스레 문을 두드리고 들어왔다. 그는 초조한 색깔의 말을 뽑아냈다. *각하 독일 방문은 정말 필요합니다. 하지만 항공료 문제는…:*

박정희 대통령은 그를 잠시 바라보다, 구름과자를 꺼내 불을 붙였다. 연기가 천천히 떠오르며 방 안의 공허함을 채웠다. 우리는 지금 돈이 없다는 이유로 나라의 길을 미루고 있을 때가 아니오. 대통령의 목소리는 낮고, 묘하게 갈라져 있었다. 나는 군인일 때도, 지금도 한 번도 돈 때문에 싸움을 포기한 적이 없었소. 그러나 현실은 냉혹함이 대통령의 온몸을 돌돌 싸고 있었다. 대통령도 뻔히 안다. 정부 어디에도 여분의 외화가 없었다. 그 고심을 하늘이 알았는지, 뜻밖의 사람이 박정희 대통령을 찾아왔다.

멀리 경북 영주 국망봉 목에 봉황과 돼지가 돌옷을 입고 살면서 영주지역에서 대대로 남을 위해 살다간 후손들에게 부귀영화(富貴榮華)를 내려주었다. 그 돼지와 봉황의 은덕을 입어 아주 어마어마한 부의 기운을 받은 사람 중 죽헌 남정광이란 사람이 살고 있었다. 그는 일본 재계 22위일 만큼 재력가였다. 죽헌은 어렵지 않게 운이 좋아 모은 재산을 나라를 위해 기부해야겠다는 생각을 하고 있었다.

안개가 자욱하게 깔린 청와대에서 박정희 대통령은 새벽녘부터 혼자 정원을 거닐다 멈추었다 작은 차돌멩이 두 개를 만지작거리며 걷고 있었다. 팍팍한 숨결은 바람에 부서져 흩어졌다. 대통령은 나라도 이렇게 돌멩이처럼 작지만 단단하게 해야 하는데 국민들 마음이 말라서 금이 가기 전에 어서 기름지게 만들어야지. 하고 말했다.

동행하던 비서관은 아무 말 없이 대통령의 시선이 향하는 곳을 지켜볼 뿐이었다. 그날 오후, 박정희 대통령의 책상 위에는 한 통의 짧은 보고서가 놓였다. *경북 지역 인재 육성 단체, 남정광 회장 활동 보고서.* 박정희 대통령은 보고서의 이름을 오래 바라보다가 혼잣말로 중얼거렸다. *죽헌… 저 사람, 오래전부터 눈여겨보았지. 보통 사람은 아니야.*

흙길에 피어오르는 굴뚝 연기

며칠 뒤, 박정희 대통령은 경북 영주의 한 중소 공장을 비공식적으로 방문했다. 그곳은 남정광 회장이 지역 청년들과 함께 세운 금속 가공 공장이었다. 굴뚝에서 피어오르는 연기 사이로, 남정광은 땀에 젖은 작업복 차림으로 서 있었다. *대통령 각하께서 이른 험한 곳까지 와 주시이 고맙니더. 뵙게 되어 영광이씨더.* 남정광 회장의 말투에는 꾸밈이 없었다. 박정희 대통령은 주변을 둘러보며 물었다. *여기 이 공장이 돈이 되오? 돈이 될 것 같지 않은데 어찌 이런 걸 시작했소?*

남정광 회장은 잠시 발아래의 흙을 내려다보다 답했다. *돈 때무이라믄 벌써 접었니더. 하제만 이 청년들, 한 분 튕겨 나가믄 다시 일어설 기회가 없잖니꺼. 그래서 작은 공장이래도 세워 젊은 청년들이 꿈을 안고 살아갈 수 있도록 해 주고 싶어서였니더. 내 것 두*

손에 다 움켜잡고는 시상에 아무리 값진 것이 있어도 잡을 수 없다는 게 지 철학이씨더. 손에 잡은 것을 누군가를 위해 지패이로 주고 두 손이 비어있을 때 또 다른 기회나 복을 잡을 수 있다고 생각해서 좁은 소견으로 이래 쪼매라도 나라 장래에 보탬이 될까 하고 있니더, 대통령 각하.

박정희 대통령은 그의 대답을 듣고 한동안 말이 없었다. 문득 대통령은 남정광의 손을 바라보았다. 깊게 팬 굳은살, 흙먼지, 그리고 눈가의 잔주름이 모두 거칠게 보이는 것이 아니라 그사이마다 모두 복이 꼭 차 있다는 생각이 들었다. 그리고 속으로 말했다. 자신을 희생해서 젊은이들에게 기회를 준다… 나라를 일으키는 건 결국 이런 사람들이야. 가뭄에 쩍쩍 갈라진 마른 논바닥 같은 남정광 회장의 손을 본 대통령의 눈시울이 붉어졌다.

남정광 회장의 공장을 둘러본 뒤 그들은 순흥 마을의 황량한 논바닥을 걸었다. 남정광은 공장보다 이 논을 더 애정 어린 눈으로 바라보았다. 박정희 대통령 두어 발자국 뒤를 따라 걷던 남회장은 논바닥같이 황량한 말을 옥토로 바꾸는 말로 바꾸어 던졌다. 이곳을 잘 다듬어 이 마을 공동 경작지로 바꿀까 생각하니더. 일손을 잃고 희망이 먼지 모르는 사램들한테 다시 땅의 감각을 돌려줘 희망찬 삶이 되도록 하고 싶니더.

박정희 대통령은 손을 뒤로 잡은 채 관심을 보이며 물었다. 예산은 있소? 땅을 매입하려면 자금이 필요할 텐데. 남정광은 머뭇거리며 말했다. 머든지 할라고 맴 먹으믄 하늘 아래 불가능한 일은 없다고 생각하니더 지는 누구보다 확신이 있니더. 박정희 대통령은 남회장을 똑바로 바라보았다. 확신이이라? 확신이 있는 사람이라. 그런 사람 보기 힘들지. 하고는 가던 걸음을 뚝 부러뜨리고 돌아서서 묵묵히 허리를 숙여 흙을 한 움큼 쥐어 남 회장의 손바닥에 올려주었다.

남 회장의 손가락 사이로, 흙이 스스르 뱀처럼 빠져나갔다. 남정광의 손바닥에는 굳은살이 반질반질하게 자리 잡고 살고 있었다. 대통령은 으음! 하고 신음을 내뱉었다. 그리고는 죽헌, 어찌 그리 대견하고 훌륭한 생각을 하고 있소? 참으로 감탄스럽소. 침착한 목소리로 말했다. 당신 덕분에 내가 힘이 나는구려! 그 말이 떨어지는 순간, 논 위로 저녁 바람이 지나가면서 두 사람의 대화를 쓸어다가 봇도랑에 처박는지 봇도랑에 묵은 풀들이 일렁일렁 일렁이고 있었다.

남 회장의 눈이 잠시 흔들렸다. 그러나 이내 단단히 굳어졌다. 대통령님, 지도 이 나라가 부강하게 될 일이라믄 머든지 해놓고 죽는 게 소원이씨더. 태어날 때 빈손으로 태어났고 죽을 때 역시 빈손인데 먼 욕심이 있겠니껴? 운이 좋아서 이래 돈을 마이 벌었으이 나라를 위해 한 푼도 남기지 말고 쓰고 죽어야재요. 남정광의 말에 대통령은 아무 말도 하지 않았다. 하늘도 눈을 멀뚱거렸다.

진심으로 진심을 움직이다

남 회장은 대통령을 자신의 집으로 안내했다. 이른 봄비가 파릇 파릇 내리고 있었다. 대통령은 우산을 쓰지 않고 걸었다. 남정광도 우산을 쓰지 않은 채 였다. 젊은 직원이 우산을 접어 들고 걱정스 럽게 물었다. *회장님, 비 맞으면 감기 걸립니다.* 남정광은 하늘을 보며 조용히 말했다. *이까짓 비 맞아서 걸릴 감기라면 그냥 걸어도 걸려.* 남 회장의 말에 직원은 더 이상 아무 말도 하지 않았다. 그 저 함께 비를 맞으며 걸었다.

대통령 경호원들과 남 회장 경호원들이 걷는 가랑이 사이로 빗소 리가 타악기를 연주하며 날아오르는 모습이 슬프도록 아름다워 보였다. 빗방울 춤을 추면서 그들의 미래를 향해 걷는 소리는 마치 잊히지 않을 어떤 사람의 발걸음처럼 맑고 단단하게 울려 퍼졌다. 대통령이 *경호원은 우산 치우고 멀리 물러서*라고 한다. 대통령의 말에도 청와대 경호원이 자꾸만 우산을 들고 가로막자 대통령이 목소리를 높여 소리 질렀다.

나라가 가야 할 길을 자꾸 막고 그러나? 저리 멀리 물러서라는 데도. 그들은 놀라 물러서면서 자기들끼리 실처럼 가느다란 말로 말을 주고받았다. *대통령 각하께서 비행깃값도 없어 독일을 못 가 는 것에 화가 나서서 저리시는 것 같습니다.* 그 말이 몇 발짝 뒤에 서 걷는 남 회장의 귓속으로 달려들었다. 남 회장은 중얼거렸다.

내가라도 해야지! 이 비극을 우쨰 대통령은 혼자 가슴에 두고 계시는가? 가슴에 아픔이 울매나 구더기처럼 버글거릴꼬?

남 회장은 박정희 대통령의 뒷모습에 갑자기 가슴이 아리고 슬퍼 울컥거리며 핏덩이가 솟아오름을 느꼈다. 발걸음을 재촉해 순흥에 있는 집에 도착한 남 회장은 성대하게 저녁 대접을 하고 나서 봉투 하나를 내밀었다. 각하, 이건 지 돈이 아이씨더. 이 나라가 앞으로 벌 종잣돈이씨더. 언젠가 우리나라가 산업을 일으키믄 지한테 돌려주시는 거로 하고 받아 주시이소. 그때는 이자까지 받을라이 아무 걱정하지 마시고 받아주소.

박정희 대통령은 봉투를 바라보다 받았다. 그러나 박정희 대통령의 얼굴은 점점 굳어졌다. 그것은 부끄러움도 고마움도 아닌 놀라움이었다. 박정희 대통령은 물을 한 잔 마신 후 말했다. 여보시오 남 회장, 나는 개인적으로 어떤 돈도 받지 않소. 이 많은 돈을 내가 어찌 받을 수 있소? 마음으론 이미 받았소, 그러나 나라를 이끄는 사람의 손은 흙은 묻혀야 하지만 돈의 먼지는 묻혀서 안 되는 법이오! 하고 다시 내밀었다. 남 회장은 그 말에 얼굴이 달아오르며 한 걸음 물러섰다. 그러나 물러서지 않고 말했다. 그릏다믄 대통령 각하, 이 돈은 지 이름도, 지 체면도 아닌 그저 젊은 미래들을 위해 써주시기 바래니더. 일자리를 몬 얻고 흩어지는 아 들을 볼 때마둥 지는 잠을 몬 자니더, 이래 젊은 아 들을 지 같은 촌 사람이 우째 도울동 질을 모르니더.

그래이 대통령 각하께서 도와주소. 그래고 대통령 각하께서 독일에 정식 방문을 가시야 경제협력·산업기술·근로자 파견 문제 협의를 하시잖니껴? 그른데 거게 가실 비행깃값이 없어 몬 가신다는 말을 들었니더. 얼릉 이 돈으로 비행기 예약해서 가시야 독일에 있는 우리 국민이 무시당하지 않고 일할 수 있고 그래야만 이 나라가 하루라도 빨리 일어서지 않을니껴? 그누무 공산당 빨갱이들이 이 나라를 이래 짓밟아서 이릏게 알뜰하게도 가난한 나라를 만들었는데 지도 이 나라 국민이씨더 각하, 지가 각하 개인한테 드리는 게 아이고 이 나라 미래를 위해 드리는 거이 받아서 나라를 위해 써 주소.

밖에 댓돌 위에 신발이 한 나라의 대통령 신발이이껴? 거렁배이도 저른 신발은 안 신니더. 옷도 우리나라 대통령인데 이릏게 초라하게 입고 매일 현장만 뛰댕그고 굶고 댕기신다는 소식 다 듣고 있니더. 그래 지가 쪼매라도 보태고 싶었니더. 지를 부끄럽게 하지 마소. 지 돈이 나랏돈이고 대통령 각하 돈 아이이껴?

남 회장의 긴 설명에 박정희 대통령은 얼른 발을 바짓가랑이 밑으로 집어넣었다. 아내가 기워준 양말 끝에 실밥이 터져 발가락이 염치도 없이 빼꼼히 밖을 내다보고 남 회장 말을 듣고 있었기 때문이었다. 발가락이 바짓가랑이 밑으로 안 들어가자 얼른 다리 밑으로 숨긴 대통령은 그걸 들키지 않으려고 잠시 딴청을 부렸다. 그리고 천천히 봉투를 그의 쪽으로 밀어 돌려보냈다.

내 그 마음은 알겠소. 하지만 이 돈은 당신이 직접 쓰시오. 우리 정부가 필요한 건 당신 같은 사람이 책임지고 움직이는 현장이오. 나보다 남 회장 같은 분이 더 잘 알 것 아니오? 내 그 길을 터줄 것이니 그때 투자를 해서 직접 나라를 위해 써주시오. 고맙소. 남 회장은 말했다. 지가 직접, 말이이껴? 그래요. 그리고 당신에게 한 가지 더 부탁하고 싶소. 인재들이 세상으로 오갈 수 있도록 항공 회사를 만들어 주시오.

독일로 향하는 문

박정희 대통령은 잠시 자리에서 일어나 창밖을 바라보았다. 파란 잔디가 푸른 바람을 마구 흔들며 독일로 가는 대통령 일원과 남 회장이 독일로 향하는 문을 활짝 열어놓고 희망꽃을 키우고 있었다. 박정희 대통령은 남 회장에게 별빛 같은 말을 꺼내 던졌다. 독일에서 기술 인력 교류 프로그램을 열려고 하오. 그곳은 우리가 배울 게 많고, 돌아오면 당신 같은 사람이 그 기술을 누구보다 잘 발전시킬 수 있을 것이오. 남 회장은 놀라 눈이 휘둥그레졌다. 아니 그래믄 지가 독일에 갈 수 있단 말이이껴?

남 회장의 말에 대통령은 옥구슬 굴러가는 음색으로 말했다. 당신의 실력과 눈, 그리고 책임감이라면 충분히 가치가 있소. 정부

차원에서 길을 열겠소. 그것이 결국 남 회장이 말하는 대한민국의 미래를 여는 길이오, 내 말에 동참해 주시겠지요. 대통령은 남회장을 똑바로 보며 말했다. 당신은 그 봉투에 든 것보다 훨씬 값진 걸 나라에 돌려주면 되오. 사람을 키우시오. 안목을 키우시오. 그리고 세상을 보는 눈을 키우시오. 그게 남회장이 말하는 국가의 젊은 청년으로 하여금 뼈대를 세우게 하는 일이오.

돈이 든 봉투는 결국 남 회장의 손에 다시 쥐어져 있었다. 그러나 남 회장의 표정은 완전히 달라져 있었다. 대통령이 돌아가고 경호원이 조심스럽게 물었다. 회장님, 일이 잘 되셨습니까? 남 회장은 조용히 웃으며 말했다. 돈을 쓰려다가 오히려 내가 더 큰 도움을 받게 생겼구먼, 참 시상 이치를 알 수 없으이, 우째 내게 이래 많은 복이 있는동 궁금하이.

선행의 뿌리

조선 후기에, 경상북도 영주 순홍이란 고을에 **남선행라는** 선비가 살았다. 가세는 넉넉하지 않았지만, 언제나 남선행은 **사람이 쌓는 덕은 언젠가 후손에게 복이 되고 우산이 되어준다는** 말을 입버릇처럼 하며 어려운 사람을 돌봤다. 어느 겨울날, 고을에 큰 눈이 내려 장터로 가는 길이 모두 끊기고 굶주린 사람들이 생겨났다. 남

선행은 집에 남은 쌀독을 바라보다가 잠시 망설였으나 이내 결심했다.

우리가 오늘 굶더라도 저 노인과 어린아이들을 돕는 것이 마땅한 도리일세. 흉년은 하늘이 내리는 것이니 우리 모두 하늘이 보았을 때 이만하면 풍년을 내려도 된다고 생각해야 풍년이 되느니, 하늘이 감동하도록 이웃을 돌보고 함께 살도록 하세. 그는 집안에 남은 쌀과 장작을 부지런히 짊어지고 나가서 어려운 집마다 나누어 주었다.

그중에는 당시 아무도 거들떠보지 않던 *한 과부와 어린 아들*이 있었다. 선행 선비는 말없이 장작을 쌓고, 끼니를 잇도록 쌀을 건넸다. 과부는 눈물을 흘리며 말했다. *선비님, 은혜 갚을 길이 없니더. 고맙니더, 고맙니더.* 땅에 머리가 닿도록 절을 했다. 선행은 말했다. *사램은 서로 함께 사는 거이 걱정하지 말고 사소, 이 아 를 잘 키우믄 이 아 가 내중에 또 다른 이를 돕고 살믄 되니더.* 그 일은 곧 잊혔다. 남선행은 한평생 이웃을 위해 사느라 가난하게 살다가 생을 마쳤다. 하지만 세월은 조용히 흐르며 그 선행의 품을 늘리고 있었다.

그로부터 *100여 년 후, 그 과부의 후손*은 한성에서 큰 상단을 *이끄는 재력가가 되어 있었다.* 어느 날, 그는 경북 영주 지방에서 올라온 한 청년을 만나게 된다. 그 청년의 이름은 *남정광.* 그는 사업을 시작하려 했으나 기반도 인맥도 없었다. 어느 날 이재력은 청년의 성씨를 듣자 깊은 생각에 잠겼다. 무슨 이유에서인지 그 청년에게 호감이 갔다. 말로 설명할 수 없는 그 무슨 일인지 자꾸만 마음이 끌려 어느 날 그에게 물어보았다.

혹시 조상님 고향이 어디인 줄 아시오? 했다. 남정광은 증조할아버지부터 이름을 말했다. 남선행라는 이름이 나오자 그는 무릎을 치며 말했다. 그럼 당신의 증조부가 남선행이란 말이오? 예 그릏습니더. 예, 저희 종가의 증조할배로 알고 있니더. 이재력은 자리에서 일어나 예를 갖춰 인사했다. 그분이 없었다면 제 증조할머니께서 겨울을 넘기지 못하고 죽었을 것이라고 했습니다. 우리 집안은 그 은혜 덕에 다시 일어났다고 할아버지께서 반드시 그 후손을 찾아 은혜를 갚아야 한다고 찾고 있었는데 이게 영화입니까? 실화입니까?

남정광은 어리둥절했다. 그날부터 이재력은 남정광을 자기 아들처럼 도우며 사업의 첫 자본을 맡기고, 상권의 문을 열어 주었다. 남정광은 정직과 신의를 지켜 사업을 키웠고, 마침내 이름 있는 회장이 되었다. 덕은 흐르는 물처럼 흘러 흘러 바다에 닿는다는 말이 딱 맞는다는 것이 입증되는 순간이었다. 한편, 며칠 뒤, 김포공항 활주로에 서 있던 대통령 전용기는 원래 예정된 날짜보다 더 늦게 엔진을 켰다. 달빛이 흐르는 활주로 위에서 박정희 대통령은 말했다. 이 비행은 한 사람을 위해 나는 게 아니야. 나라를 앞으로 떠밀고 있는 비행이다.

그렇게 남 회장이 마련한 비행기를 타고 독일에서 서독 광부들과 간호사들의 눈을 마주하던 순간, 박정희 대통령은 기계, 산업화를 향한 모든 약속이 쏟아지는 독일의 광경을 잊을 수 없었다. 비행깃값 하나 없어서 발이 묶일 뻔했던 나라가 훗날 수출 5위를 넘기는 나라가 되리라는 것을 그날 아무도 알지 못했다. 그러나 박정희 대통령과 남정광 회장만은 반드시 그런 날이 오리라며 미리 축배를 들었다.

독일의 금바람 한국의 흙바람

독일 뒤스부르크의 회색 공장지대의 엔지니어들과 강철 냄새가 뒤섞인 현장에서, 남정광 회장은 작업복 차림으로 기계 어셈블리(assembly) 라인을 지켜보고 있었다. 현장에서 독일 감독 하인츠는 남 회장에게 말했다. *남 회장, 당신은 한국에서 기업을 운영한다면서 왜 직접 현장에 내려오는 겁니까?* 하인츠의 말에 남 회장은 조금도 머뭇거림 없이 말했다. *사람을 가르칠라믄, 내가 먼저 현장을 뛰어 댕그민서 배우고 익혀야 하니더.* 하인츠는 흥미로운 표정을 지으며 말했다. *대부분은 책상만 보고 갑니다. 그런데 당신은 아주 꼼꼼하게 공장이 돌아가는 공정과 바닥까지 자세하게 보고 있군요.*

하인츠의 말에 남 회장은 말했다. 우리나라가 배워야 할 건 책상에만 있는 것이 아이고 여러 곳곳 바닥까지 다 보고 배와야 할 것들이씨더. 당신들 나라 진짜 대단하이더. 남 회장 말에 하인츠는 어깨를 으쓱하며 말했다. 그래요? 우리나라를 그렇게 생각해 주시니 고맙습니다. 당신이 그렇게 끝까지 배움의 자세로 공부한다면 당신은 여기서 꽤 많은 걸 가져갈 수 있을 겁니다.

그날 밤, 남정광 회장은 낡은 숙소에서 길게 일기를 썼다.

박정희 대통령이 나를 독일까지 동행하게 한 이유를 조금 알 것도 같다. 대통령께서 사람을 키우라 했지. 그래 맞아 내가 여게서 하나라도 더 배와서 가져가야 할 건 기술이 아니라 사람을 움직이는 방식이겠구나. 그래 사람의 맴을 움직일 수 있다믄 천하를 다 움직일 수 있음이야, 괜히 대통령이 아니라 박대통령은 위대한 분이야.

남 회장은 턱을 괴고 한참을 생각하다 조용히 펜을 내려놓았다. 창밖에는 독일 젊은 노동자들의 야간 교대 사이렌이 울리고 있었다. 그렇게 이곳저곳 뛰어다니며 관찰하느라 시간이 얼마나 흘렀는지도 모르고 독일에서 귀국했다. 김포공항에 도착하자, 공장 직원들이 작은 현수막 하나를 들고 기다리고 있었다. *남정광 회장님의 귀국을 환영합니다.* 현수막이 길게 누워서 사람들의 손에서 헹가래를 당하고 있었다. 대기하던 승용차를 타고 회사 사무실에 들어서자 비서가 차 한 잔을 내놓았다.

차를 마시고 나자 책상에 커다란 글씨로 된 종이 한 장이 눈에 들어왔다. *회장님! 독일 기술 도입 건이 승인됐습니다! 그래?* 어느새 벌써 발 빠르게 기술 도입 건이 승인되었단 말인가? 박정희 대통령의 추진력에 다시 한번 남 회장은 혀를 내두르며 탄복했다. 남 회장은 가장 먼저 지역 청년들을 모이게 했다. 낡은 회의실에는 스무 살 남짓한 청년들이 진흙 묻은 신발을 신고 들어왔다.

남 회장은 차르르 윤기가 흐르는 말을 했다. *여기 모두 앉게. 오늘부턴 우리가 새 라인을 만들걸세, 독일에서 이미 기술 도입이 승인되었으니 이제 여러분이 가는 길은 꽃길이 될 것일세. 모두 먼 말인동 알아들었는가?* 가만히 듣고 있던 청년 하나가 말했다. *회장님, 저희가 할 수 있을까요?* 남 회장은 말했다. *배우믄 되네. 내가 독일에서 본 건 거창한 기계가 아니야. 할 수 있다는 눈이었지. 그들도 전부 눈 두 개 입 하나 귀 두 개 우리하고 똑같았네. 그래이 우리라고 몬 할 이유가 없다는 걸세, 모두 알아듣겠는가?* 옆에 있던 청년이 말했다. *그런데 자금은요? 장비는 아직…*

남 회장은 말했다. *돈은 부족해도, 의지는 넘치잖아. 그게 산업의 시작일세.* 사실 남 회장은 돈이 없어서 그렇게 낡은 건물에서 청년들을 데리고 있는 것이 아니라 그 밑바닥에서부터 배우게 하려는 교육용이었다. 남 회장은 미국 경제 전문 *포춘*지에 소개된 세

게 재벌이었다. 당시 한국은 국내용 세스나 경비행기 몇 대만 있을
때 일본 하네다 공항에는 남 회장 자가용 비행기 보잉 격납고(格納
庫), 즉 비행기를 넣어두거나 정비하는 시설이 있을 정도였다.

그러나 나라의 미래인 청년들에게 열악한 환경에서 잘 사는 법
을 몸소 체험시키고 있었다. 며칠 뒤, 철제 부품이 회전하며 돌아
가는 순간, 남정광은 말없이 그 소리를 들었다. 청년은 소리쳤다.
회장님, 성공입니다! 남 회장은 같이 소리쳤다. *좋다. 그래 인제부
터 진짜 시작이다 알았나?* 젊은 청년들의 얼굴에는 자신감이 생기
고 있었다.

몇 달 뒤, 남정광 회장은 경과보고를 위해 청와대를 찾았다. 박정
희 대통령은 조용히 그의 보고서를 넘겨보고 말했다. *독일 기술
도입, 성공적이군. 야, 청년들 실력도 하루가 다르게 늘고 있습니
더, 다 각하 덕분이씨더. 인제 우리나라는 대통령 각하 덕분에 일
어설 거씨더. 어허 그래요? 돈보다 사람을 먼저 봤다는 말 이제 조
금 실감이 나시오? 각하, 이제는 확신하니더. 이 나라를 끌어올릴
건 거대한 공장이 아이고 그 안에서 배우는 사램들 맴가짐이씨더.*

박정희 대통령은 잠시 남 회장을 쳐다보았다. 기이한 사람이란
생각이 잠시 들었다. *대통령은 독일에 당신을 함께 데리고 간 건
당신을 위해서가 아니오. 당신 뒤에 있는 사람들 때문이었소. 야,
잘 아니더 각하 그 덕분에 지가 마이 배우고 깨우치고 왔니더.*

남 회장, 이리의 일종인 낭패(狼狽)라는 동물을 아시오? 조물주

    소백산맥 **❶❺**

는 낭(狼)은 어질어서 뒷다리를 만들어주고 패(狽)는 재물 욕심이 많아 앞다리를 만들어주었다오. 반드시 두 마리가 짝을 지어 어진 마음으로 욕심을 부리지 못하게 뒤에서 막아 낭과 패가 합심해야만 길을 갈 수 있소. 어려움을 당하면 낭패라고 하는 이유는 낭패가 함께하면 낭패를 면하고 무엇이든 할 수 있기 때문이라오.

우리나라도 정치와 국민이 힘을 합하면 낭패를 당하지 않고 부국강병이란 새로운 길을 낼 수 있소. 그 길을 내기까지 우리 힘을 냅시다.

희대미문(稀代未聞)의 영웅

21

기술 드라마

　남회장의 말에 대통령은 말했다. *나라란 결국, 누가 다음 세대를 일으키느냐로 정해지는 법이오. 당신은 그 일을 하고 있소. 고맙소, 그리고 든든하오.* 남회장은 말없이 고개를 숙였다. 그리고 청와대를 나오는데 돌층계를 걸어 나오면서 민정수석이 나직한 빛깔의 목소리로 물었다. *회장님, 대통령님과의 대화 의미가 깊으셨습니까?* 남정광은 짧게 대답했다. *오늘 확실한 걸 배웠니더. 무엇을 말입니까?* 남정광은 청년들처럼 힘차게 대답했다. *사램을 일으키는 일이, 나라를 일으키는 일이라는 걸 배왔니더.*

　그 말은 대나무 잎처럼 싱그럽고 청청하게 청와대 뜰에 오래 남아 날아다녔다. 철 금속 냄새와, 낡은 난로의 불완전연소 냄새, 젊은 기술자들 8명의 눈에는 불안과 호기심이 함께 주택복권 번호처럼 돌아갔다. 회의실 칠판에 독일식 프레스 라인 도입안이라 적혀 있는 글씨를 보며 남 회장이 말 타래를 꺼냈다. 우리는 독일하고 똑같이 맹글믄 안 된다. 남 회장의 말에 기술자들은 당황했다. 회장님, 독일 방식이 최고라 하셨잖습니까? 남 회장은 머리를 절레절레 저었다.

우리는 독일인이 아이다. 우리는 인구도, 자본도, 기계 유지비도 다르다. 독일 기술을 그대로 가져오믄 우리는 그 기술에 짓눌린다. 남 회장의 말에 기술반장이 칠판을 쳐다보았다. 칠판에 단순화, 내구성 강화, 부품 국산화율 향상. 세 단어가 눈을 뜨고 반들반들 쳐다보고 있었다. 그리고 그 옆에는 붉은 글씨로 우리는 우리 방식으로 바꿔야 한다. 기술은 모방이 아니라 번역이다. 기술반장은 남 회장 말을 이해할 수 없었다.

남 회장은 독일에서 가져온 도면을 펼쳐보았다. 가장 먼저 유지비용 기계의 내구성이란 글씨가 눈을 파고 들어왔다. 독일식 프레스기는 정교했다. 작동 스트로크(stroke) 하나하나에 힘의 균형이 완벽하게 설계돼 있었다. 그러나 그것은 정기적 유지보수에 돈과 시간이 충분한 나라의 방식이었다. 우리 현실은 달랐다. 전력 공급도 불안정했고, 부품을 독일에서 들여오려면 석 달이 걸렸다. 그래서 기술반장을 시켜 도면 위에 굵은 펜으로 다시 선을 긋게 했다. 그리고 특별 지시를 내렸다.

첫 번째 실린더 압력 *100% 대비 20% 감압 운용.*

두 번째 *정밀 베어링 3종을 한국산 강철 베어링으로 교체.*

세 번째 *기계 외피 판재를 두 겹으로 보강.*

네 번째 *전기 배선부를 단순화.*

특별 지시를 붉은 글씨로 긋던 기술반장은 *회장님 기술자들이 회장님의 지시를 찬성하지 않고 있습니다. 제 생각도 마찬가지입니다. 회장님, 그렇게 하면 모든 성능이 낮아지지 않겠습니까?* 남 회장은 모과처럼 단단하고 노랗게 잘 익은 말을 던졌다. *독일은 정밀성으로 가지만 우리는 내구성으로 가는 거다. 장비는 완벽해서 돌아가는 게 아니다. 버티기 때문에 돌아가는 거다.*

남 회장 말에 기술반장은 더는 어떤 말도 할 수 없었다. 기술반장의 뇌리에 모과처럼 울퉁불퉁 그러나 단단하게 박혔다.

실패와 밤샘

기계를 조립해 시험 가동했을 때, 처음 몇 회전은 순탄했다. 그러나 다섯 번째 스트로크(stroke)에서 경고등이 번쩍였다. *회장님, 열이 너무 빨리 올라갑니다!* 즉시 전원을 내리라. 즉시 전원을 내렸다. 그리고 남 회장은 기술반장과 함께 새벽 다섯 시까지 기계를 분해하고 이유를 찾았다. 독일 기계는 완벽했지만, *우리 공장의 바*

닥 진동을 예상하지 못했다. 그 진동이 실린더의 축을 미세하게 틀어놓았다. 남 회장은 기술반장에게 말했다. *기술은 책에서 배우는 게 아니다. 고장은 현장의 얼굴이다.* 남회장과 기술반장은 기계 아래에 **고무·철 혼합 진동 흡수 패드**를 깔기 시작했다. 그것은 독일 설명서에는 존재하지 않는 완전한 *한국적 개조*였다. 그리고 다시 전원을 넣었다.

이번엔 열이 안정적으로 유지되었다. 기술반장이 소리를 질렀다. **회장님! 돌아갑니다!** 그 순간, 남 회장은 독일에서 처음 본 기계의 회전보다 훨씬 더 깊은 감동을 했다. 결국, 이렇게 해서 우리식으로 바꾼 기술의 결과는 다음과 같았다.

실린더 압력 100% 대비 20% 감압 운용

→ 고장 확률이 절반으로 줄었다.

두 번째 정밀 베어링 3종을 한국산 강철 베어링으로 교체

→ 수명은 독일산보다 짧았지만, 교환은 쉬웠다.

세 번째 기계 외피 판재를 두 겹으로 보강

→ 공장 바닥 진동이 심한 한국 환경에 맞춘 조치였다.

전기 배선부를 단순화

→ 전기 기술자가 부족한 상황에서 필수였다.

그날 남 회장은 너무 기뻐 이렇게 적었다. *독일 기술은 바위처럼*

탄탄하다. 그러나 한국 기술은 물처럼 흘러야 한다. 굳은 것을 배워오되, 우리에게 맞게 녹여야 한다. 그리고 또박또박 생각을 적었다. 하나 기술이란 기계가 아니라 사람에게서 완성된다. 청와대에서 받은 말은 틀리지 않았다. '돈보다 사람을 키우라'라는 말의 진짜 의미를 이제야 안다.

독일식 프레스기를 한국식으로 바꾼 뒤, 청년들 표정이 달라지기 시작했다. 회장님, 이 부품도 국산으로 바꿔볼까요? 독일에서 보신 방식 한번 저희도 해보고 싶습니다. 그때 남 회장은 절실히 기쁘고 확실하게 느꼈다. 기계보다 사람이 먼저 움직이기 시작했다. 그리고 그날 저녁 또 일지에 적었다. 기술자는 기술을 전수받는 사람이 아니라, 기술을 자기식으로 바꾸는 순간 태어난다.

남 회장은 우리는 우리 방식으로 만들었고, 그 결과 그것은 더 오래 버틸 것이다. 기술이란 결국 나라의 체질을 닮는다. 고 말했다. 남 회장은 늦여름, 청와대 집무실을 찾았다. 창밖에서는 소나기가 흩뿌리며 남 회장을 반겨주고 있었다. 박정희 대통령은 보고서를 내려놓으며 남정광을 바라보았다.

독일식 프레스기를 한국 방식으로 바꾸었다고 했소. 참으로 대단하오, 기술자들이 먼저 움직였다는 말 역시 그들은 훌륭한 나라의 인재라는 생각이 드오. 예, 각하께서 '기술보다 사람을 세우라'고 하신 말이 현장에서 그대로 증명됐니더. 박정희는 의외라는 듯 고개를 왼쪽으로 기울였다 다시 오른쪽으로 기울이며 말했다. 내가 그런 말을 한 적이 있었소?

남정광은 속으로 정말로 기억이 안 나서 저러실까? 아님, 모르는 척하시는 걸까? 생각하며 말을 잇는다. 각하, 그날 지한테 봉투를 돌레주시민서 말씀하싰니더. '당신이 사람을 책임지라'고요. 박정희 대통령의 표정이 잠시 무엇인가를 더듬는 더듬이처럼 느껴졌다. 그리고 촉수를 멈추고 그래 그 말 헛되지 않았소? 헛되다이요. 결코, 아이씨더. 청년들이 이제 지 앞에서 도면을 직접 고치니더. 고장 난 기계 앞에서 그들이 먼저 달려들어 해결하니더. 그건 돈으로는 절대 만들 수 없는 힘이라 생각하니더.

박정희 대통령은 천천히 자리에서 일어나 창밖 비를 바라보며 비 맞은 중처럼 중얼거렸다. 나라란 기술 몇 개로 바뀌는 게 아니요. 사람 하나가 달라지면 열이 달라지고, 열이 달라지면 백이 달라지는 거지. 그리고 말을 옷을 깁듯 덧붙여 기웠다. 죽헌, 이제부터 시작이오. 이제 당신이 다시 그 백을 천을, 만을 만들어야 하오. 남정광은 말없이 허리를 숙였다.

그날 집무실을 나올 때, 소나기가 그치고 햇빛이 다시 떴다. 그는 속으로 이렇게 말했다. 박정희 대통령이 계시는 한 이 나라는 분명 잘살게 될 거야. 하느님! 우리나라를 버리지 않으시고 보호해 주시서 참말 고맙니더.

하인츠의 한국 공장 방문

바람 한 줄기 없는 대한민국의 맑고 푸른 하늘 아래, 하인츠는 서류 가방을 들고 천천히 걸어 들어왔다. 독일에서의 처음 만났던 그 엄격한 표정 그대로였다. *남 회장, 여기가 당신이 말하던 공장인가?* 하인츠의 시선은 용광로보다 더 뜨겁게 불을 태우며 공장의 벽, 기계, 작업장 바닥을 훑었다. 남회장은 웃음이 나왔다. 독일에서 바닥을 훑어보던 그대로 하인츠가 보고 있었다.

남 회장은 변명하듯 말했다. *예, 하인츠 당신이 가르쳐준 기술을 우리가 쪼매 변형했니더.* 하인츠는 고개를 갸웃했다. *변형? 어떻게 변형했다는 말이오?* 남 회장은 가공 라인의 개조된 구간을 가리켰다. 독일식 표준을 그대로 가져오면 비용도, 시간도 감당할 수 없어 *한국식* 공정으로 다시 설계해야 했고 기술반장과 기술자들의 반대를 무릅쓰고 했지만 결국 성공했던 때가 떠올랐다. 작업자 하나가 재빨리 움직이며 레버를 조정했고, 개조된 동력 장치가 저음으로 회전하기 시작했다.

하인츠는 한참 동안 아무 말 하지 않고 기계 돌아가는 소리만이 *어서 오세요 한국식입니다. 어서 오세요 한국식입니다.* 소란을 떨고 있었다. 하인츠는 한참 후에 말했다. *이건 독일 안내서에 없는 방식이야. 알고 있니더. 그릏제만 이게 우리 한국에 맞는 방식으로 바꾼 거씨더. 독일 기술을 똑같이 가져오믄 우리는 절대 따라가지*

몬하니더. 따라갈 수 없으이 우리는 우리가 가진 것으로 뛰어넘는 방법을 찾아야만 했니더.

하인츠는 눈썹을 찌푸리더니, 남 회장을 바라보며 맙소사! 나는 당신들이 독일 기술을 흉내 내는 줄 알았는데 당신들은 우리 기술을 분석하고 해석해서 새로운 기술을 만들었군요. 하인츠는 손을 내밀어 기계를 쓰다듬었다. 그 모습은 마치 제자에게서 새로운 방법을 배운 스승 같았다. 그리고 입에서는 이 정도면 우리가 다시 한국 기술을 배워야겠어요.

남 회장은 하인츠의 말에 숨을 꼴깍 삼켰다. 외국 기술자를 감동하게 하는 날이 올 줄은 그날의 청와대에서는 상상조차 하지 못했다. 남 회장은 너무 기뻐 다시 박정희 대통령을 찾아갔다. 창 너머로 늦가을 잎이 거의 다 떨어지고 마지막 낙엽이 남루하게 휘날리고 있었다. 대통령은 반갑소 남 회장. 하고 반갑게 맞이했다. 야, 각하 대통령은 어린아이가 아버지에게 어리광을 부리듯이 털어놓는 남 회장의 이야기를 듣고 생각했다.

남 회장 한 사람이 아니라, 한 시대를 바라보는 눈이었다. 당신 같은 사람 덕분에 나라가 버텨왔습니다. 각하, 지는 필요한 일을 했을 뿐이씨더. 그러자 박정희 대통령은 손에 쥐고 있던 작은 수첩을 덮으며 말했다. 남회장 만일이란 말을 들어 봤소? 만일이라이면 말인동 감이 안 오니더. 당신이 그 만 명 중 한 명도 안 나오는 사람이란 말이오. 나라가 어려울 때 돈을 들고 와서 쓰라고 말할 수 있는 사람은, 만 명 중 한 명도 없소.

대통령의 목소리는 낮았지만, 규격이 정확했다. 내가 나라의 대통령이 되어 비행기 표가 없어 독일에 못 갈 때 독일에 갈 수 있었던 것도, 기술자들이 다시 서게 된 것도 결국엔 누군가 먼저 문을 두드려 주었기 때문이오. 대통령은 남 회장의 어깨를 천천히 두드렸다. 남 회장, 앞으로도 먼저 문을 두드리는 사람이 되어주시오. 남 회장은 대통령 곁을 떠난 뒤에서야, 그 말의 무게가 가슴에 와 닿았다.

기술도, 공장도, 산업도 중요했지만, 나라를 움직이는 것은 결국, 자기 것을 내놓고 먼저 손을 내미는 사람들의 용기였다는 것을 대통령이 떠난 후에야 깨달았다. 박정희 대통령이 천천히 입을 열었다. 남회장. 예, 각하. 당신 가문 이야기를 내가 왜 굳이 찾아 읽었는지 아시오? 그 질문에 남 회장은 잠시 굳었다. 가문 이야기라니. 나라의 앞날로 잠잘 시간도 없이 뛰어다니는 대통령에게 한낱 국민의 한 사람 조상들의 일은 사소한 일에 불과할 텐데. 사실 잘 모르겠니더. 대통령은 손가락으로 문서철 가장자리를 두드리며 말했다.

당신 조상들이 흉년 때 곡창을 열어 마을 사람들을 살린 기록이오. 부서진 다리를 사비로 고쳐 상인들의 길을 살린 것과 없는 사람, 과부 등등 나라를 위해 산 남씨 집안이었더군. 남 회장은 숨을 삼켰다. 그 일은 집안 어른들이 늘 명예보다 조용한 선행을 강조하며 전해오던 이야기였다. *각하께서 불철주야 뛰어다니시느라 바쁘신데 은제 그른 것까지 보셨니껴?* 대통령은 말했다.

나라를 돕겠다고 청와대까지 찾아온 사람의 뿌리가 어떤지, 내가 왜 모르겠소. 남 회장네 가문의 '문패 없는 덕(德)'에 대하여 다 읽었소. 남 회장 선행이라는 건 말이오. 이름을 밝히지 않아도 대를 넘겨 흐르는 것 같소. 당신 조상들은 그렇게 살았더군. 남 회장은 자신은 조상에 비하면 너무 보잘것없이 사는 것 같아 말없이 대통령의 뒤를 바라보았다. 대통령은 어느새 창가로 걸어가 늦가을 햇빛이 방 안으로 길게 드리우도록 커튼을 열어젖히고 있었다.

그리고 햇빛처럼 반짝이는 말로 남 회장도 그 피를 이어받았소. 아무도 모르게 도움을 주고, 받아달라 해도 안 받아도 결국엔 나라 산업을 살려냈지. 과찬이씨더, 각하. *과찬이 아니라 사실이오.* 대통령은 몸을 남 회장 쪽으로 돌려 다시 걸어왔다. *사람이란 게 참 신기해. 조상이 해온 방식 그대로, 말보다 행동을 먼저 하는 사람은 드문데 대를 이어 이런 피가 흐르는 걸 보면.*

대통령은 책상을 한 바퀴 천천히 돌며 말했다. *남 회장, 앞으로 나라가 더 복잡해질 것이오. 산업도, 기술도, 외교도 모두가 제 목소리만 내려고 할 것이고. 그럴수록 당신 같은 사람이 필요하오. 조용히 길을 내고, 먼저 손을 내밀고, 말보다 행동을 앞세우는 사람.* 대통령은 다정하게 남 회장의 손을 잡았다. 벽에 걸린 이승만 대통령 사진에 햇빛이 반사되어 환하게 웃고 있었다. *이 말이 내가*

당신에게 하는 마지막 부탁일 수도 있겠소.

대통령의 그 마지막 부탁이란 말에서 알 수 없는 예감이 스쳐 남 회장은 움찔했다. 그러나 대통령은 아무렇지도 않게 천천히 손을 놓으며 말했다. *남 회장, 나라가 어려울 때, 한 사람의 선행이 전체를 일으키는 법이오.* 잠시 숨을 고르고, 마치 결론을 짓듯 마지막으로 덧붙였다. *당신의 조상들이 그랬고 당신도 그러했소. 그 덕분에, 우리가 독일까지 갈 수 있었던 거요.* 남 회장은 아무 말도 할 수 없었다. 대통령이 남긴 마지막 문장, 마지막 손길, 마지막 눈빛이 서늘하게 가슴에 새겨졌다.

그날의 단독 대화는 결국 남 회장의 삶을 다시 묶어주는 하나의 문장으로 남았다. *먼저 자신을 희생해 길을 낸 자가 나라를 살린다.* 이후 남정광 회장은 박 대통령의 간청을 받아 국제상선(한진해운)과 국제 항공 설립에 지대한 공헌을 했으며 타인을 돕는 데 아낌없을 뿐 아니라 국가를 위해서도 서슴지 않고 재산을 내놓고 도로를 닦고 이루 헤아릴 수 없을 정도로 선행하면서 살았다.

비워서 채우는 사람 남정광 회장은 자신이 버는 이유는 어려운 사람을 돕고 국가를 잘 살게 하기 위한 것임을 아는 사람이었다.

어버이를 만난 독일의 자식

김포공항을 떠난 비행기는 몇 번의 기류를 흔들며 프랑크푸르트 공항에 내려앉았다. 비행기 문이 열리자, 차가운 유럽의 겨울 공기가 박정희 대통령과 육영수 여사의 얼굴을 스쳤다. 서울의 겨울 냄새와는 다른, 산업의 냄새였다. 수십 번의 군사작전보다 더 복잡한 외교 일정이 그를 기다리고 있었다. 독일 정부 대표단은 그를 공항 층계 아래에서 맞이했다.

에르하르트 총리의 비서실장은 굳은 표정이었지만 예의 바른 미소를 지었다. *한국에서 독일은 먼 여정이었을 텐데, 환영합니다. 총리께서 곧 뵙고 싶어 하십니다.* 박정희 대통령은 고개를 끄덕였다. 그러나 시야 한쪽에, 자신을 바라보는 이들이 있었다. 서독으로 온 한국 간호사들과 광부들. 그들의 얼굴에는 환희와 두려움, 그리움이 뒤섞여 있었다. 누군가는 장갑을 벗어들고 손을 흔들었고 누군가는 태극기를 들고 흔들었다.

한 간호사가 다른 이에게 속삭였다. *저분이 우리가 떠나올 때 라디오에서만 들었던 그분 맞지?* 박정희 대통령과 육영수 여사는 잠시 발걸음을 멈췄다. 그리고 그들에게 손을 들어 흔들었다. 그리고는 *잠시만 기다려 주시오.* 아주 짧게 말하고는 간호사와 광부들에게 다가가서 말했다. *여러분들이 나라를 위해 이 먼 타국에서 고생이 많구려. 참으로 미안하오, 그리고 고맙소. 내 대통령으로*

당신들을 이곳으로 보내놓고 하루도 편히 잠을 자지 못했소. 부디 객지에서 건강히 지내시오. 그리고 당신들의 이 힘으로 조국은 반드시 가난을 이겨내고 부강한 나라가 될 것이오. 내가 그렇게 만들 것을 약속하리다. 대통령님! 아버지! 어머니!

그 순간, 간호사들과 광부들은 마치 연습이라도 한 듯 울음바다로 변했다. 대통령과 육영수 여사가 그들에게 일일이 악수를 하고 등을 두들겨 주자 눈물을 흘리느라 입을 가려도 울음은 자꾸 폭포처럼 흐느꼈다. 공항에서 숙소로 발걸음을 옮길 수가 없었다. 반가워서 울고 서러워서 울고 고생했던 시간들이 밀려와서 울고 부모를 만나기라도 한 듯 소리 내 울었다. 멀리서 지켜보면 초상이라도 난 듯 착각이 들 정도로 울음이 공항바닥에 가득 깔렸다.

그들은 대통령과 영부인을 놓아주지 않았다. 육영수 여사는 일일이 그들을 안아주었다. 어머니가 아기를 안듯 포근하게 안을수록 그들의 울음은 점점 더 커졌다. 대통령과 육영수 여사는 어쩔 수 없이 다음 일정을 위해 숙소로 향해야 했지만, 발걸음은 천근만근 무거웠다. 숙소로 이동하는 차 안에서 대통령과 육영수 여사가 계속해서 울자 운전기사가 말했다. *대통령님 육 여사님 계속 우시니까 저도 눈물이 나서 운전을 할 수가 없습니다.* 하고 차를 길가에 멈추었다.

박정희 대통령은 알았소, 자꾸 눈물이 나는 걸 난들 어쩌란 말이오? 당신이 내 몸 안에 눈물을 다 말려보시오! 하며 창밖을 바라

소백산맥 **15**

보았다. 육영수 여사는 손수건이 다 젖자 치맛자락으로 눈물을 훔쳤다. 치맛자락을 들고 눈물을 닦자 덕지덕지 누더기처럼 기운 하얀 속치마가 대통령 눈에 들어왔다. 대통령은 가슴이 아렸다. 슬픔이나 아픔 그런 말로는 역부족이었다. 한 나라의 영부인 속치마가 저렇게 누더기처럼 기워진 걸 누가 보기라도 하면 어쩔까, 대통령은 얼른 육영수 여사에게 치마를 내리도록 말했다.

임자가 자꾸 우니까 눈물이 내게로 전염되잖소. 이리 퉁퉁 부은 눈으로 총리를 만날 수는 없잖소, 그만 우시오. 하고 속치마가 보이지 않게 덮어주었다. 그렇게 운전기사는 다시 차에게 끌려갔다. 독일의 숲은 겨울이었지만 질서 있게 정리되었고 더욱 싱그럽게 느껴졌다. 온몸으로 파란 웃음을 웃으며 환영하는 소나무, 하얗게 얼어붙은 강 위로 건너가는 철교, 기계처럼 규칙적으로 움직이는 차들까지 박정희 대통령과 영부인을 환영했다.

박정희 대통령은 생각했다. 이들의 저 아픈 시간을 헛되지 않게 해야 한다. 얼마나 견디기 어려웠으면 저렇게 대성통곡을 한단 말인가. 저들의 마음을 가져오지 못한다면, 적어도 저들의 정신은 잊지 말고 가지고 가야 한다. 저 어리고 불쌍한 국민들이 타지에서 얼마나 힘들까? 가슴이 찢어지게 아프다! 속으로 한 말을 알아듣기라도 한 듯 육영수 여사는 대통령의 손을 힘주어 꼭 잡아주면서 말했다.

여보, 공항은 아직 정식으로 국가의 관문이라고 부르기엔 너무

소박하네요. 콘크리트 바닥에서 기름 냄새와 습기가 덜 마른 공기가 서로 스미며 공항 전체에 익숙한 불완전성을 퍼뜨리고 있으니 말이에요. 어둠 속에서 햇빛이 빠르게 올라올 때, 국가라는 구조물도 결국은 거대한 몸처럼 빛에 반응해 움직이는 것이니 우리나라도 곧 이렇게 되어 저 광부들과 간호사들의 고생이 헛되지 않게 합시다.

아내의 말을 들은 박정희 대통령은 내면에서 메를로퐁티의 감각 철학이 무의식적으로 떠올랐다. 세계는 나를 의식하기 전에 이미 나를 감싸고 있다. 이상하다, 비행깃값이 없다는 사실을 아무에게도 말하지 않았는데 남 회장이 어떻게 알았을까? 부재라는 말은 결코 비어 있지 않다. 오히려 가장 무거운 형태의 존재인지도 모른다. 누군가의 힘으로 그 빈자리인 재정, 신용, 국제적 위상, 그 모든 결손을 지금부터 대통령이란 존재로서 부재한 자리를 채워야 한다는 생각이 머리에서 꿈틀거렸다.

옆에서 고천명이 말했다. *각하, 독일 측과의 회담 일정, 다시 한 번 점검하겠습니다.* 얼굴은 침착한데 목소리는 지나치게 각지고 뾰족하고 날카로운 리듬으로 출렁이고 있어 마치 부러 자신을 진정시키려는 군인의 보폭처럼 느껴졌다. *오늘은 억지로라도 가볍게 생각해.* 박정희 대통령이 말했지만, 정작 누구를 위한 말인지 자신도 몰랐다. 총리관저가 가까워지자 작은 소란이 심장에서 일어났다.

남정광이란 한 사람의 빚이 나라 전체의 신용이 되는 순간, 역사는 다음 장으로 넘어간다. 대통령의 말에 고천명은 예? 무슨 말씀인지? 아니, 아니야. 그렇게 총리관저에 도착했다. 박정희 대통령은 창밖의 푸른 공기를 바라보았다. 푸른 공기는 마치 세계의 한국과 독일이 적절하게 섞인 공기 같았다. 아니, 어쩌면 백지였다. 그 푸른 공기 위에는 아무것도 쓰여있지 않았다. 대통령은 잠시 허리를 굽히며 생각했다. 한 국가라는 것은 결국 국민의 몸이다. 뼈는 군대, 피는 민심, 신경은 관료제, 그리고 외부에서 흘러들어온 작은 선의(善意)가 관절의 유연성을 창조하는 건지도 모른다.

어떤 의미에서, 남정광의 그 고마움이 여기까지 따라와 외교에 성공해야 한다는 심리적인 부담으로 작용하며 그림자처럼 드리워졌는지도 몰랐다. 고천명은 회담 자료를 펼쳐 놓고 있었다. 그 서류에는 *독일연방공화국과의 경제 협력 가능성, 장기 저리 차관, 기술 파견, 노동력 연계* 같은 단어들이 담벼락 위 유리 조각에 내려앉은 별빛처럼 빛나고 있었다.

박정희 대통령은 *독일은 논리와 실리를 중시하는 나라라 들었네. 그러니 그들이 중시하는 것에 초점을 맞춰야 할 것일세.* 고천명은 고개를 끄덕였다. 확신 없는 약속은 절대 하지 않습니다. 박정희 대통령은 말했다. *우리는 실리도, 신용도 없고 오직 의지뿐이고 의지로써 외교를 성사시켜야 함을 잊지 마시오.* 했다. 그 의지가 회담장에서 어디까지 힘을 발휘할지는 아무도 모른다. 대통령은 지금 세계라는 거대한 구렁이같이 살찐 나라 위에 미끄러지고 있다.

그 몸의 한 지점에 한국이라는 작은 신경 하나가 깜박이며 존재를 알리고 있다. 그렇지만 그 몸뚱이 위를 비행기가 구름 사이로 흔들림 없이 나아가듯 나아가야만 한다고 심장을 거칠게 흔들고 있었다. 그러나 대통령의 심장은 그보다 훨씬 거칠게 흔들리고 있었다. 독일은 공기의 밀도부터 달랐다. 냄새도, 빛도 온도도, 사람들의 생각도 저 멀리 건물들의 비율도, 심지어 그림자의 촉감도 다르다는 생각이 들었다.

그 공간의 결을 만지며 생각하는 사이 기자들 몇 명이 근엄한 표정으로 다가와 플래시를 터뜨렸다. **찰칵찰칵** 누르는 소리마다 박정희 대통령은 체온과 심장이 조금씩 떨어지는 것 같았다. 그렇다고 불안은 아니었다. 오히려 극도의 집중 상태에서 나타나는 일종의 가라앉는 환상통 같은 것이었다. 박정희 대통령은 국가라는 몸체의 촉각 신경을 따라 외부 세계의 반응을 읽으려 하지만 쉽지 않았다. 시내의 숲처럼 죽죽 뻗은 건물들, 절제된 조형, 과도한 군더더기 하나 없는 도시.

이 나라는 이미 한국과는 너무나 다른 정책과 기술이 숨소리처럼 흐르는 공간이었다. 한국이 짐작만 했던 근대의 체취가 실제로는 이런 형태란 것을, 박정희 대통령은 처음으로 뼛속까지 파고드는 것을 체험했다. 사전 예비 협의가 시작되자, 박정희 대통령은 의

소백산맥 **15**

도적으로 말을 아꼈다. 상대의 숨소리와 의도를 듣기 위해서다. 독일 외무부 차관이 말했다.

한국 측에서 요청한 경제 협력 건에 대해서는 정중한 검토가 필요합니다. 그 전에 귀국 정부의 재정 상황을 더 명확히 알고자 합니다. 통역이 받아 한국어로 옮겼다. 총리실에서는 한국의 경제 사정을 정확히 파악하고 싶어 한다고 합니다. 고천명은 정중한 검토=신중한 거절의 가능성. 그렇게 적었다.

그러나 박정희 대통령은 그 문장 속에서 전혀 다른 진동을 느꼈다. 그들은 이미 가능성을 열어두고 있다. 단지 그 문을 밀어젖힐 만한 근거를 요구하는 것이다. 박정희 대통령은 그 사이로 그들이 동질감을 느낄 말을 먼저 꺼냈다. 잘 아시다시피 우리 한국은 전쟁으로 기반을 잃었습니다. 그러나 다시 일어나고자 하는 국민의 힘은 세계 어느 나라보다 더 강하고 의지력도 대단합니다. 그 힘은 어떤 통계로도 설명할 수 없는 힘입니다.

그 말이 통역되어 독일어로 옮겨지는 동안, 방 안의 공기가 납작 엎드렸다. 박정희 대통령은 그 흔들림을 감지한 듯 미세하게 고개를 들었다. 그것은 말이 도달하기 전, 몸이 먼저 반응하는 순간이었다. 예비회담은 공식적인 성과 없이 끝났지만, 박정희는 이미 감각적으로 알고 있었다. 이들은 *No*를 말하지 않았다. 그거면 충분했다. 이제부터 시작이다. *거절을 당하지 않았다는 것은 가능성이 열려 있다는 것이다.* 박정희 대통령은 회담장을 나오며 자신에게 말했다. *세상은 언어 이전에 행동으로 조율되는 법이다. 그리고 독일이라는 몸은 지금 아주 미세하지만, 확실히 한국 쪽으로 기울고 있음을 직감했다.* 박정희 대통령은 일기를 적었다.

무궁화는 무슨 힘으로 외풍을 막는가?

무궁화는 어떤 내풍으로 바글바글 그 많은 진딧물을 물리치며 사는가?

무궁화는 자신의 피를 보존하기 위해 몸부림치고, 진딧물은 자신의 고립을 막기 위해 무궁화에 필사적으로 매달려 기생한다. 어린 새끼들을 데리고 집단으로 최소한에서 최대한까지 이를 물고 버틴다. 연약한 달걀모양에 긴 부리를 가진 진딧물의 작은 치아들은 물렁거리다가 흔들리다가 어린 생태계의 처량한 시간을 오락가락하다가 창피(猖披)라는 짐승을 알지 못하고 숙주의 틈으로 사라진다.

희대미문(稀代未聞)의 영웅

22

　창피(猖披)라는 짐승은 후안무치(厚顏無恥)라는 동물을 먹고 산다. 후안무치는 뻔뻔스러움과 철판을 먹고 살기에 부끄러움을 모르는 동물이다. 후안무치(厚顏無恥)라는 동물은 야행성이라 깊은 동굴 속이나 나무껍질 속 어두운 곳을 옮겨가며 살아 눈에 잘 띄지 않는다. 그렇지만 시시때때로 인가 마을로 내려와 사람들의 생각 속이나 가슴팍으로 들어가 온통 난장판을 만들어놓고 인간의 간이나 쓸개를 다 빼도록 종용한다.

　창피(猖披)는 살진 돼지처럼 토실토실한 후안무치 천 마리 눈쯤은 게눈 감추듯 먹어 치운다. 그러기에 창피(猖披)라는 짐승을 먹을 때는 배를 갈라 간과 쓸개를 먼저 꺼낸 다음 깨끗이 씻어 햇살에 말린다. 꾸덕꾸덕 말랐을 때 막걸리와 함께 먹으면 그 창피는 그때야 오도둑! 오도둑! 소리를 지르며 생을 마감한다.

나는 지금 창피(猖披)를 수천 마리쯤 달여 먹고 창피의 껍질 온몸
에 감고 독일의 빚을 한국의 빛으로 돌려야 한다.

함보른 탄광의 검은 말

하늘은 밝았지만, **함보른** 탄광으로 들어가는 갱도는 밤보다 더
짙은 어둠을 먹고 살아 숯덩이처럼 검고 번들번들한 아가리를 벌리
고 있었다. 한국에서 온 광부들이 줄을 서서 작업복을 챙기고, 철
제 사물함을 여닫는 소리가 서로 다른 박자로 울렸다. 광부들은 고
국에서 박정희 대통령과 육영수 여사가 온다는 말에 자꾸만 울컥
울컥 알지 못할 슬픔이 쏟아졌다. 대통령께서 독일에 회담하러 오
셨대. 대통령께서 우리가 일하는 모습을 보시면 얼마나 가슴 아파
할까? 우리 최대한 대통령께 초라하거나 슬픈 모습은 보이지 말자.
　또 어떤 사람은 말했다. 독일에서 우리가 똑바로 일 잘한다고 우
리 대통령께 말해줬으면 좋겠네. 그래야 우리 대통령께서 최소한
의 자존심은 지키시지. 우리 대통령께서 우리를 보러 오셨을까?
아니면 빚을 얻으러 오셨을까? 우리가 단체로 모여가서 총리에게
우리나라에 도움을 달라고 말해야 하는 거 아니야? 그래그래, 우
리 간호사들에게도 이야기해서 단체로 현수막을 만들어 거리에
내걸자. 그래그래.

그들은 어느새 모두 애국자가 되어있었다. *대통령은 나라의 경제 문을 열기 위해, 우리는 땅속 갱도의 문과 죽은 자들의 영혼이 들어갈 문을 열기 위해 각자 노력하다 보면 우리나라도 독일처럼 잘 살겠지. 대통령도 지금 우리나라에 빛 한 줄기 모종하기 위해 여기까지 오셨을 거야.* 광부들은 대통령이 온다는 소식에 온통 관심을 쏟았다.

한편, 간호사 김경희는 교대 1시간 전, 병원 휴게실에서 잠깐 눈을 붙였다가 깼다. 불빛이 머리 위에 하얗게 내려앉아 눈꺼풀을 더 무겁게 만들었다. 빛은 차갑고, 온도가 없는 듯했다. 마치 세균 하나까지 드러내려는 의지만 반짝거렸다. 라디오에서는 독일 뉴스가 흘러나왔다. *한국 박정희 대통령 내외 서독에 국빈 방문*이란 말에 김경희는 머리에 찬물을 끼얹은 듯 몸을 일으켰다.

대통령이 독일에 와 있다는 사실을 그녀는 처음 들었다. 그때 병동 문이 열리고 의사가 급히 들어왔다. 그녀는 반사적으로 일어섰다. 몸이 먼저 움직이고 상황 판단은 뒤이어 따라왔다. 그렇게 중환자실에 심전도 기계가 일정한 리듬을 만들고 있는 소리를 들었다.

삐—삑

삐— 삑

그 소리는 마치 고향에서 돌아가던 물레 소리처럼, 반복적이고 무표정하면서도 어딘가 삶의 깊이를 향해 가고 있는 듯 울었다. 중환자실에서 나오자 광산에서 일하고 있는 김 대장이 기다리고 있었다. 김 대장은 한국에서 온 광부들 모임에서 대장을 맡고 있어서 김 대장으로 불리고 있었다. 김경희도 간호사 모임에서 대장을 맡고 있어 김 대장이라 부르고 있었다. 두 김 대장은 머리를 맞대고 고민한 끝에 조금씩 돈을 모으기로 했다. 대통령께서 비행깃값이 없어 독일의 초청을 받고도 못 온다는 말에 모두 모아 보내기로 했으나 대통령의 거절로 못 보내서 모두 가슴 아파하던 차였다.

그들은 서로 앞다투어 한 달 월급씩을 모두 모아 대통령의 경비로 드리자고 의견을 모았다. 모두가 찬성이었다. 그리고 현수막을 만들었다. 현수막에는 박정희 대통령님! 육영수 여사님! 독일 방문을 환영합니다! 우리의 아버지 어머니 반갑습니다, 저희를 만나러 와 주셔서 고맙습니다. 그리고 또 하나의 현수막에는 총리님 우리 대통령님을 도와주세요. 우리의 조국을 도와주세요. 저희 광부와 간호사 모두가 조국의 담보가 되겠습니다. 제발, 우리 대통령님을 빈손으로 돌려보내지 말고 도와주세요. 그 은혜는 저희가 몸이 부서지더라도 일해서 꼭 갚겠습니다. 에르하르트 총리님 사랑합니다.

서로의 월급에서 돈을 마련하여 문구 옆에 대통령 내외분의 사진과 무궁화와 태극기를 그린 현수막 120개씩을 만들어 거리 곳곳에 태극기처럼 나부끼게 했다. 에르하르트 총리는 어느 날 차를 타고 가다가 창밖에 펄럭이는 현수막을 보고 그 말을 번역하라고 했다. 번역한 말을 들은 총리는 그날 밤 한숨도 못 잤다. 광부들은 어느 나라 사람보다 성실 근면했고 간호사들도 백의의 천사라는 별명이 붙도록 독일 간호사가 하기 싫어하는 궂은일들을 맡고 있었다. 그것도 웃으면서. 그렇기에 그들을 위해 대통령을 초대한 것이 아닌가! 독일 부총리가 어느 날 입원을 하고 온 후 너무나 극찬하고 그 나라 대통령을 초청하자고 제안했던 것이 새삼 떠올랐다.

한편, 박정희 대통령은 뒤돌아 생각했다. 한국의 경제 상황은 이루 말로 다할 수 없다. 전국의 실업률은 말할 것도 없고 1인당 국민소득은 전 세계에서 두 번째로 가난한 나라였고 수출은 몇천만 불에 불과해 암담하기만 했다. 미국의 케네디 대통령을 찾아갔으나 케네디는 박정희 대통령을 좋아하지 않았다. 추가 원조는커녕 1년에 2억, 3억 불씩 해주던 경제 원조를 삭감한다고 말했을 때 그 암담함이 다시 밀려왔었다. 경제가 점점 어려워질 것은 뻔한 일이었고 어떤 방법으로든 경제를 일으키지 않으면 영원한 가난에서 벗어날 수 없었다.

방법을 찾았지만 쉽지 않던 때 국가재건 최고의 의장으로서 국가 원수 자격으로 미국의 대통령 방문에서 케네디 대통령에게 거절을 당했을 때 독일을 생각했었다. 독일이 떠오른 이유는 같은 분단국가지만 경제 성장에 대성공한 나라였기 때문이었다. 그래서 상공부 장관에게 독일을 알아보라고 했을 때 또 한 번 이승만 대통령의 앞을 내다보는 안목에 얼마나 소름 끼치도록 놀랐는가!

독일에 대해서 좀 알아보고 독일에 가서 타진하려면 독일어를 해야 했다. 상공부 장관은 독일어를 할 줄 아는 사람을 찾을 때였다. 그때 한국에 독일어 하는 사람이 거의 없었다. 그러나 이승만 대통령은 이미 나라의 미래를 위해 인재를 구축해 놓고 있었다. 그 사람은 바로 중앙 대학교 경제학과 백영훈 교수였다. 당시 32세 젊은 청년이었던 그는 이승만 대통령께서 국비 유학생으로 선발했을 때 1호로 선발된 학생이었다.

그 1호가 독일에서 경제학 박사학위를 취득했고 그 1호 박사가 대한민국의 해외 경제를 살릴 실마리가 되었다. 넓은 나라에서 공부한 석학답게 백영훈 교수는 상공부 장관의 요청을 받고 한 첫마디는 이승만 대통령이 얼마나 미래를 키워놓았는지를 가늠하게 했다. 국가의 부름이라면 얼마든지 가서 일을 돕겠습니다. 국가의 일이라면 목숨인들 아깝겠습니까. 국가의 돈으로 국가의 도움으로 공부한 제가 나라를 위해 일할 기회가 주어진다면 이 목숨 버릴 각오를 한 것은 이승만 대통령께서 국비 장학생으로 유학을 보내주실 때 이미 결심했습니다.

저뿐 아니라 그때 함께했던 우리 모두 열심히 공부해서 나라에 쓰임이 되자고 맹세했습니다. 기필코 독일로 함께 가서 국가를 위해 일하겠습니다. 하고 국무부 장관하고 함께 독일로 갔다.

독일로 날아간 백영훈 교수가 대사와 함께 상공부 장관과 독일의 경제 차관을 만나러 갔지만, 만나주지를 않는다고 연락이 왔을 때 또 얼마나 눈앞이 깜깜했던가! 또 길이 부러진 것 같아 백영훈 교수에게 방법을 연구해보라고 했을 때 고맙게도 그리 해보겠다고 선뜻 대답할 때 또 얼마나 찬란한 종소리가 울려 퍼졌던가!

결국, 백영훈 교수는 자신의 은사였던 교수가 독일 경제 차관과 아주 친하고 가까운 사이라는 걸 알아냈다고 연락이 왔고 빛 위에 찬란한 무지개가 떴었다. 그렇게 백영훈 교수는 독일서 공부할 때 박사 지도 교수를 만나서 대한민국의 사정을 이야기하며 간곡하게 사정을 했더니 그 은사 교수가 그 청을 들어주어서 독일 경제 차관을 만나게 해주었다고 했다.

독일 경제 차관을 만났으나 독일 경제 차관은 한국을 도와줄 의사는 있다, 3,000만 불 정도 빌려주는 대신 3,000만 불에 대한 지급 보증서를 가지고 오라는 연락을 받고 그 지급 보증서를 가지고 오지 않으면 불가능하다고 했다. 3천만 불에 대한 해외외국은행 지급 보증서를 만들기 위해 홍콩에까지 가서 지급 보증서를 만들려고 했으나 홍콩은행은 한마디로 두부 자르듯 뚝 잘라버렸을 때 그 심정은 지금 생각해도 먹물처럼 깜깜하다.

그때 지급 보증서를 못 만들었으니 3,000만 불의 차관은 날아갔고 다른 방법을 궁리하고 있을 때 백영훈 교수에게서 연락이 왔을 때 또 얼마나 심장이 벌렁거려 가슴을 움켜잡았던가. 백영훈 교수와 함께 공부하던 학우이자 독일 노동부 노동 과장인 슈미트라는 박사 친구에게서 한국에 실업자가 많을 텐데 광부 5천 명하고 간호사 2,000명을 독일로 보내줄 수 없겠느냐? 고 다시 연락이 왔을 때 심장이 백 개가 있어도 다 떨어질 것 같았다.

그때 광부 5천 명이 아니라 5만 명도 보내줄 수 있고 간호사도 2,000명이 아니라 2만 명도 보내줄 수 있다, 원하는 인력을 얼마든지 다 독일에 보내줄 수 있다고 말하면서 또 얼마나 비참했던가? 그들의 임금을 담보로 잡고 3,000만 불을 빌려줄 수 있다는 독일의 노동 과장 슈미트의 말에 우선 성사가 되는 게 기뻐서 광부 모집과 간호사 모집을 시작했을 땐 저들이 저렇게 고생할 줄은 상상도 못 했었다.

다만 그때 당시 우리나라는 실업률이 워낙 높았기 때문에 광부 광고 모집을 하는 데 150대 일 간호사 모집도 약 100대일 정도였다. 광부 모집은 고등학교 졸업 이하로 한정했는데 대학 졸업한 사람들이 대학 졸업했다는 것을 속이고 지원할 정도였고 선발된 사람 중에 학력을 속이고 대졸이 중졸이 된 사람이 30%나 되었음에 가슴이 아팠었다.

그때 당시 독일의 광부 간호사로 가는 사람들의 임금이 한국 임금의 8배를 준다고 하니까 독일의 광부 파견이 되고 간호사 파견이 시작되었다. 우리나라에서 처음으로 노동 수출이 시작돼서 달러를 벌어들이기 시작한 것이고 그 달러가 우리나라 경제 발전에 아주 귀중하기에 사용이 될 거란 생각만 했지, 저렇게 힘들고 고달플 거란 생각을 못 한 대통령으로서의 국민에 대한 죄책감 때문에 견딜 수 없다.

박정희 대통령은 미안하고 또 너무 미안해서 첫 마디부터 눈물로 말을 했다. 나라가 가난해서 여러분들을 땅속 1,000m 40도가 되는 곳에서 일하게 해서 정말 미안하고 죄송합니다. 간호사들게 시체를 닦게 해서 너무너무 죄송합니다. 여러분들의 임금을 담보로 잡아서 국가가 돈을 빌렸으니 머리를 들 수 없습니다. 내가 죄인 중에 죄인입니다. 그렇지만 우리 지금 이 가난을 이겨냅시다.

참고 어떻게 해서든지 이겨내서 우리 후손들에게는 이러한 처참한 가난을 물려주지 맙시다. 우리 조금만 참고 고생해서 우리 후손들에게는 풍요롭고 살기 좋아 세계인들이 살고 싶은 나라로 만듭시다. 제가 그렇게 만들 테니 여러분 조금만 더 참고 함께 노력합시다. 미안합니다. 고맙습니다.

광부들과 간호사들은 울기 시작했다. 애국가가 흘러나왔지만 우느라고 부르지 못했고 연설이 끝날 때까지 내내 울음바다가 되어 독일에 홍수가 질 것 같았다. 대통령도 육영수 여사도 우는 일로 독일의 일정을 다 보낸 것 같았다. 그럼에도 불구하고 할 일은 해야 해서 이튿날 마지막 여정으로 에르하르트 총리를 만났다. 그렇게 울고도 몸속에는 눈물만 들었는지 에르하르트 총리 앞에서도 내내 울었다. 손수건에서 눈물이 뚝뚝 떨어지도록 울자 에르하르트 총리도 함께 울었다.

그렇게 얼마를 울었을까, 정신이 어지러운 상태에서 제발 한국을 한 번만 도와주세요. 우리가 잘살면 반드시 이 은혜는 갚겠습니다. 울음으로 말을 하자 에르하르트 총리는 박정희 대통령 각하,

눈물을 거두시지요, 내 빌려드리리다. 당신네 나라 국민성만 담보로 잡아도 넉넉하오. 우리나라 독일에서 3천7백만 불을 빌려드리리다. 그 자리에서 약속했다. 그리고 에르하르트 총리는 말했다.

빌려 드릴 테니 우선 고속도로를 만드시오. 그리고 자동차를 만드시오. 총리는 박정희 대통령을 고속도로로 안내하고 친절하게 설명해줬다. 1930년대 초 우리나라도 세계 대공황 여파로 극심한 경제난을 겪고 있었고 실업자가 600만 명을 넘어서서 국민의 절망감이 정권 교체가 되는 계기가 되었소. 이 혼란 속에서 등장한 사람이 바로 아돌프 히틀러였고 그는 1933년 집권을 하자 국가재건을 위한 대규모 계획을 발표했소. 그 중심이 바로 라인 슈트라세 제국 고속도로 계획이었고 그는 아우토반을 독일 민족의 의지와 단결의 상징이라고 홍보했지요.

제1호 구간인 프랑크푸르트-다름슈타트 간 도로 공사가 시작되었고 이는 국민 자동차 프로젝트 폭스바겐과 연결되었으며 히틀러는 모든 독일인이 자동차를 가지게 하겠다고 약속하며 국민차와 국가의 도로를 홍보했지요. 이로써 독일 국민은 산업과 기술 발전의 성과를 체감하며 정권에 대한 신뢰를 강화하게 되었소. 자동차 전용 고속도로 건설을 시작으로 1929년 쾰른-본 구간의 도로를 착공하고 1932년 개통하면서 구체화되기 시작했고 히틀러는 7,000㎞에 달하는 통합 간선 도로망 독일 자동차도로의 건설을 계획하기 시작했소.

이 계획은 1934년 프랑크푸르트-만하임-하이델베르크를 잇는 아우토반 건설로 실행에 들어갔고, 전체 도로망은 각각 3개의 남북 방향 노선과 3개의 동서 방향 노선으로 완공되었으며, 도로 중앙에는 5m 폭의 분리대를 설치하고 가장자리에는 1m의 갓길을 두었소.

아우토반은 시속 165㎞를 초과하는 속도로 대규모 교통량을 감당할 수 있고 여러 도시를 우회하도록 설계되었으며, 도로 건설은 매우 급격하게 추진되어 단 몇 년 만에 약 4,000㎞에 달하는 전체 도로망이 완공되었소. 당신네 나라도 여기서 교훈을 얻어 일어서길 바라오. 당신네 나라 광부들과 간호사들을 보니 당신네 나라는 반드시 이 가난을 물리치고 세계적인 나라로 발전할 것이라 확신하오.

박정희 대통령은 도로 중간에 내려서 고속도로를 보며 결심했다. 반드시 우리나라도 이보다 더 멋진 고속도로를 놓고 폭스바겐보다 더 좋은 자동차를 만들 것이라고 두 주먹을 불끈 쥐었다. 그리고 총리실로 다시 들어왔다. 공식적인 회의 석상에 들어서니 수박색 카펫이 파랗게 웃고 있었다. 질서 정연하게 앉아서 기다리고 있는 의자들을 보니 기하학적 질서감이 생각났다.

독일은 이렇게 질서정연하고 정확함을 통해 세계를 이해하는 나라라는 생각이 들었다. 외무차관이 공식적인 발표를 했다. 한국 정부의 요청 사항을 검토해 보았습니다. 그런데 상환 능력에 대한 우려가 있습니다. 통역관의 말에 박정희 대통령은 우려란 말은 정치적이면서도 기술적인 말이라는 생각이 들었다. 양국 사이의 결핍을 드러내지 않으면서도, 결핍을 명확히 지적하는 우려라는 말에 박정희 대통령은 카랑카랑한 말을 회의장에 꽉 차도록 뿌렸다.

우려는 어떤 완벽한 사건에서도 발견되는 말입니다. 그런 우려라면 땅이 꺼질까 하늘이 무너질까 만의 하나도 우려해야 하고 이 우주에 빅뱅이 다시 일어날지도 모른다는 우려도 해야 하지 않소. 한국은 일본에 저항하며 나라를 찾았고 형제간의 전쟁으로 모든 것을 잃었습니다.

그렇지만 바로 그렇기 때문에 다시 일어설 준비도 되어있습니다. 이 독일도 우리의 처지를 누구보다 잘 이해하리라 믿습니다. 그리고 또 하나 우리나라가 발전할 수 있다는 것을 신뢰한다면 그 신뢰는 머지않아 독일이란 나라에 실적으로 돌아가 우리가 독일이란 나라를 돕게 될 날이 반드시 찾아올 것이오. 내가 그렇게 대한민국을 키우겠소.

우리나라 이름을 보시오. 대한민국(大韓民國) 사람이 손발을 쫙 펴면 큰 대(大)자가 되오. 우리나라는 하늘 아래 가장 큰 사람들이 사는 나라라는 걸 못 믿소? 못 믿으면 다시 한번 믿도록 해 보시오. 반드시 그렇게 될 것이니.

박정희 대통령의 하늘 아래 가장 큰 말이 독일어로 옮겨지자 회의장의 공기 무게가 가라앉았다. 미세하지만 확실한 바람만 회의장을 회오리치고 있었다. 외무차관은 손가락으로 안경을 추켜올린 뒤 말했다. *우리는 한국의 의지를 높이 평가합니다. 총리님께서 최종 판단은 내릴 것입니다.* 그 말이 끝나자 사회자가 독일 총리를 무대 위로 끌어 올렸다. 고삐도 없이 총리가 사회자의 말을 고분고분 들었다. 거절도 않고 순한 양처럼 단상으로 올라왔다. 그리고 손으로 마이크를 잡고 말했다.

독일은 우리의 좋은 친구 나라인 대한민국을 도울 것입니다. 대한민국 국민들이 독일에서 광부로 간호사로 독일 사람보다 더 열심히 일해주고 있습니다. 그러기에 우리는 형제의 나라인 대한민국과 함께 힘을 합해 살아가기로 했습니다.

그 말소리는 현실을 넘어, 아주 멀리 갱도 속에서 흙먼지를 마시며 일하고 있을 한국 광부들과 사체를 닦고 있는 간호사들에게까지 날아가 닿는 듯했다.

루르 지역

독일의 산업을 지탱하는 광구(鑛區)인 루르 지역으로 간 박정희 대통령은 지하로 내려가기 위해 안전모를 쓰고 엘리베이터에 몸을 실었다. 철제문이 닫히는 순간, 아득한 현기증이 다가와 수십 미터 아래로 떨어지듯 내려갔다. 지하 100km 어둠과 두려움과 기계의 울림이 뒤섞여 있는 땅에 도착하자 한국인 광부들이 석탄 바위를 깨는 망치 소리가 귓전에서 마치 동굴이 무너지듯 울렸다.

비서가 대통령의 마음을 읽기라도 한 듯 *각하, 여기서 일하는 한국 광부는 천여 명입니다.* 비서의 말이 끝나기 무섭게 박정희 대통령은 *이들이 보내는 외화는 한국 가족들의 생계 그 자체이고 나라의 장래를 개척하는 중이지.* 답한다 광부 한 명이 박정희 대통령 앞에서 몸을 일으켰다. 얼굴에는 검은 빗물이 흘러내렸다. 손등으로 흘러내리는 땀을 닦으며 광부는 말했다. *각하, 반갑습니다. 저는 여기서 하루 10시간씩 가족을 위해 석탄을 캡니다. 그래 고생이 많소! 당신이 캐고 있는 건 석탄이 아니라 나라의 미래요. 미안하오! 나라가 가난해서.*

대통령의 목소리는 떨리고 눈에는 이미 눈물이 흘러내리고 있었다. 눈물을 억지로 삼킨 대통령은 쉰 목소리로 말했다. *당신이 캐고 있는 미래를 내 반드시 발전시켜 언젠가는 후손들이 당신의 노고를 되씹으며 당신을 지킬 수 있도록 만들겠소.* 말을 마치고 돌아서는 대통령은 온몸이 석탄보다 더한 어둠의 막장처럼 깜깜했다.

장화 바닥에 묻은 검은 석탄가루가 돌덩이처럼 무겁게 느끼며 지상으로 올라오니 겨울 햇살은 눈부셨다. 그 빛은 박정희 대통령이 흘린 눈물을 환하게 비추고 있었다. 박정희 대통령의 가슴에는 찬바람이 휘몰아쳤지만, 다음 목적지인 본(Bonn) 총리 관저로 향했다. 자꾸만 가슴에서 석탄처럼 검은 눈물이 출렁였다.

마지막 일정으로 관저 회담실에 도착하자 벽난로에는 조용한 불꽃이 일렁이며 대통령의 눈물을 말리기라도 할 듯했다. 에르하르트 총리는 두꺼운 안경 너머로 박정희를 응시했다. 내 당신의 과감함에 반했소. 당신네 나라 한국은 우리의 파트너가 되기에 충분하오. 한국이 원하는 차관보다 더 빌려줄 것이니 잘 해보시오. 박정희 대통령은 주저하지 않고 빳빳한 신권 같은 말을 던졌다.

예 총리님, 무슨 말씀인지 알겠소. 독일 역시 전쟁에서 폐허가 되었지만, 다시 일어섰습니다. 그러니 우리도 그 방법을 배워 반드시 일어서겠습니다. 이 기회를 잘 길러서 세상의 하늘을 날아다니도록 하겠습니다. 대통령의 말이 끝나자 에르하르트가 구름과자를 꺼냈다. 그의 말이 마음에 든다는 듯 연기는 몽실몽실 춤을 췄다. 밖에서 *라인강 기적*이 라인강의 물결로 반짝이고 있었다.

대통령은 다짐했다. 당신이 잡아준 이 손으로 내 반드시 한국의 경제를 살리고, 새로운 도시, 공장, 고속도로, 조선소를 건립하여 비행깃값이 없어서 오지 못할 뻔한 이 가난을 *한강의 기적*으로 바꾸고 말리라. 그렇게 일정을 두고 국민을 두고 한국으로 오기 위해 공항으로 향하자 프랑크푸르트 공항의 콘크리트 바닥은 눈처럼 하얀 입자가 쫙 깔려 있었다.

박정희 대통령이 발을 딛는 순간, 눈앞의 공기는 마치 밝은 빛의 층위처럼 느껴졌다. 메를로퐁티의 말처럼, 지각은 대상의 표면이 아니라 몸과 세계가 맞닿는 장(場)이었다. 박정희 대통령은 그 소중

한 공기를 폐로 빨아들였다. 마치 탄광에서 고생하는 광부들의 모든 폐에 들어가 자리를 잡은 연탄 가루를 대신 마시려는 듯. 광부들 생각에 까맣게 색칠된 가슴에 육중한 공항 난방기의 바람이 들어왔다.

광부와 간호사들의 말소리를 굴절시키기라도 하듯. 완전한 의미를 전달하지 않고, 계속 미끄러지며 공백을 남기면 좋으련만 애석하게도 까맣게 색칠한 의미를 날라주고 있었다. 우리 광부와 간호사는 공백을 허용할 시간조차 없이 일했지만, 독일 사람들의 여유로움이 자꾸만 눈으로 풍덩 풍덩 뛰어들고 있었다. 한국과 독일 사이에 새로운 지각적 두께를 만들고 있었다. 한국 국민이 타국 땅에 겪는 외로움, 힘듦, 고통들이 줄지어 박정희 대통령에게 달려와 *아버지! 아버지!* 부르며 목놓아 통곡했다.

대통령은 조용히 눈을 감았다. 예고도 없이 눈물이 또 흘러내렸다. 창문에 비치는 자신의 얼굴이 잠시 낯설었다. 박정희 대통령은 어금니를 꽉 깨물며 혼잣말을 했다. *독일 역시 제2차 세계대전 패전을 딛고 '라인강의 기적'이라는 놀라운 경제 성장을 했다. 나는 우리나라가 '한강의 기적'으로 세계에 우뚝 서는 나라가 되도록 해야겠다.*

파독 노동자는 고국에 꼬박꼬박 돈을 보냈다. 이들의 땀으로 일궈낸 돈은 연간 5천만 달러가 넘었다. 한때 국민 총생산(GNP)의 3%에 달했을 정도로 당시 한국 경제에서 차지하는 비중이 컸다.

이역만리로 떠난 한국 청년들은 조국이란 울타리가 있었기에 마음 놓고 일할 수 있었다. 파독 광부와 간호사는 삶의 개척자였다. 파독 근로자 중 60%는 해외에 정착하여 새로운 삶을 찾았다. 그들은 독일 간호사로 갔지만, 독일에서 대학 생활을 하며 외교관, 의사 등의 직업을 얻은 사람도 많았다.

김영희 역시 파독 간호보조원에서 시작해 한국의 세 번째 여성 대사를 역임하기도 했다. 그들은 어려운 환경을 탓하기보다 어려운 환경을 발판으로 삼아 꿈을 이룬 것이다. 그는 갖은 노력을 한 결과 쾰른, 하노버, 함부르크 대학 등에서 합격통지서를 받았고 쾰른대학에 입학했다. 철학부 교육학과 내 유일한 외국인이었다. 학부에서 박사학위까지 10년 만에 끝낸 그는 한국 외교부의 독일 전문가로 특별 채용되었고, 마흔의 나이에 세르비아 몬테네그로 대사로 임명되었다.

박경남은 22살에 파독 간호사에 지원했다. 집안에서 여자가 대학 가길 원하냐며 반대하다가 독일로 갔고 외과 병동에서 3년을 허드렛일하며 간호사에 머물지 않고 직접 의사가 되고 싶다고 생각했다. 31살의 나이에 야간 고등학교에 입학하고 이후 함부르크 의대에 합격하여 7년 만에 의사면허증을 따고 의사가 되었다.

간첩들의 꼭두각시가 된 대학생들

1964년 5월 20일 동숭동 서울문리대 교정에 서울대를 비롯한 서울 시내 9개 대학교 학생 2천여 명과 시민 1천 명이 모여 *민족적 민주주의 장례식 성도 대회*를 열고 거리시위에 나섰다. 한일 굴욕 외교 회담 반대 전국 총 연합회 이름으로 *민족적 민주주의 관*을 어깨에 메고 시위대는 이화동 로터리와 혜화동 로터리 종로 5가로 소낙비처럼 쏟아져 나온다.

경찰은 최루탄을 마구 쏘아 올리며 저지해야 했다. 다섯 시간이나 적이 되어 대치한다. 이날 데모로 학생 21명 민간인 28명 경찰 16명이 중상을 입는다. 학생 94명과 민간인 91명이 동대문 경찰서와 종로 경찰서 등으로 연행된 치열한 대결이다. 서울문리대 교정에서 낭독된 유인물의 필자는 문리대 미학과 재학 중인 학생이었다.

신기하게도 명문대에는 간첩들의 접선이 더욱 많았다. 간첩단은 치밀한 계획과 대학 간의 연결성으로 두더지처럼 정보를 주고받았다. 공산주의자들은 자유민주주의를 위해 열심히 공부하는 동료들에게 *불의에 잠잠한 청년은 더 큰 불의를 묵인 방조하는 누를 범하게 된다. 나라의 미래가 젊은이의 사심 없는 저항과 충언에 달려있는 것이다. 밝은 장래는 밝은 정신과 행동에서 지켜질 수 있다.*

서울대 문리대생들 사이에 끼어있던 다섯 명의 간첩단이 신분을 숨기고 애국자의 탈을 쓰고 주도한 시위대의 눈물이 밝은 미래로 향하는 도랑물을 가로막고 있었다. 그러나 박정희 대통령은 비밀리에 간첩단의 조직을 제거하고 자유민주주의가 강물이 되어 흐르게 하도록 노력하고 있었다. 간첩단들의 집요한 포섭으로 오로지 앞만 보고 흐르지 바다를 보지 못하는 젊은 혈기는 이제 막 피어나는 벼 이삭을 못 자라게 막으려는 듯 조국의 앞길을 막으려는 간첩의 앞잡이가 되고 있었다.

희대미문(稀代未聞)의 영웅

23

일본 제국주의 치하에서 죽음의 항쟁을 통하여 다시 찾은 해방 조국은 다시 안개 속으로 빠져들어 혼미함을 거듭하고 있음을 우리 젊은 미래가 탄식하며 강의실을 뛰쳐나와 스크럼을 짜고 울부짖는 것이다! 민족 자주성은 다시 일본 독점자본의 손아귀에 놓일 운명에 즈음하여 대학생들은 선언하고 구호를 외치며 밝은 앞날을 위해 주저하지 않고 거리로거리로 목숨을 담보하는 것이다. 민족 반역적 한일 회담을 중지하라! 친일 추구하는 국내 매판자본을 타살하라!

박정희 대통령은 가난이 주렁주렁 풍년으로 익어가는 나라를 부귀한 나라로 만들기 위해 한일협정을 통해 기틀을 다질 자금을 마련하려 백방으로 뛰어다니며 노력하는 데도 학생들과 야당은 반대를 위한 반대로 나라의 발전을 가로막기 시작했다. 6.3항쟁이 정점에 달하며 수그러들 기미를 보이지 않자 8월 25일 저녁 중앙청 제1

회의실에서 전국 방송을 통해 특별담화를 발표한다. 담화에서 학생들이 국회해산과 조약 무효를 주장하는 것과 시위 만능 풍조를 비판하고 시위를 독려하며 시위 학생을 영웅시하는 교육자를 비판하며 구정치인을 학생시위에 의존하여 정부를 전복하려던 반동분자라는 것을 밝힌다.

각 학교에 섞여 있는 북한 간첩들 손에 대한민국 학생들은 꼭두각시 춤을 추며 거리로 뛰쳐나오는 걸 본 박정희 대통령은 하루에 구름과자를 다섯 갑이나 태웠다. 그렇지만 국내에 뿌리 깊이 각계각층에 자리 잡은 간첩들을 한꺼번에 찾아낸다는 건 무리라는 걸 너무나 잘 안다. 6·25전쟁 때 북한은 이미 많은 간첩을 한국에 고정으로 심었다는 걸 누구보다 잘 아는 박정희 대통령이었다.

심각했다. 절박한 상황이었다. 그러나 나라를 살리려면 강단의 조치를 취해야 한다고 결심했다. 한일협정 반대가 심각해지자 박정희 대통령은 경찰만으로는 치안 유지가 불가능하다는 서울시장 윤치영의 의견을 받아들였다. 서울시 일원에 군부대를 일정한 지역에 주둔시켜, 경비와 질서 유지 및 군기(軍紀)의 감시와 군에 딸린 건축물·시설물 등을 보호하도록 대통령령(令)을 선포하여 학생시위를 진압한다.

시위 사태에 대한 문책성 인사로 문교부 장관 윤천주와 서울대학교 총장 신태환을 경질하고 후임에 법무부 차관 권오병과 교수 유기천을 각각 임명한다.

청자의 연기

그해 겨울, 청자연구소에 파견된 젊은 기술자들은 새벽마다 흙을 고르며 생각가마 앞에서 손을 녹였다. 정부는 새 대통령 취임을 기념해 **국가 재건의 상징**을 만들고자 했다. 단순한 소품이 아니라, **전통과 근대화의 연결을 보여주는 기념 제작품**. 그 결과로 결정된 것이 **청자 상자에 담긴 기념 담배**였다. 서청우는 이 일을 **나라를 위한 공적**이라고 생각했고, 연구소의 숙련 장인들은 이 작업을 통해 **한국도 다시 일어설 수 있다**는 희미한 기대를 품었다.

그러나 서청우는 생각했다. 담배가 나라의 상징이 될 수 있을까? 과연 지금 우리에게 필요한 건 상징일까? 생계일까? 기획관들은 청자 상자에 넣을 문양을 놓고 여러 설계를 연구해왔다. 용 문양은 과하다 했다. 거북 문양은 너무 느려서 경제가 빨리 성장해야 한다며 시대 분위기와 맞지 않는다고 했다. 결국, 선택된 것은 **봉황**이었다. 각의 디자인은 금색 위에 청자의 아름다움과 봉황이 새겨진 상징적인 디자인이 선택되었다.

매우 화려하면서도 고급스럽다는 평가와 그 속에 담긴 의미는 한국 전통의 미와 대통령 취임이라는 중요한 정치적 사건을 상징하는 데 손색이 없다는 결론이 났다. 또한, 이름은 청자의 유래에서 가져왔다. 청자는 고려 시대부터 내려온 한국의 전통 도자기이기 때문이었다. 청자는 그 아름다움과 색감으로 세계적 인정을 받은 한국의 대표 문화재이며 이러한 청자의 이미지를 담배에 녹여 내어 당시 국민에게 자부심을 고취할 수 있다는 평가를 받았다.

또한, 국가의 새로운 출발, 청자의 기운이 하나로 모이는 조화를 의미한다고 했다. 청우는 문양을 새기며 기획관의 말을 떠올렸다. *국민에게 다시 일어설 수 있다는 메시지를 보여줘야 합니다. 예술은 그런 도구가 될 수 있어야 해요.* 말은 옳았다. 그러나 청우는 고개를 갸우뚱했다. *그럼 예술이 도구로 쓰일 때, 그 예술인의 영혼은 어디로 가는 걸까?*

취임식을 한 달 앞둔 날, 구름과자에 입힐 그림들은 최종 생각가마에 들어갔다. 밤새 생각의 불을 지피며 서청우는 자신에게 되물었다. *나라가 강해지려면, 누군가는 이렇게 생각의 가마에 불을 지피고 그 앞에서 손을 태워야 하는 걸까? 그렇다면 나는 그 무언가를 만들기 위한 도구에 불과한 걸까?*

그의 스승인 노장인은 서청우의 속을 꿰뚫은 듯 노련한 빛으로 말했다. *한 사람의 혼이 담긴 예술품은 때로 나라보다 오래 가는 법이지.* 서청우는 스승의 말에 흠칫 놀라 처다본다. 말에 묘한 힘이 서려 있다는 생각이 들었다. 이렇게 고달프고 힘들지만, 국가의 요구가 아니라, 자신의 영혼을 다해 청자의 무늬를 완성하자고 마음먹었다.

최종 납품된 기념품은 예상보다 훨씬 아름다웠다. 구름과자 스무 마리가 들어갈 작은 청자 상자는 새벽빛처럼 연한 비색을 머금고 있었고, 봉황은 마치 물결처럼 살아 움직였다. 대통령 취임식 전날, 기획실에서 서청우를 호출했다. *이 기념품을 내외 귀빈들에게 전달합니다. 한국이 새로운 문화로 다시 태어날 수 있다는 상징이 될 겁니다.*

청우는 상자를 조심스레 바라보며 속으로만 말했다. *이건 단지 구름과자 상자가 아니다. 이 나라가 흔들릴 때 우리 손이 지핀 영혼의 불이다.* 수십 년 후, 누군가는 이 청자 상자를 골동품 가게에서 우연히 발견했을 때 이렇게 말할 것이다. *이게 무슨 큰 의미가 있겠어? 옛날 대통령 선물품이지.*

그러나 청우는 의미는 겉에 있는 것이 아니라 그 안에 남아 있는 불, 그러니까 이 시대를 지탱했던 *이름 없는 장인들의 영혼*에 있다는 걸 모르는 사람들의 안타까움을 생각할 것이고 늘 그것을 그리기 위해 애쓰던 그 순간을 떠올릴 것이다. 옅은 연기가 피어오르며 말하듯 사람들의 뒤안길로 사라지지 않았으면 좋겠다는 생각을 했다.

나라를 위한 일이라는 건, 결국 누가 시켜서가 아니라 내가 무엇을 지키고 싶은지 스스로 정하는 것이다. 모두 나만 생각한다면 누가 이 나라를 지키겠는가! 자신만 생각하고 나라를 걱정하지 않는 사람들은 아무것도 모르는 멍청한 인간이란 생각이 들었다. 그때 일이 새삼스럽게 달려오면서 사이렌을 불었다.

취임식 일주일 전, 청자연구소 문 앞에 군용 지프 한 대가 섰다.

먼지를 일으키며 들어온 인물은 청와대 경호실에서 파견된 장경호 비서관이었다. 그는 연구소 전체를 매서운 눈빛으로 훑었다. 흙냄새, 나무 타는 향, 장군의 명령이 끝없이 흘러 다니던 시대와는 어울리지 않는 정적이었다. *담당 기술자 서청우 씨 맞습니까?* 청우는 손에 묻은 흙을 닦으며 고개를 들었다. *예, 그런데 무슨 일로?* *오늘 중에 납품 일정 검수를 해야 합니다. 일정이 변경됐습니다. 대통령 각하께서 직접 확인하실 가능성도 있습니다.*

짧은 말이었지만, 그 봉지 속에는 실수해서는 안 된다, 완벽하게 해라는 강한 압박이 들어 있었다. 연구소 안의 공기는 갑자기 하얗게 변했다. 장경호 비서관은 완성 직전의 청자 상자들을 하나씩 들어 빛에 비춰보았다. 그는 작은 흠, 아주 미세한 기포 하나에도 눈을 좁혔다. *이 봉황의 눈은 빛이 너무 없는데요. 다리도 너무 짧은 것 같고요. 봉황의 위치와 각도도 설계도와 다르게 보이는데요?*

청우는 깊은숨을 들이쉬고 답했다. *전통 문양은 위치와 각을 정확히 복제하기보다 선의 흐름과 균형을 중시해야 합니다. 미세한 변화는 의도된 것입니다.* 장경호는 눈을 깜박이며 청수에게 말했다. *예술을 이해하지 못한다기보다 이 시대에 대통령이 원하는 것은 예술이 아니라 완벽한 상징물이라는 사실입니다. 선생님, 이건 예술품이 아니라 국가 기념품입니다. 계획된 문양에서 조금이라도 벗어나면 곤란합니다.*

순간 청우의 등줄기를 식은땀이 타고 내려갔다. 하지만 그는 고개만 잠시 숙였을 뿐, 다시 눈을 들고 말했다. 그렇다면 설계도에 맞춰 조정하겠습니다. 다만 전통의 혼이 흔들리지 않는 범위에서만이요. 장경호는 아무 말 없이 노려보듯 그를 바라보았다. 마치 지켜보겠다는 듯이. 청수는 답답해서 고개를 돌렸다.

그날 밤, 청우는 혼자 생각가마 앞에 앉아 있었다. 수정된 문양이 제대로 나올지 알 수 없었다. 전통을 지키려는 마음과 국가의 요구 사이에서 그의 마음도 흔들리고 있었다. 생각가마 속에서는 불길이 천천히 파도를 만들며 움직였다. 파도는 청우의 마음을 마구 흔들었다. 봉황과 청자가 국가 재건을 뜻한다면, 불꽃은 장인들의 이름 없는 희생처럼 느껴져 답답했다. 주먹으로 쿵쿵 벽을 두드리고 있을 때 스승 노장인이 어둠을 헤치고 다가왔다.

청우야, 그놈들 왔다 갔지? 예. 문양까지 문제 삼더군요. 나라를 바로 세운다며 이런 것까지 재촉하니 참. 그렇지만 청우야, 이건 박정희 대통령이 아니라 그 밑에 비서관들의 생각이니 우리가 이해하고 도와주자. 지금 박정희 대통령은 백척간두(百尺竿頭)에 서 있어. 저놈의 빨갱이들 때문에 고통 속에서 사시는데 우리라도 뜻 거스르지 말고 해드리자.

우리는 이런 것 하나 모두 우리 돈벌이를 하면서도 이렇게 힘든데 박정희 대통령은 국민을 위해서 얼마나 힘들겠니? 그저 나라 일으켜보겠다고 저렇게 밤낮없이 뛰어다니는데, 우리라도 힘을 보태자. 노장인은 생각가마 입구에 앉아 타들어 가는 장작을 보았다. *기억해라. 예술은 누가 시켜서 하는 게 아니다. 권력이 원할 때 잠깐 불려가지만, 결국 남는 건 이 예술혼이다. 나라든 대통령이든 세월 지나면 다 바뀐다. 그런데 이런 작품은 천 년도 더 간다.*

서청우는 노장인의 말을 들으며 불빛 속에서 스승의 얼굴이 늙은 그릇처럼 깊은 주름을 드리우는 것을 보았다. 다음 날, 장경호가 다시 연구소를 찾았다. 생각가마는 이미 식었고, 수정된 문양의 청자 상자들이 테이블 위에 놓여 있었다. 장경호가 하나를 들어 검토하는 동안 모두 숨을 죽였다. 청우의 손은 무의식적으로 바지 주머니 안에서 주먹을 꽉 쥐었다. *음, 이번 건 설계도와 일치합니다. 수고 많으셨습니다.* 청우는 자신도 모르게 *휴우!* 숨을 쉬었다.

하지만 장경호의 다음 말은 예상 밖이었다. *국가 기념품은 단순한 물건이 아닙니다. 나라가 어디로 가려는지 보여주는 신호라고 해야 옳지요.* 그리고 그는 굳은 목소리로 덧붙였다. *서청우 씨, 당신 태도가 앞으로도 문제 되지 않도록 조심하십시오.* 협박인지 충고인지 알 수 없는 말이었다. 청우는 아무 말도 하지 않았다. 그저 속으로만 되뇌었다. *나라를 위한 일이라면서 왜 사람을 옥죄는 걸까?*

장경호가 떠난 뒤, 서청우는 연구소 뒤편 작은 언덕에 올라 상자 하나를 꺼내 보았다. 햇빛 아래의 고려청자 같은 푸른 빛은 깊고 고요하게 빛났다. 문양은 조금 달라졌지만, 그 안에는 여전히 그의 손길이 남아 있었다. 청우는 혼잣말을 했다. *이게 정말 나라를 위*

한 일이라면 적어도 이 한 점만큼은 거짓되지 않게 남아야 한다. 바람이 스쳐 가며 상자 위로 얇은 그림자를 만들었다. 그리고 그 그림자는 말하고 있었다. *연기는 바람에 흔들려도, 그 불은 쉽게 꺼지지 않는다.* 청우는 그 문양을 손끝으로 한 번 더 어루만지고 언덕 아래로 천천히 걸어 내려갔다. 그의 발걸음은 이전보다 무거 웠지만, 마음만은 이상하게 한결 단단해져 있었다.

푸른 잎의 나라

충북 옥천 들녘에는 여름 메뚜기처럼 바쁘게 뛰어 초가을로 건너 오고 있었다. 담뱃잎 냄새가 푸르게 밴 잎의 나라였다. 농민들은 밤새 말린 잎을 선별하며 낮은 목소리로 푸념을 나눴다. *올해도 가 격이 저 모양이니 애들 학비는 또 어떻게 내나. 수입 담배가 들어오 면 우리는 뭘 먹고 사냐.* 그들의 생활은 담배 농사에 달려 있었다. 비 오면 망하고, 해가 너무 강하면 잎이 타들었다. 하지만 시장에 풀리는 담배 대부분은 여전히 *수입 잎과 외국산 혼합* 품이었다.

서울 종로의 한 건물. 경제기획단 회의실에는 두꺼운 보고서가 산처럼 쌓여 있었다. 그 위에는 붉은 글씨로 쓰인 한 문장이 눈길 을 끌었다. *국산 담뱃잎 소비 확대 대책.* 박정희 대통령 정부가 취 임하면서 *자립경제*라는 말이 점점 커지고 있었다. 그러나 안에서는 더 현실적인 걱정이 있었다. 수입 담배가 강세를 보이면, 수십만 농가가 흔들리고 이는 곧 지방 경제의 붕괴로 이어질 거였다.

이에 기획단에 젊은 실무자 기발한은 특별한 제안을 올렸다. 국산 담뱃잎을 사용하는 새로운 상징적 제품을 하나 만듭시다. 담배 농가를 살리고, 자립경제 메시지도 줄 수 있는 대통령 취임 기념 '국산 청자 담배'는 어떻겠습니까? 회의실 분위기는 처음엔 싸늘했다. 그러나 농민을 살려야 하는 산업을 촉진한다는 정치적 이점이 분명했다. 게다가 전통 청자 상자에 담긴 *국산 잎 100% 담배*라면 외교적 선물로도 손색이 없을 거란 생각이다. 그렇게 이 제안은 별 무리 없이 승인되었다.

기발한은 직접 농가를 찾았다. 옥천 들판에서 그는 오래 말린 담뱃잎을 손에 쥐고 있는 주농민을 만났다. 주농민은 젖은 손으로 잎맥을 펴 보이며 말했다. *우리가 피우진 못해도 이게 우리 삶이요. 근데 시내로 나가면 전부 외제 담배뿐이니…* 기발한은 그의 손등에 새겨진 세월을 보며 말했다. 국산 담뱃잎을 쓰는 기념 담배를 만들 예정입니다. 농민들이 다시 일어설 수 있도록 가격도 안정시키고요. 주농민의 얼굴에는 희망의 빛이 감돌았다. 그러나 잠시 후 떠오른 눈빛엔 오랜 체념과 희망이 동시에 섞여 있었다. *우리가 나라를 먹여 살린다는 소리, 그게 정말 현실이 되면 좋겠소.* 그렇게 될 겁니다. 농민들을 직접 본 기발한의 국산 담뱃잎 프로젝트는 청자 상자 제작과 함께 바삐 움직였다. 청자연구소에선 밤새 불이 켜졌고, 장인 *서청우*는 담배 농가 이야기를 직접 들은 뒤 마음이 달라졌다. 그는 문양을 새기며 속으로 되뇌었다. *이 담배는 권력의 상징이 아니라, 농민들의 손으로 지켜온 잎사귀의 역사다.*

그래서 그는 기획관이 요구한 봉황과 청자란 이름 주변에 아주 미세한 *담뱃잎의 곡선*을 더했다. 놀랄 만큼 은밀한 장식이었지만, 장인은 그 틈새에서 인간의 마음을 담으려 했다. 드디어 국산 청자 담배가 완성되었다. 장경호는 박정희 대통령에게 직접 보고했다. *각하, 이번 기념 담배는 전량 국산 담뱃잎입니다. 전국 담배 농가에 직접적인 도움이 될 것입니다.* 대통령은 잠시 말없이 청자 상자를 바라보았다.

빛 아래에서 국산 상자는 물총새 색으로 은은하게 빛났고, 문양 속 곡선이 바람처럼 스쳤다. 봉황이 날개를 퍼덕이며 날아오르는 듯했다. 박정이 대통령은 짧게 말했다. *농민들이 살아야 나라가 살지, 잘했소.* 며칠 뒤, 기발한은 옥천에서 편지 한 통을 받았다.

보낸 사람 주농민

이야기 들었습니다.

국산 잎이 담긴 담배를 외국 귀빈에게 준다지요.

우리 손에서 자란 잎사귀가 나라를 대표한다니,

평생 농사지은 보람이 이제야 나는 것 같습니다.

기발한은 편지를 접으며 중얼거렸다.

우리가 만든 것은 단지 담배가 아니라, 이 나라 농민들의 삶을 이어주는 다리였다. 그 순간, 청자 상자에서 봉황이 날개를 파닥이며 날아올랐다. 그리고 그 빛은 마치 농민들의 손에 묻은 흙냄새까지 품고 있는 것 같았다. 수십 년 뒤, 박물관 한쪽에 *국산 청자 담배*가 전시되면 사람들은 그저 귀한 기념품으로만 보겠지만 그 아래 아주 작은 글자로 새겨져 있는 *국산 담배 농가 보호 정책의 일부로 제작됨*이란 글씨를 눈여겨보며 우리 선조들이 어떤 어려움을 겪으며 나라를 일으켜 세웠는지 기억해 주면 좋겠다는 생각을 했다.

서청우와 기발한은 똑같은 생각을 하면서 그 문장을 읽는 순간, 농민의 땀과 숨결이 청잣빛 안에서 다시 피어오르는 듯했다. 옥천의 담배 농민 주농민은 생전 처음 장거리 기차를 타고 서울 길에 올랐다. 기획단에서 *국산 잎 품질을 직접 설명해달라*는 연락을 받았기 때문이다. 기차에서 내린 그는 수많은 사람과 차량, 매캐한 연기에 어지러움을 느꼈다.

이게 나라 수도라는 곳이구먼. 그의 손에는 갓 말린 담뱃잎 샘플이 천 조각에 감싸져 있었다. 그는 그것을 들고 다니며 흘릴까 걱정해 자꾸만 확인했다. 서울은 낯설었지만, 마음 한편엔 희망이 있었다. *이 담뱃잎이 제대로 쓰이면 마을도 다시 살겠지.* 기획단 회의실에서 주농민은 청자 장인 서청우를 처음 보았다. 서청우 역

시 좋은 양복을 빌려 입었지만, 손등엔 여전히 두려움이 흙처럼 박혀 있었다.

주농민은 청우를 보며 미묘한 친근함을 느꼈다. *저 손은 내 손이랑 비슷하구먼. 흙하고 재랑 평생 싸운 손이야.* 청우가 조심스레 말했다. *저는 담배 상자를 만들 사람입니다. 농민분이 직접 잎을 보여주신다고 해 꼭 듣고 싶었습니다.* 주농민은 천 조각을 풀어 잎을 꺼냈다. 청우는 그 잎을 살피다가 곁에 있던 광목천과 비교하며 말했다. *선생님, 이 잎의 결과 곡선이 참 고와요. 저는 이 결을 청자 문양에 담아보아야겠습니다.* 주농민은 눈을 크게 뜨며 말했다. *문양요? 이런 잎이 청자에요?*

청우는 조용히 고개를 끄덕였다. *이 담배는 그냥 기념품이 아니라, 농민들의 피땀까지 들어간 국산의 상징이어야 하니까요.* 농민은 순간 눈시울이 뜨거워졌다. 누군가 농민의 손길을 문양으로 새기고 싶다니 그는 말없이 고개만 끄덕였다. 젊은 실무자가 서류를 들고 들어왔다. 그는 두 사람에게 세부 일정과 이미 확정된 디자인 지침을 설명했다. *국가 상징물인 만큼 문양은 과하게 '농민적'이면 곤란합니다. 담뱃잎 곡선은 좋지만 지나친 표현은 피해 주세요.*

청우가 물었다. *은은하게 숨겨진 결 정도는 괜찮습니까?* 실무자는 잠시 고민하다 말했다. *그 정도면 괜찮습니다. 다만 외국 귀빈이 봤을 때 '담배 농민을 위한 선물'이라는 느낌보단 '한국 전통예술의 정교함'이 먼저 보여야 합니다.* 그 말에 주농민은 순간 표정이 굳었다. 우리가 담배 농사지은 건 부끄러운 일이 아닙니다. 그걸 숨겨야 합니까? 실무자는 잠시 당황했다. 아, 숨긴다는 뜻은 아닙니다. 다만 국제적 이미지… 청우가 부드럽게 끼어들었다. 선생님, 걱정하지 마십시오. 잎사귀의 결은 누구나 눈으로 보기 전에 느낄 수 있게 넣을 겁니다. 겉으론 보이지 않아도, 청자를 손에 쥔 사람은 그 결을 틀림없이 느낄 겁니다.

주농민은 그 말에 마음을 조금 누그러뜨렸다. 겉으론 안 보여도, 속엔 담뱃잎이 살아 있다는 말이 고맙네. 회의가 끝나고, 세 사람은 처음으로 같은 방향을 바라보게 되었다. 주농민은 삶을 지켜야 했고, 서청우는 전통과 손의 정직함을 지켜야 했고, 실무자는 정책과 결과의 실효를 지켜야 했다. 서청우가 마지막으로 말했다. 우리가 만드는 건 대통령 선물이 아니라, 국산 산업이 살아 있다는 증거입니다. 셋이서 그 증거를 완성합시다. 실무자는 고개를 끄덕였고, 주농민은 굳은 손을 내밀었다.

그날, 서로 전혀 다른 세 인물의 손이 한순간에 포개지면서 굳은 결의를 다졌다. 그리고 이 악수는 훗날 청자 담배 프로젝트에서 가장 중요한 전환점으로 기록되었다. 서청우와 실무자, 그리고 주농민은 함께 강진으로 향했다. 기차와 버스를 갈아타며 남쪽으로 내려가는 동안 주농민의 눈에는 창밖의 들판이 자꾸만 들어왔다. 여기도 담배 농사 많이 지었을 텐데 지금은 다 사라졌구먼. 청우는 조용히 말했다. 농사 하나 사라지는 건, 곡물 한 종류가 없어지는 게 아니라 그 삶을 살던 사람들이 걸어온 길이 사라지는 거죠.

실무자는 그 말에 고개를 끄덕였지만, 그러면서도 서류철을 꼭 쥐고 있었다. 이 프로젝트가 실패하면 나는 승진도, 다음 자리도 물 건너간다. 그의 마음은 두 사람과는 조금 다른 무게를 짊어진 채 흔들리고 있었다. 강진 청자연구소에 도착하자, 노장인이 그들을 맞았다. 그는 서청우의 스승이기도 했다. 이게 대통령 취임 기념 담배 상자라니. 이것이 농민들을 위해 만든다고 하니, 어디 한 번 믿어봐야겠군.

서청우는 그 말에 반가움을 느꼈다. 예, 스승님. 이번엔 농민들도 함께하는 겁니다. 그러나 실무자는 일정표를 펴놓고 분명하게 말했다. 오늘부터 문양 시안 확정, 내일 첫 시험 사흘 뒤 기술 검사 일정은 절대 늦출 수 없습니다. 실무자는 일정표를 보며 툭 내뱉었다. 흙하고 불이 사람 말대로 움직이면 장인들이 왜 고생을 하겠나. 시간 줄이려다 실패한 도자기가 몇 개인지 아나? 실무자의 얼굴이 굳었다. 하지만 국가 일정은 기다려주지 않습니다. 서청우는 두 사람 사이에 말끈을 이어붙였다. 둘 다 맞습니다. 그러니 우리가 밤을 새우면 됩니다.

어둑해지는 하늘 아래, 그들은 결국 생각가마 앞에 둥글게 앉아 첫 협의를 시작했다. 서청우는 종이에 담뱃잎 결을 옮겨 그렸고 스승은 그것을 찢어버리며 소리를 질렀다. 담뱃잎 문양을 노출한다고? 이건 청자다! 조선 천 년의 기품이 흐르는 그릇인데, 잎사귀라니! 서청우는 몸을 앞으로 기울이며 말했다. 스승님, 그 잎사귀가 우리 목숨이었습니다. 그걸 담아주면 안 됩니까? 실무자는 노장인을 보며 잠시 멈칫했다.

그의 얼굴에 약간의 흔들림이 지나갔다. 서청우는 스승에게 낮은 목소리로 말했다. 문양은 겉에 드러나지 않습니다. 청자 표면 안쪽 층에만 아주 얇게 새겨 넣을 겁니다. 손끝으로만 느껴지고 눈으로는 거의 보이지 않게요. 전통도 지키고, 농민의 삶도 담을 수 있습니다. 실무자는 오랫동안 말이 없었다. 그러다 주머니에서 구름과자 한 개비를 꺼내 쥐며 중얼거렸다. 흙의 속마음을 닮아야 한다. 그렇다면 한번 해보자. 이 순간, 세 사람의 의지가 비로소 한 생각가마 속에서 합쳐졌다.

첫 번째 시험 구이를 시작하자 생각가마 안의 불길은 마치 수십 년 묵은 숨을 토해내듯 거칠게 타올랐다. 실무자는 맨바닥에 주저앉아 생각가마 문을 바라보며 손을 모았다. 서청우 선생, 이게 실패하면 어떻게 됩니까? 청우는 짧게 답했다. 그럼 다시 굽죠. 농민들이 평생 포기 안 했는데 장인이 어찌 겁을 먹겠습니까. 실무자는 불빛에 비친 두 사람을 보며 뜻밖의 감정을 느꼈다.

이 사람들은 실패해도 삶을 계속한다. 하지만 나는 실패하면 끝장인 걸 알까? 그는 처음으로 정책이라는 것이 사람들의 등 뒤에서 돌아간다는 사실을 몸으로 느꼈다. 생각가마 문이 열리자, 안쪽에 놓인 첫 청자 상자들이 모습을 드러냈다. 그러나 대부분 균

열이 가 있었다. 실무자가 한숨을 쉬었다. 서둘렀다. 불길이 고르지 않았다. 청운은 머리를 싸쥐었다. 이러면 일정이… 청우가 그 말을 끊었다. 일정표 대신 이 흙을 봅시다. 이 흙은 급하게 굽는 걸 싫어합니다. 대신 정직하게 다루면 반드시 답을 줍니다.

농민도 한마디 보탰다. 우린 해마다 태풍 맞고 가뭄 맞아도 다음 해에 또 심습니다. 처음부터 잘되는 게 없어요. 서청우는 두 사람을 오래 바라보다가 후다닥 일정표를 접었다. 그럼 다시 하죠. 우리는 성공할 때까지 굽습니다. 생각가마 안에서는 두 번째 불이 폴짝이는 소리를 냈다, 마치 기다렸다는 듯이. 그날 밤, 세 사람은 흙을 빚고 문양을 만들고 불을 살피며 잠도 잊은 채 밤을 새웠다.

생각가마 안의 붉은 불빛이 세 사람의 그림자를 길게 늘어뜨렸다. 그리고 그 그림자는 한 가지 사실을 말하고 있었다. 이 청자는 누군가의 권력을 위해 만들어지는 것이 아니라, 이 나라의 사람들을 지키기 위해 만들어진다. 생각불은 다시 타올랐고 새벽바람이 생각가마 위로 서늘하게 스며들었다.

농민의 눈물

봄비가 막 그친 파릇파릇한 경북 내륙의 들녘은 봄 냄새로 가득했다. 고지대에 자리한 작은 담배 농촌 마을 경북 영주 부석면 상석리에서는 마을 사람들이 올해 농사를 걱정하고 있었다. 정부가 외화 확보를 위해 수입 담배 원료를 늘린다는 소식이 퍼지면서, 마을의 담배 농가들은 우리가 지은 담배 농사, 이제 어데 가서 팔아야 하노? 참말로 답답한 노릇이따, 나라를 원망할 수도 없고 우째야 할 똥 몰따라고 담배 농사를 짓는 농부들이 마을회관에서 한숨을 말아 피우고 있었다.

그때, 농업진흥청에서 파견된 청년 기술관 한숨끝이 마을회관 문을 밀고 들어왔다. 한숨끝은 가방에서 꺼낸 서류를 사람들에게 내밀며 말했다. 정부에서 완전 국산 담배 브랜드를 만들 계획입니다. 이름은 청자(靑紫), 청춘의 푸른 기운과 자색 담뱃잎의 생명력을 합한 이름이라고 합니다. 그리고 담배를 많이 재배하는 이 고장도 선정되었습니다. 순간, 누렇게 그을린 얼굴들 사이로 희망의 불씨 하나가 되살아나는 듯했다.

그게 참말이이껴? 그럼요. 농민들은 믿어지지 않자 다시 물었다. 경북 지역의 잎담배는 전통적으로 향이 진하고 연소가 고르기로 유명했지만, 국제시장에서 경쟁력이 떨어진다는 이유로 수입 원료가 밀려오고 있었다. 담배 농민들은 가격 폭락과 매입 축소로 궁지에 몰려 있었다. 한숨끝이 농민들에게 희망을 꺼내놓았다. 이 고장의 담뱃잎은 세계 어디에도 없는 향을 가지고 있습니다. 산꼭대기에 걸린 달 사이로 희망꽃 피는 소리가 향기롭게 흘러나오고 있었다.

희대미문(稀代未聞)의 영웅

24

　한숨끝은 시원한 물소리 같은 말을 쏟아냈다. 정부는 이 향을 살려 국산 고급 담배를 만들려 합니다. 청자가 성공하면, 수입이 아니라 여러분의 땅에서 여러분이 직접 재배한 담뱃잎이 브랜드가 될 수 있습니다. 상석마을 대표인 이대표 노인이 묵묵히 손에서 파이프를 내려놓았다. 우리가 다시 걱정 없이 농사지을 수만 있다믄 그 청자를 한 분 믿고 농사를 부지러이 지어보시더.

　이대표의 말에는 담배 싹 같은 희망이 쑥쑥 자라고 있었다. 상석리 사람들은 밤낮없이 담배 농사에 매달렸다. 아니 희망꽃을 가꾸고 있었다. 7월 중순, 잎담배 수확 철, 잎담배는 넘실넘실 잘 자라 대풍이었다. 상석리의 담배 건조실에는 밤새 불이 꺼지지 않았다. 한숨끝은 농가별로 규격을 맞추고 품질을 평가하느라 며칠씩 밤을 새웠다. 아주 잘 익었습니다. 황금 2등급! 황금 1등급 농사가 황금을 낳겠군요, 고생하셨습니다. 자랑스럽겠습니다.*

한숨끝의 말에 농민들은 서로서로 웃음을 나누며 웃었다. 그러나 기쁨은 잠시였다. 서울 본청에서 전화가 왔다. 예산이 깎였다는 연락이었다. 정부만 믿고 농사를 지은 상석리 이대표는 *우리가 애써 지은 담배를 외국산과 섞으라이 말이 안 되디더. 청자 단독 라인을 지킬라믄 현장에서 품질 차이를 확실히 증명해야 하디더.* 한숨끝은 상석으로 돌아와 건조장 앞에 서서 농민들에게 사실을 털어놓았다.

여러분 담뱃잎이 섞여 버리면 청자는 의미가 없습니다. 완전 국산이라는 이름 자체가 사라집니다. 그의 말에 힘을 입은 이대표 노인이 수건을 목에 걸치고 땀을 닦으며 일어섰다. *그레믄 우리가 더 맹글어보믄 되지 않겠니껴. 정부가 뭐라 하든, 우리가 최고라는 걸 보여주믄 되잖니껴. 안 그릏니껴?* 그날 이후, 마을 사람들은 청자 전용 잎을 만들기 위해 끝없는 실험을 시작했다. 수분 조절, 재배 간격, 건조 온도까지. 한숨끝이 정리한 표는 어느새 두꺼운 노트 한 권이 되었다.

가을, 마침내 상석리 잎담배로 만든 시제품이 완성됐다. 상자 안에는 *청자*라는 글자가 적힌 누런 종이봉투 20개가 담겨 있었다. 한숨끝은 그 상자를 들고 서울로 올라갔다. 중앙청 실험실에 들어서자, 연구관들이 다가왔다. *이게 영주 부석면 상석리 담뱃잎이라던 그 제품인가?* 담배는 시험용 파이프에 올려졌다. 은은한 타르

향과 함께 고소한 풋내가 퍼졌다. 연기를 천천히 들이마신 연구관
이 감탄하듯 중얼거렸다.

부드러운데 힘이 있네! 국내 담뱃잎으로 이런 균형이 나오다니.
결국, 회의 결과는 단 한 줄이었다. 국산 단일 품종으로 청자 브랜
드 정식 출시 승인. 한숨끝은 서류를 들고 상석리 마을로 돌아가
며 빗속에서 눈시울을 훔쳤다. 드디어 국산 담배 청자가 전국에 배
포되기 시작했다. 상석리 농민들은 마을회관에 모여 신문을 펼쳤
다. 여기 있니더! 우리 담뱃잎으로 만든 청자! 이게 꿈이이꺼? 생시
이이꺼? 우째 살다 보이 이른 일이 다 있니꺼? 마을 사람들은 좋아
서 어쩔 줄을 몰랐다.

우리도 인제 수입에 휘둘리지 않니더. 우리 담뱃잎이 나라 살린
다 아이껴. 이대표는 담배 한 개비를 손에 쥐어 불을 붙이며 말했
다. 이 연기엔 우리 손, 우리 땀, 우리 삶이 다 들어있니더. 이게 바
로 우리 식의 나라 사랑 아니겠니껴. 한숨끝은 그 모습을 보며 기
쁨을 감추지 못했다. 청자가 만들어진 배경에는 거창한 기념식도,
정치적 슬로건도 없었다. 오직 농민들의 삶을 지키기 위한 선택이
있었을 뿐이었다. 그날 피워 올린 한 줄기 연기는 조용히 상석리
하늘 위로 올라가, 오래도록 지워지지 않는 향을 남겼다.

1963년 겨울, 서울 삼청동 청와대 경내에는 바람이 거세게 불고
있었다. 취임식을 단 며칠 앞둔 새벽, 박정희 대통령 당선인은 홀로
서재에서 국토 지도를 내려다보고 있는데 지난 시간이 영화 필름

처럼 돌아갔다. 선이 엉킨 지도 속 경북·전남·충북 곳곳에는 *잎담배 농가*라고 적힌 작은 붉은 점이 희미하게 깜박였다.

나라가 일어서려면 농촌이 먼저 숨을 쉬어야 한다. 그 순간이었다. 창밖에서 푸른빛과 자줏빛이 섞인 신비한 빛줄기가 스르르 서재로 들어왔다. 박정희는 놀라 손을 멈췄다. 빛은 구름처럼 모였다 흩어지며, 어느새 인간의 형상을 취하기 시작했다. 마치 오래전 조선 시대의 도공 같기도, 산신령 같기도 한 기묘한 존재였다. 그 유령이 낮게 읊조렸었다. *이 땅의 농민들은 여전히 굶주리고, 그들의 잎담배는 시장에서 사라져가고 있습니다. 대통령이시여! 그들의 숨을 되살릴 상징 하나를 만드시오.*

박정희는 생각의 눈을 가늘게 뜨며 물었었다. *상징? 군인이던 내가 상징을 만들라?* 빛의 존재는 박정희의 손 위에 하나의 조그만 담뱃잎을 떨어뜨렸다. 푸른데, 끝이 자줏빛이었다. *자연에서는 존재할 수 없는 색. 청자(靑紫)라 부르십시오. 푸른 기개와 자줏빛 생명의 기운. 오직 이 땅의 농민이 길러낸 잎으로만 만들 수 있는 담배. 취임식에서 피우시오. 그러면 전국의 농민들은 '우리 대통령이 우리 손을 잡았다'고 느낄 것입니다.*

박정희는 한참을 침묵했었다. 전쟁의 폐허, 군사정부의 음영, 복잡한 정국 모든 생각을 지나, 결국 고개를 들었다. *좋소. 단, 나 혼자 꾸미는 선전은 안 되오. 진짜 농민을 살리는 일이라면 내가 명령하지.* 유령은 하얗게 웃으며 고개를 끄덕이며 사라졌고 그날 오후, 극비 회의를 열었다.

참석자는 잎담배 전문가이자 농촌 연구관 한숨끝과 청와대 물자 조달 담당 조달해 대령, 박정희는 책상 위에 그 푸른 자줏빛 담뱃잎을 올려놓았다. 이걸 '청자'라고 한다. 전국 잎담배 가운데 최고 품질의 잎을 모아 만들어야 한다. 취임식 날 내가 피울 거다. 조달해는 고개를 좌우로 흔들더니 각하 취임식에 담배를 피우신다고요? 그렇네, 국민이 다 보는 자리에서. 농민에게 보내는 신호일세. 이 나라는 땀 흘려 일하는 당신들을 버리지 않는다는 신호 말일세.

회의가 끝나자 한숨끝은 혼잣말처럼 말했었다. 이건 그냥 담배가 아니겠군요. 박정희는 짧게 답했다. 그렇지, 국민에게 희망을 주겠다는 하나의 약속일세. 그날 후 한숨끝은 곧 전국을 누비고 다녔다. 경북 영주 부석면 상석리에서는 서리 맞은 잎이 독특한 향을 품고 있었고, 전남 나주에서는 강바람 덕에 질감이 곱고 탄력이 좋은 잎이 자라고 있었다. 한숨끝은 비밀리에 농민들과 만났다. 여러분의 담뱃잎으로 나라를 상징하는 담배를 만듭니다. 수입 원료가 아니라, 농민 손에서 태어난 담배로요.

농민들은 믿기 힘들다는 표정이었지만, 한숨끝의 태도는 장난이나 정치적 쇼가 아니라 진심이 담겨 보였다. 나주에서 만난 72세 농부는 주름진 손으로 잎을 어루만지며 말했다. 이 나이에 내 잎담배가 나랏일에 쓰인다니 이건 마지막 축복이구먼. 그 말은 희망의 원동력이 되었다. 청와대 비밀 작업실에서 **청자 담배** 제조가 시작됐다. 그러나 문제가 생겼다. 아무리 농민들이 가꾼 좋은 담뱃잎을 모아도, 즉시 타버리거나 맛이 변질되었다.

그러던 어느 날 밤, 박정희 대통령이 직접 작업실을 찾았다. 그때 불가사의한 일이 벌어졌다. 책상 위에 올려둔 잎이 빛의 존재가 준 그 푸르고 자줏빛 잎과 닿는 순간 빛이 번개처럼 튀었다. 그리고 모든 잎이 마치 오래전부터 한 뿌리였던 것처럼 부드럽게 하나의 향으로 어우러졌다. 한숨끝은 한숨을 삼켰다. *각하 이건 마치…* 박정희 대통령은 단호히 말했다. *이건 기적이 아니라 농민의 힘이다. 내가 믿는 것은 그것뿐이오.* 그러나 대통령은 속으로 알고 있었다. 그날 새벽, 그 빛의 존재가 했던 말의 의미를.

어둠을 신고 걷는 박정희 대통령

겨울 새벽, 청와대 서재에서 박정희는 홀로 국토 지도를 내려다보고 있었다. 전쟁과 가난으로 얼룩진 지도 위에서 *잎담배* 농가라 적힌 지역들은 마치 오래된 상처처럼 붉은 점으로 박혀 있었다. 그때였다. 창문이 열리는 기척도 없었는데 허연 수염을 기른 백발의 도사가 지팡이를 짚고 들어왔다. 도사는 말했다. *이 나라의 근간은 아직 먼지 속에 묻혀 있소. 농민의 숨이 끊어지면, 나라의 숨도*

끊어지는 법.

　박정희 대통령은 눈살을 찌푸리며 되물었다. 내게 무엇을 하란 말입니까? 상징을 만드시오. 이 땅에서 길러진 잎으로만 만들 수 있는 담배. 푸른 기상과 자줏빛 생명을 합한 이름 청자(靑紫). 취임식에서 그것을 올리시오. 그 순간 이 나라는 방향을 잃지 않을 것이오. 도사는 빛을 거두고 서서히 사라졌다. 흩어지는 파편 하나가 책상 위에 떨어지더니 이 세상 것 같지 않은 색의 담뱃잎으로 변해 남았다.

　박정희 대통령은 그것을 집어 들며 중얼거렸다. 농민을 살리는 일이라면, 못할 것도 없지. 그런데 한 번도 아니고 두 번씩 믿지 못할 일이 일어나는 것은 분명 어떤 조화가 있는 거야! 그날 새벽, 대통령은 결심했다. 진짜 답을 얻기 위해 직접 농촌으로 내려가기로.

　이튿날 업무를 마치고 어디론가 가고 있었다. 해가 지고 찬 바람이 매섭게 부는 밤, 박정희 대통령은 어둠을 신고 경북 산골의 작은 마을로 향하고 있었다. 공식 일정은 아니었다. 청와대 경호팀조차 이유를 알지 못한 채 뒤따랐다. 어두운 산길로 접어들자 산길이 위험합니다. 왜 굳이 이 시간에 이곳까지 직접 오셔야 할 필요가 있습니까? 지시를 내리시면 될 일을.

　경호 대장이 조심스럽게 말했지만, 박정희 대통령은 창밖 어둠을 응시한 채 짧게 대답했다. 앉아서 신문만 보고는 알 수 없고 직접 현장을 봐야 농민의 고통을 알 수 있소. 차가 멈춰 선 곳은 허름한 담배 농가였다. 마당 한쪽에서 머리가 허연 농부가 홀로 잎담배를 묶고 있었다. 등이 구부러져 있었고, 손등은 굳은살로 터져 상처로 가득한 것이 달빛에도 선명하게 보였다. 박정희 대통령이 다가가자 농부는 일손을 멈추고 놀라 고개를 들었다.

아이 대통령 각하 아이이껴? 대통령 각하께서 우째 이리 누추한 곳까지 오싰니껴? 마당 곳곳에 말리지 못한 담뱃잎이 널려 있고, 집 안에서는 아이들이 배고파 잠 못 이루는 듯한 울음소리가 들렸다. 대통령은 찡한 마음을 감추며 말했다. *담배 농사를 직접보고 사정을 들으러 왔소.* 박정희 대통령은 허리를 낮추고, 건조장 옆에 쌓여 있는 낙엽 냄새 가득한 담배 뭉치를 천천히 만졌다. *올해도 판로가 없습니까?* 농부는 웃으려 했지만, 마음은 금세 표정이 일그러뜨렸다.

야! 각하. 수입 담배가 싸게 들어오이 우리 꺼 사주는 데가 없니더. 마당에 이래 쌓아놓고 혹시나 혹시나 하제만 역시나 팔 데가 없어 걱정까지 태산만치 쌓이니더. 이 산촌에 담배를 사로 오는 사램은 개미 새까이 하나도 없니더. 아 들하고 살길이 막막하이더. 말끝이 떨렸고, 농부는 손등으로 얼굴을 훔쳤다.

그러나 눈물은 계속 볼을 타고 흘러내렸다. 그 눈물이 고드름이 녹아서 떨어지는 물처럼 토양에 스며는 것이 박정희 대통령의 눈에 선명히 보였다. *이곳에서 오래 농사를 지으셨소? 야, 지 아부지도, 그 위 아부지도 우리 아들도 4대가 이 담뱃잎으로 살았니더.*

그릏지만 지끔은 자식들 밥도 걱정해야 되니더. 농부는 허리를 굽혀 마지막 묶음을 들었다. 그의 손이 떨렸다. 손등에 맺힌 눈물이 담뱃잎에 뚝 뚜둑 떨어졌다.

순간, 박정희 대통령의 눈 또한 눈물을 흔들고 있었다. 군인이었고, 전략가였지만 농민의 이 한 방울의 눈물 앞에서는 굳게 잠가 두었던 마음이 금이 가서 줄줄 새고 있었다. 박정희 대통령은 담뱃잎을 들어 코끝에 가까이 가져갔다. 흙내와 바람 내, 땀내가 뒤섞인 향이 났다. 누가 뭐라 해도 이 냄새가 희망의 냄새요. 농부는 고개를 들었다.

각하, 나라가 우리 같은 사램도 살려줄 수 있겠니껴? 너무 과한 욕심이제요, 대통령 각하인들 이래 가난한 나라를 우째 구할니껴? 예로부터 가난은 나라님도 몬 구한다는 말이 있니더. 너무 이래 밤잠까지 몬 주무시고 댕그지 마소. 각하께서 건강을 해치믄 이 나라는 끝장이씨더. 이 동네만 해도 빨갱이가 반이 넘니더.

문제는 빨갱이가 주는 빵 한 개에 넘어가는 게 문제씨더. 우리 국민이 정신 바짝 채리지 않으믄 또 빨갱이 손에 넘어가게 생깄니더. 대통령님께서 이리 사소한 농부한테 신경 쓰시지 말고 빨갱이를 다 잡아 이 나라를 지키는 게 급선무씨더. 이 밤중에 누추한 곳까지 오시니 잠은 운제 주무시니껴? 건강 챙기시소, 대통령님 국민이 몬 나서 지송하이더.

노인의 말에 박정희 대통령에게 비참함과 고마움이 산새처럼 지저귀며 달려왔다. 박정희 대통령은 결심하듯 말했다. 수입이 아니라, 농민들 손으로 길러낸 잎으로 나라의 새 출발을 알리는 담배이 땅에서 난 잎으로만 만드는 담배. 농민들이 가꾼 담뱃잎으로 나라가 쓰는 담배를 만들겠소. 그리고 빨갱이 문제는 따로 이야기합시다. 꼭 다시 연락 바라오. 농부는 믿기지 않는다는 듯 숨을 삼켰다. 그게 가능하이꺼? 대통령 각하. 내가 그리 만들겠소. 그 목소리는 단순한 위로나 정치적 거짓말이 아니었다. 산이 들을 만큼 단단했고, 밤공기를 가를 만큼 깊었다.

박정희 대통령은 마지막으로 농가를 둘러보며 이 산골까지 집요하게 파고든 간첩들을 어찌해야 할까? 생각하는데 비서관이 각하! 하고 부르자 박정희 대통령은 노인에게 말했다. 이제부터 여러분이 나라를 일으키는 손이오. 그 말이 떨어지자, 갑자기 빗방울이 떨어지기 시작했다. 차가운 가을비. 빗줄기는 담뱃잎을 적시며 반짝였다. 그 빗속에서 박정희 대통령은 마치 오래전 조상들이 우마를 끌고 밭을 일구던 모습을 떠올렸다. 그리고 그 자리에서 청자 담배 프로젝트의 씨앗이 뿌려졌다.

그 뒤로 비가 내리는 밤이면 그는 종종 혼잣말을 하곤 했다. 농민의 눈물로 시작한 일 나라가 반드시 나라가 농민의 눈물을 말려야 할 일이다.

취임식, 푸른 연기가 하늘로 올라가다

1963년 12월 17일. 취임식 연단에 오른 박정희는 잠시 연설을 멈추고 주머니에서 길고 흰 **청자** 구름과자 한 개비를 꺼냈다. 수만 명이 숨을 멈추고 지켜보았다. 박정희 대통령은 불을 붙였다. *이제 이 나라가 어디에서 시작되는지를 우리 모두 잊지 맙시다. 땅에서, 농민에서, 우리의 손에서 나왔습니다. 이 구름과자는 청자라는 이름으로 국산 잎 100% 국산 농민의 땀 100%입니다.* 박정희 대통령이 연기를 내뿜는 순간, 놀랍게도 바람이 멈췄다. 연기 줄기는 똑바로 하늘로 솟아올라 푸른빛과 희망빛이 뒤섞인 신비스러운 빛을 만들었다.

군중은 웅성거렸고, 시청 앞 전광판을 보던 농민들은 울었다. *우릴 버리지 않았다. 대통령이 우릴 살리겠다는 의지다.* 그 뒤로 몇 년 동안 **청자**는 단순한 구름과자가 아니라 농민에게 희망을 주는 상징이 되었다. 농민들은 더 안정된 가격으로 잎을 팔게 되었고, 청자는 국가 재건기의 희망과 헌신을 상징하는 특별 브랜드로 자리 잡았다. 그 후 그 유령 같은 빛은 박정희 대통령에게 더 이상 나타나지 않았다. 그러나 시골 농가에서는 가끔 밤에 담뱃잎 사이로 자줏빛이 어른거리는 걸 봤다는 이야기가 비밀스럽게 바람을 타고 날아들었다. 그 빛은 나라를 일구던 농민들의 숨결, 그리고 새 시대를 열고자 했던 대통령의 결심이 남긴 흔적이었다. 대통령은 갑자기 선거 운동하던 때가 생각났다.

1967년 경제개발의 성과를 이만큼 이루어냈으나 아직도 우리는 가난합니다. 앞으로 제가 다시 당선되어야 이 경제개발을 눈부시게 발전시킬 수 있습니다. 여러분 꼭 이 성과와 앞으로의 비전을 보시고 저를 선택해 주실 것을 호소합니다. 목이 터지라 지지를 호소한다. 신민당 장준하는 쿠데타 이후에 추진된 경제개발의 폭력성과 독재성을 규탄합니다. 공산주의자 경력이 있는 사람에게 표를 주어서는 안 됩니다. 월남전 파병은 미국의 청부 전쟁입니다. 박정희 후보는 일본 천황에게 충성을 맹세하고 일본군 장교가 되어 우리 광복군의 총부리를 겨누었던 친일 세력입니다. 우리나라 청년들을 남베트남에 팔아먹고 피를 판 돈으로 정권을 유지하고 있습니다. 이런 분이 다시 대통령이 되면 되겠습니까?

신민당 장준하의 피 터지는 호소에도 불구하고 윤보선과의 116여만 표 차이로 다시 손을 들어준다. 그렇게 대통령 자리를 확보하고 12월 제6대 대통령에 취임했다. 박정희는 농촌 지역의 지지를 얻고 윤보선은 도시의 지지를 얻었다. 박정희는 대통령은 이제 다음 일정으로 농어촌개발공사를 설치해야겠다고 다짐한다. 그러나 당선에 새 사랑을 채 만끽하기도 전에 어두운 그림자가 여기저기서 드리우기 시작한다. 무서운 무기들은 시시각각 그의 생명을 노리고 있는 것을 모르고 박정희 대통령은 오로지 가난한 나라를 일으켜 세우는데 정신이 없었다.

북한 빨갱이들의 대통령 암살시도

1968년 1월 13일 조선민주주의인민공화국 특수부대 민족 보위성 정찰국 소속인 124부대 소속 31명이 조선인민군 정찰국장 김정태로부터 청와대 습격과 대통령을 비롯한 정부 요인 암살 지령을 받는다. 그들은 한국군 복장으로 변복하고 수류탄과 기관총으로 무장하기에 이른다. 타질 없이 수행해서 반드시 성공하라우! 목숨 대 목숨 상대를 못 둑이면 당신들 목이 댕강 달아날 것을 명심하라우. 1월 17일 털더하게 둔비해서 살금살금 야음을 이용 하라우. 그런 다음 18일 다정을 기해 휴전선 군사 분계선을 타 넘으라우. 야간 어둠을 타고 북한산을 이용해서 사모바위 똑으로 넘어가면 청와대까지 담입하기가 아주 수월하다우.

이 길이 디름길이고 가당 위험성이 덕은 길이지만 한시라도 실수를 하거나 한 티의 오타가 있어서는 안 됨을 각오하라우. 목숨이 날 선 닥두날 위에 얹혀 있음을 생각하고 일을 성사시켜야 한다우. 남조선에 도탁하든 서울대학교에 다니는 동무와 연세대학교를 다니는 동무 그리고 각 대학에 다니는 우리 동무들이 등산객을 가당해서 다연스럽게 보호하기로 되어있으니 별 무리 없이 딘행할 수 있을 테니 한 티의 오타도 있어서는 안 될 것이다! 명심하겠습네다.

김신조를 비롯해 30여 명은 지도를 펼쳐 놓고 꼼꼼하게 작전을 다시 한번 확인하며 동선의 빛나감이 한 눈금도 없이 철저하게 청운동까지 들어가기로 하는데 그때 서울대를 다니는 간첩 조간첩과 연대를 다니는 민간첩이 마중을 나가 안내한다. 평범한 등산복 차림에 산악회를 가장했기에 누구도 의심하지 않아 쉽게 성공한다. 날씨는 춥고 미끄럽지만, 그것쯤은 이미 불평불만을 할 수위가 지난다.

수없이 미끄러지며 일어서기를 반복하여 온몸이 언 동태처럼 달그락거리도록 추운 바람을 덮으며 죽이지 못하면 죽어야 하는 절박한 시간을 꼴깍꼴깍 삼키며 산기슭에서 어둠이 오기를 기다린다. 서울 근교에 오자 서울에 있는 각 대학 북한 간첩 조직단이 모두 합류해서 길을 안내하고 있어 그들의 목표대로 청와대 뒷산까지 쉽게 잠입할 수 있었다. 숨을 바위가 어디 있는지 바위 속에서 밥을 먹을 수 있는 장소까지 이들이 미리 정탐하며 함께 움직이고 있었으나 남한에서는 대통령을 암살하려는 그들을 우리나라 대학생이라 어처구니없게도 믿고 있었다.

디금 가도 되디 않겠습네까? 아니 조금 기다리시오. 여기가 청운동입니다. 지금 가면 별문제가 없을 것입니다. 지금 여기 남한은 퇴근 시간이라 별 의심받지 않고 통과할 수 있을 겁니다. 그렇티? 동무래 일류 대학을 다니더니 디리도 잘 아는구먼 그래. 이데 땅거미도 내리고 남한 동무들이래 일을 마티고 딥에 가는 시간이니 눈통을 받디 않겠구먼. 이 투위가 우리를 도와두는구먼. 투위 덕분에 모두 일띡 딥으로 가서 거리가 아두 도용해서 남도선 동무들한테 들킬 확률이 확 둘었군 그래.

그런 것 같습네다. 그런데 너무 투워서 기름 공이가 다 얼어붙어 달그락거립니다. 기름 공이를 부숴 버리라우. 디금 이 시기에 그런 놓을 탈 시간이 어딨네? 더 동무 새끼래 군기가 빠뎠구먼. 눈앞을 딕시하라우. 디금 우리 앞에는 시한폭탄이 아가리를 벌겋게 벌리고 우리를 삼킬 둔비를 하고 있는 마당에 농이나 하고 다빠졌으니 한심하구만. 덩신 바딱 타리라우. 내 남한에서 학교 공부를 하면서 얼마나 조심하고 조심하며 알아놓은 길인데 내 말대로 바로바로 움직이지 않으면 안 되는 걸 모르겠습니까?

서울대학교를 다니고 있는 김정보 남한 총책 말에 김신조는 동의한다는 듯 쾅쾅 소리가 나도록 부하의 머리를 쥐어박는다. 간나 새끼래 한심한 소리 말고 이데부터 어둠을 틈타 움딕이라우. 쉿! 도용도용하라우. 김신조는 손을 입가에 갖다 대 가운데 중(中) 자를 만든다. 손을 입에서 뗀 김신조는 자신의 검지로 자신의 눈을 툭툭 친다. 이데부터 모든 말은 눈빛으로 두고받으라우. 우리말의 억양이 남도선과 달라서 말을 하면 발각된다는 걸 명심하라우. 이데부터 입에 다갈을 물리라우. 물린 다음 얼굴 가리개를 씌우라우.

그리고 도심도심 행동하라우. 의심스러운 인기턱을 내서는 안 되니 숨소리도 둘여야 한다우. 다 여기서부터 도를 따서 행동하라우. 각본대로 한 티의 오타도 있어서는 안 되니 도심 또 도심해서 여기 도금만 가면 세검덩고개가 나온다우. 세검덩고개 탕의문만 무사히 통과하면 그다음부터는 쉽지만 고도의 긴당을 해야 함을 명심하라우. 여기서 우리의 과업이 성공하느냐 실패하느냐 달렸으니 신둥 또 신둥하라우. 다, 각각 도로 헤텨 실시! 혹시 누구에게 들켜 말을 해야 될 일이 생기면 김정보와 정보통이 할 테니 당신들은 입을 꾹 다물어야 한다.

김정보는 이쪽으로 함께 하고 정보통 너는 저쪽으로 합류해라. 그렇게 조를 짜서 청운동 세검정고개 창의문을 통과하기 직전이다. 그런데 비상 근무를 하는 경찰이 보인다. 뒤로 돌아갈까요? 간첩단이 묻자 김정보가 말한다. 아니 그냥 앞으로 가라. 태연하게 아무렇지도 않게 남한 사람처럼 행동하라. 말은 내가 할 것이다. 넵!

김정보의 말에 모두 입을 다물었다. 그들이 비상 근무를 하던 경찰 앞을 지나려고 하자 경찰이 급작스러운 불심검문을 한다. 죄송하지만 불심검문이 있겠습니다. 신분증 좀 부탁드리겠습니다. 경찰의 불심검문에 간첩들은 당황했다. 그러나 김정보가 조간첩을 밀어내고 말했다. 우리들은 급하게 오느라 신분증이 저밖에 없습니다. 하고 서울대학교 학생증을 들이밀었다. 그러나 김정보가 나머지들은 모두 신분증이 없다고 말을 김정보가 말하자 경찰은 다른 사람은 모두 벙어리입니까? 왜 당신이 저들을 대변하는 겁니까? 신분증 좀 봅시다.

그 말에 모두 당황하는 모습이 역력한 걸 살피던 옆에 함께 근무하던 경찰은 수상하다는 생각을 하며 *어서 신분증을 내놓으시오!* 하자 김정보는 또 소리를 질렀다. *없다고 하잖소. 그럼 이름을 대시오, 당신부터.* 간첩은 아무 말도 하지 않자 옆에 있는 간첩에게 *신분증 좀 봅시다.* 하자 고개만 설레설레 흔든다. 어딘지 모르게 부자연스러움에 *당신들 정체가 뭐요!* 하자 그들은 화들짝 놀라 순간에 작전계획을 바꾼다. *발사! 기관총을 쏘라우! 수류탄도 던디라우! 무타별 마구 난사하라우!* 그들은 미친 듯이 검문 경찰들에게 마구 총을 쏘고 수류탄을 던져대며 무차별 난사를 한다.

그곳을 지나 귀가하던 많은 시민이 사상을 당하고 혼비백산 흩어진다. 군경은 즉시 비상경계 태세를 확립하고 현장으로 출동하기에 이른다. 그 자리에서 김신조를 잡아 생포하고 이들에 대한 소탕전에서 5명을 사살한다. 경기도 일원에 군경 합동 수색 전을 전개해서 1968년 1월 31일까지 28명을 사살한다. 도주한 나머지 서울대학교 학생 김정보와 김간첩, 연세대학교를 다니는 정보통 2명은 끝내 찾지 못하고 작전은 종료된다. 그 둘은 서울에서 학교를 다녔기에 어디에 숨어야 하는지 지리를 너무 잘 알기에 숨어 있다가 다시 내려왔다.

그리고 서울대학교를 무사히 졸업했고 정보통도 연세대학교를 무사히 졸업하고 공산주의를 만들기 위한 간첩 활동을 지속할 것이다. 어느 고위 공직에 올라 우리나라를 공산화하려는 야욕을 품고 있을 것이다. 김신조 무장공비 사건으로 현장에서 비상 근무를 지휘하던 종로경찰서장 최규식 총경이 총탄에 맞아 순직하고 시민들도 인명 피해를 입고 종결된다. 이때 조선민주주의인민공화국의 호전성이 드러나고 자유민주주의에 반공의식이 높아지는 계기를 만든다.

나는 공산당이 싫어요-이승복

겨울은 언제나 사람의 진심을 숨긴다. 추위로 숨기고 찬바람으로 숨기고 눈을 퍼부어 숨긴다. 거짓과 체면 모두를 숨겨주기에 겨울은 잔인한 계절인지도 모른다. 그래서 모든 사람은 겨울을 모진 세월이라 부른다. 1968년 12월 무장공비(武壯共匪)가 또 침투했다. 간첩들은 강원도 평창군 진부면 북방 공원리에 있는 산촌 마을로 침투했다. 그리고 이제 9살 국민학교 2학년인 이승복 어린이집으로 쥐새끼처럼 살금살금 침투했다. 12월의 산골 새벽은 유난히 차갑고 음산해 그냥 있어도 괜히 어디선가 전설의 고향에서 볼 수 있는 귀신이 나올 것 같았다.

눈발은 바람에 실려 지붕 끝과 나뭇가지를 마구 흔들어댄다. 찬공기는 얼지 않기 위해 틈만 있으면 비집고 들어왔다. 찬바람이 침범할 때마다 문풍지는 무서워서 파라랑 파라랑 온몸을 떨며 하얗게 울었다. 박정희 대통령은 새벽 3시가 넘었는데 잠을 못 이루고 서성이자 육영수 여사가 말했다. 매일 잠을 못 주무시면 건강에 해로워요. 좀 주무세요.

희대미문(稀代未聞)의 영웅

25

박정희 대통령은 걱정으로 푸르게 넝쿨 진 말을 했다. 곳곳에 간첩들이 넘어오고 대통령을 암살하기 위해 대학마다 간첩을 숨겨놓고 교묘하게 남한을 공산주의로 만들기 위해 위장술을 펼치는데 아무것도 모르는 국민은 물론 지식인들까지 북한 간첩의 꼭두각시 놀음을 하며 나라를 어지럽히니 잠이 오지 않는구려! 이제야 이승만 대통령 생각이 절절하게 다가오고 그 외로움을 알 것 같아 심장을 면도날로 벤 듯 서늘해져 잠이 오지 않소! 그래도 주무시고 건강을 유지해야 나라에 공산주의를 물리치고 목숨을 걸고 건국한 이승만 대통령의 노고가 헛되지 않을 것 아니에요.

육영수 여사의 말에 박정희 대통령은 무슨 육감이라도 들었는지 그런데 이상하게 오늘은 꼭 무슨 일이 일어날 것 같아 잠이 오지를 않는구려. 그렇게 청와대에서 대통령과 영부인이 나라 걱정에 시달리며 잠을 못 이루고 있는 시간, 찬바람이 청와대의 대통령 침실까지 스며들어 두 사람의 숨결까지 얼렸다. 대통령은 이불을 걷어차고 거실로 나오자 육영수 여사도 따라 나왔다. 육영수 여사는 따뜻한 물 한 컵 드릴까요? 하고 묻자 따뜻한 물 말고 냉수 한 컵 주시오. 왜 이리 갈증이 나고 심장이 두근거리는지 모르겠군. 아무래도 꼭 무슨 일이 일어날 것 같아. 제발, 이 예감이 틀리면 좋으련만, 시국이 하 수상하고 여기저기 간첩이 진을 치고 있으니 문제오.

가난은 국민이 힘을 합해 노력하면 된다지만 저 뿌리 깊은 공산주의 사상을 가진 자들은 워낙 교묘해서 가난을 이용해서 이 나라를 통째 공산주의로 만들 생각을 하고 있으니 이 일을 어찌해야 할지, 암담하오. 문제는 아무것도 모르는 국민이오. 6·25 전쟁을 겪고서도 그 심각함을 모르고 달콤한 말에 넘어가고 있으니 하루아침에 교육을 시킬 수도 없고 하루아침에 경제가 좋아지지도 못하는데, 교육을 해서 공산주의가 무엇인지 알고 경제가 좋아지기까지 어떻게 이 나라를 버티게 해야 할지 생각이 천근만근 같아 잠이 오지 않소!

내게 이 무거운 짐을 맡긴 이승만 대통령이 원망스럽기도 하오. 그렇지만 그렇다고 누군가 하지 않으면 이 나라는 공산주의가 될 것이니 보고만 있을 수도 없는 일, 내 진작 남로당 총책을 맡았을 때 공산당 조직이 얼마나 악랄하고 잔혹하고 치밀한지 알기에 더욱 *걱정되오.* 말소리가 비장하게 바뀌자 육영수 여사는 말했다. 여보, 당신이 매일 밤 이렇게 잠 못 이루고 나라 걱정을 하시니 하늘이 돕지 않겠어요. 어렵고 힘든 일인 줄 잘 아시면서 이승만 대통령께서 당신을 지목할 때는 그만한 이유가 있다고 생각합니다. 우리 함께 노력하면 언젠가 국민도 자유민주주의에서 편안하게 살 날이 있겠지요.

그 시간 이승복의 집 마루에는 화롯불의 온기가 채 가시지 않았지만 바람은 잽싸게 날아와 불이 붙은 재를 낚아채 가버렸다. 모두가 잠든 시간, 찬바람 소리에 이승복은 어린 몸을 옆으로 돌렸다. 무슨 이유에선지 무서워 잠을 이루지 못하고 뒤척였다. 그런데 밤새 어딘가에서 들려오는 솔잎 비비는 소리가 자꾸 귀를 깨운 것과 달리 이번엔 좀 다른 소리가 들리는 것 같았다.

그러나 꿈인지 생시인지 분간을 못 해 그냥 눈을 감고 있었다. 이번엔 분명 사람 발걸음 소리가 들렸다. 저벅저벅 설벅설벅 눈 밟을 때 들리는 특유의 질감 같은 것이 문틈 사이로 걸어들어왔다. 이승복은 눈을 반쯤 뜨고 천장을 바라보다가, 이불을 턱 아래까지 끌어올렸다. 그리고 *엄마! 아빠!* 나지막하게 불렀다. 분명 사람 발걸음 소리였기에. 그러나 엄마 아빠 방은 들릴 만한 위치에 있지 않았다. 발걸음 소리가 문밖에서 뚝 멈추자 이승복은 머리가 쭈뼛쭈뼛 섰다.

엄마, 아빠를 부를 기운마저 없었다. 그러는 사이 잠시 또 아무

소리도 들리지 않고 정적이 흘렀다. 산골 새벽의 어둠은 원래 깊었지만, 이승복은 이럴 때 개라도 있었으면 무섭지 않을 텐데 하는 생각이 들었다. 이승복은 강아지를 무척 좋아해서 집에서 키웠었다. 그러나 어느 날 학교에 다녀오니 그 개는 없어졌다. 동네에서 보신탕을 해 먹는다고 잡아갔다고 했다. 승복은 그 집으로 뛰어갔으나 이미 개는 가마솥에서 끓고 있었다.

며칠 동안이나 밥을 안 먹고 울었다. 지금 그 강아지가 있었으면 얼마나 좋을까 싶었다. 그 생각 사이로 **쿵 쿵 쿵쿵!** 소리와 함께 문빗장이 부서져 나갔다. **와장창!** 소리와 함께 낡은 초가집에 낡은 문살이 부서지자 군화 소리가 **쿵벅쿵벅** 마루를 지나 급하게 방으로 들어왔다. 신 밑창에 엎드렸던 눈들이 하얗게 마룻바닥에 떨어졌다. 눈은 마룻바닥에서 하얗게 떨고 있었다. 달빛이 사람 그림자 두 개를 방 벽에 길게 드리웠다. 어둠 속에서 달빛에 비친 것은 선명한 사람 그림자였다.

그림자는 빠르고 조용했다. 짐승도 아닌 것이 사람도 아닌 것이 그림자를 줄이더니 아빠 방 쪽으로 갔다. 아빠의 목소리가 났다. **누구시오? 조용히 하고 가만히 있어. 움직이면 쏜다. 도대체 이 밤중에 누구길래?** 아빠가 낮게, 거의 들리지 않을 만큼 말했지만 아이의 심장은 이미 자신의 의지와 상관없이 요동치며 사시나무 떨 뜻 떨고 있었다. 살그머니 일어나 이불을 머리에 뒤집어쓰고 문종이에 침을 발라 찢은 다음 자세히 보는 순간, 공비 중 한 명이 총을 들어 아버지에게 겨누었다.

다른 사람들은 서둘러 집 안을 살폈다. 부엌의 항아리, 방 모퉁이의 이불 더미, 벽의 틈새까지. *물과 음식을 내놓으라우!* 발음은 어색했고, 말끝이 뚝 끊겼다. 아버지는 겁 묻은 말을 했다. *여긴 산골입니다. 드릴 것이 많지 않습니다.* *잔소리하지 말고 어서 먹을 것을 내놓으라우!* *차차 참말로 없다니까요! 저기 정 배고프면 강냉이라도 삶아드릴까요?* 아버지의 떠는 목소리가 방안을 더 차갑게 얼렸다. 이승복 여동생은 어머니 옆에서 떨리는 숨을 들이켰다.

숨조차 길게 쉬지 못하는 듯, 어둠 속에서 긴장이 번져나갔다. 집 안의 공기는 순간적으로 무거워졌고, 바깥의 눈발 소리조차 들리지 않았다. 바람마저 멎은 듯했다. 공비 하나가 아이를 발견했다. 눈이 마주치는 찰나, 아이의 몸은 본능적으로 움츠러들었다. *저쪽으로!* 거친 손이 어둠 속에서 뻗어와 아이를 벽 쪽으로 몰아붙였다. 아이는 비명을 삼키며 어머니의 손을 잡았다. 어머니의 손은 차갑게 떨었다. 두려움이 체온을 빼앗아간 것이었다. 아버지가 앞으로 한 걸음 나서자, 총구가 그의 가슴 중앙을 겨눴다.

아들은 그 모습을 보고 자기 심장이 얼어붙는 것을 느꼈다. 아들 옆으로 간첩들이 발길을 옮기자 아버지는 절규에 가까운 소리를 냈다. *제발… 아이들은…* 아버지의 말이 끝나기도 전에, 한 공비가 손가락으로 재촉했다. *어서 강냉이 삶아 오라우 좋은 말할 때!* 그들의 호흡과 함께 시간은 움직였고, 어둠은 더욱 짙어졌다.

공비들은 오래 굶은 짐승처럼 눈빛이 무뎠고, 어떤 알지 못할 분노 같은 것이 이글거렸다.

머리 높이까지 올라온 어둠 속에서 무언가 금속 스치는 소리가 났다. 칼끝이 나무 기둥을 향해 내리치자 기둥은 비명을 질렀다. 아이는 눈을 감았지만, 귀는 현실을 외면하지 못했다. 어둠 속에서 들려오는 소리는 모두 두려움으로 변했고, 시간마저 덜덜 떨며 숨죽이고 있었다. 조금 지나자 아버지의 외침이 *으악!* 하고 잠시 방 안을 흔들었다. 그러나 그 공백은 곧 다시 죽은 듯한 고요 속으로 가라앉았다.

눈을 뜨자 방 안엔 부서진 기둥 조각이 흩어져 있었고, 바닥엔 검은 그림자 같은 흔적이 번지고 있었다. 어머니는 겁도 없이 *내 강냉이 삶아다 줄 테니 총을 거두시오!* 하고 말했다. 공비는 움찔하며 *어서 삶아 오라우! 삶아 온다니까 왜 아무 죄 없는 사람한테 총을 겨누고 그래시오.* 앙탈스러운 목소리를 내자 *명이 꽤 긴 줄 알았더니 아주 짧구먼.* 소리와 함께 어머니의 목에 총구를 겨누었다. *나를 죽이면 당신들 배고플 거 아니오? 죽여도 강냉이나 먹고 죽이시오.* 하자 총을 내렸다.

그리고는 어머니가 강냉이를 삶으러 가는 사이 2명의 공비는 감시하러 부엌으로 가고 이승복의 형과 동생은 공비 3명이 둘러싸고 감금하고 있었다. 그렇게 공비들은 삶은 강냉이를 미친 사람처럼 먹어치우고 가족 5명을 안방에 몰아넣었다. 그리고는 북조선이 좋으냐? 남조선이 좋으냐? 고 물었다. 그리고는 어서 북조선이 좋다고 대답하라우! 하자 이승복이 *나는 공산당이 싫어요!* 하고 소리를 질렀다. 이승복의 말에 격분한 공비가 이승복을 끌고 갔다. 끌려가면서도 *나는 공산당이 싫다니까요! 나는 우리나라가 좋단 말이에요!* 하고 말하자 이 미친! 하고 나머지 가족들도 모두 끌고 갔다.

이승복이 보는 앞에서 공비들은 옆에 있는 돌을 들어 어머니 머리를 쳐서 죽였다. 분노한 아버지가 *이놈들 먹을 것 배부르게 먹어놓았더니 기껏…* 하는 순간에 칼이 번쩍이며 목을 쳤다. 피는 밤하늘을 붉게 물들이며 튀어 올랐다. 공비들은 식식거리며 *이 간나새끼 입버릇을 좀 고쳐줘야겠다오!* 말과 함께 이승복에게 달려들어 양 손가락을 이승복의 입에 넣어 찢더니 급기야 돌로 입을 찧고 난도질했다. 비참하게 죽인 다음 동생도 같이 칼로 찌르고 돌로 찧어 퇴비 더미에 던져버렸다. 이승복과 일가족 4명이 잔인하게 학살당했다.

40곳 넘게 난도질하고 돌로 찧어서 거름더미에 던져놓고 유유히 사라졌다. 슬픔이란 말이 무색하게 달빛은 무심히 바라만 보고 있었다. 6·25 때 공산주의로 만들지 못했지만 포기하지 못한 북한은 공비나 간첩들을 곳곳에 숨겨놓고 다시 남침 야욕을 버리지 않았다. 북한의 무장공비들이 거처를 옮기며 북한으로 한국의 실정을 타전하던 중 우리 군에 발각되었다. 북으로 도망치던 잔당 5명이 추격을 피해 도망을 치다가 강원도를 가로지르며 북으로 도주하던 중 12월 9일 밤 11시 강원도 평창군 노동리 계방산 중턱 이승복의 초가집에 침입했던 것이다. 잔인한 겨울은 마치 아무 일도 없다는 양 앞으로 앞으로 가고 있었다.

박정희 대통령과 육영수 여사는 이 사실이 알려지자 오열했다. 그리고 박정희 대통령과 영부인은 북괴 무장공비로 피해를 당한 울진, 삼척 지구를 방문했다. 참담한 심정으로 유가족과 주민들을 위로했다. 박정희 대통령은 육영수 여사에게 말했다. 우리가 유가족이나 고인들에게 아무 도움이 되지 못하는 무력(無力)한 사람일 뿐이구려. 같은 동족끼리 어찌 이렇게 잔인하게 굴 수 있단 말이오. 하며 한탄했다. 육영수 여사는 이제 다시는 이런 일이 다시 일어나지 않게 공산주의자들을 발본색원(拔本塞源)해야겠어요. 아무 죄도 없는 사람을 이렇게 무자비하게 살해하다니! 정말 북한이란 나라 사람들은 같은 민족이 아니라 피도 눈물도 없는 인공인간 같군요. 어서 우리나라가 잘 살아서 북한 공산주의가 얼마나 악랄한 나라인지 알고 거기에 동조하지 않아야 할 텐데. 곳곳에 간첩이 진을 치고 있으니 어쩌지요? 하고 걱정스레 대통령을 쳐다보았다.

박정희 대통령은 간첩을 우리 사회에서 추방하는 것이 가장 시급함을 뼈저리게 깨달았다. 그리고 굳게 다시 한번 다짐했다. 간첩 신고 포상금제를 더욱 강화하고 상금도 대폭 올려 국민에게 경각심을 일깨워 주어야겠다고 생각하고 대학에도 반공(反攻) 방첩(防

諜)을 튼튼하게 하라고 지시를 내렸다. 반공 방첩이란 문구를 어디서나 보이게 홍보하고 간첩에 대해 교육도 해야 한다.

예를 들면 새벽이나 밤에 동네에 처음 보는 사람이거나 수상한 사람들 예를 들면 물들인 군복 잠바에 신에 빨간 산 흙이 잔뜩 묻어 있고 두리번거리며 시내로 가는 길을 묻는다면 즉시 신고하도록 했다. 또 야산서 내려오면서 길도 잘 모르고 수상하게 얼쩡대고 있거나 무전기를 휴대하고 서로 수신호를 주고받는 사람, 묘 봉분에서 밥을 먹거나 북한 말을 쓰는 사람은 간첩일 확률이 높으니 파출소에 신고할 것을 권했다.

가끔은 농촌에 놀러 왔다가 술 마시고 취해 산기슭에서 헤매고 있는 사람을 신고하기도 했지만 그래도 어쩔 수 없었다. 또 불온문서(삐라)를 주워서 파출소에 가져오면 연필이나 혹은 공책을 주도록 했다. 이렇게 함으로써 애국심을 고취하기도 하고 경각심을 일으켜야 한다는 생각이 무장공비로 피해를 본 울진, 삼척 지구를 방문해 참담함을 보면서 더욱 강하게 일었다.

박정희 대통령은 이승복의 집을 방문한 그 날 밤 청와대에서 한숨도 못 자고 일기를 적으며 서성거리면서 애먼 구름과자만 수북하게 피웠다. 그의 일기를 저승에서 이승복 가족이 읽고 있는지 창문을 열자 휘리릭 일기장이 넘어갔다. 대통령의 일기에는 이렇게 적혀 있었다.

일가족이 무참히 살해당한 이승복의 집에는 마른 벼루처럼 공기마저 까맣게 얼어붙었다. 바람이 까만 물소리를 실어나르고 이승복의 집으로 어둠이 번지고 있었다. 이런 집을 가만히 속수무책으로 보고만 있어야 한다면 대통령으로서 무슨 자격이 있을까 싶었다. 그들의 영혼에 다가가 위로를 주지도 못하고 미안하다는 말 한마디도 해주지 못하는 무능한 대통령, 내가 이리도 무능한 대통령인가! 내 국민이 이렇게 처참하게 당했는데도 이렇게 보고만 있어야 한단 말인가? 분하고 억울해 바람도 검은 이를 부드득부드득 아니 빠득빠득 갈고 있다는 생각이 든다.

어둑어둑한 산에서 다시 무장공비들이 저벅저벅 걸어 나와 또 다른 집을 덮칠 것 같은 불안함에 몸서리가 쳐진다. 이승복 어린이가 무덤을 뛰쳐나와 다시 '우리는 공산당이 싫어요! 우리는 공산당이 싫어요!' 외치고 있다. 이승복 어린이는 어쩌면 가장 추운 곳에 닿아 울고 있을지 모른다. 몸서리치며 몸서리치며 저 북한 괴뢰군의 잔인함을 피해 몇 년 동안 집을 비우고 어디론가 숨어 있을지도 모른다는 생각이 든다. 북한 빨갱이들이 물러가면 방안에 불을 켜고 다시 돌아올지도 모른다는 생각이 든다.

아니다. 외출 중(外出中)이란 간판이 없는 거로 보아 영영 돌아오지 않을지도 모른다는 생각이 든다. 부처나 예수나 공자나 성인 그 누구라도 이승복의 영혼에 다시 생명을 지펴 건강한 아이로 부활이라도 시키겠지. 그렇겠지. 그럴 거야. 아니 꼭 그렇게 살려내야만 해. 어린아이가 무슨 죄가 있다고 처참하고 잔인하게 죽인단 말인가? 피지도 못한 꽃봉오리를 저렇게 무참하게 잘라버리도록 위독한 사이렌 한 번 울리지 않는 神은 무엇이란 말인가? 겨울이 이렇게 녹이 슬어 가고 있는 동안 神은 어느 나뭇가지에 묶여서 어린 생명을 이토록 무참하게 버려두었단 말인가?

그들이 살던 이 허름한 초가집이 주인을 잃고 윙윙 우는 소리가 들리지 않는단 말인가? 집을 두고 이 추위에 어디서 방황한단 말인가? 눈보라가 휘몰아치며 공중마저 휘게 만드는 이 엄동설한에 떠난다는 말 한마디 없고 돌아온다는 쪽지 한 장도 없이 떠나버린 목숨, 그들의 집은 방문을 열어놓고 주인이 오기를 기다리며 삐걱삐걱 울고 있다. 그들은 어느 추위에 매달려 겨울을 흔들고 있는지. 달그림자마저 엎질러진 일에 당황해서 어디론가 숨어 버렸다.

한밤 간첩들의 발소리에 얼마나 놀랐을까. 세상의 이치는 누가 조정을 한단 말인가? 부처고 예수고 공자고 성인이란 말은 모두 거짓말이다. 성인이 왜 이 잔인무도한 학살을 못 본 체 눈을 감았단 말인가. 둥글게 파진 가슴팍에 슬픔이 고여서 출렁이고 있다. 슬픔은 점점 땅을 넓혀가고 간첩들을 향한 잔인함은 풍선처럼 빵빵하게 부풀어 오른다. 풍선처럼 부풀어 오른 저 빨갱이들의 허파에 든 바람을 바늘로 찔러 터트릴 기발한 술책이 없을까?

세상에 걸어 놓았던 자신감이 자꾸만 이승복의 가슴속으로 스며드는 생각이 든다. 아직도 이승복의 가슴속에 가득한 '우리는 공산당이 싫어요!'라는 서릿발처럼 빳빳하게 발기한 말이 나라를 무성하게 덮는단 생각이 든다. 있는 힘 다해 소리를 지르느라 저승에서 살아갈 힘도 없겠지. 그 어리고 연약한 어린이와 그 가족들은. 내가 대통령인데 그들을 위해 아무것도 해줄 수 없다니 얼마나 무능한 사람인가?

그들을 위해 겨울밤만이 몸을 휘며 울어 어질어질한지 자꾸만 청와대 창문을 흔든다. 슬픔을 끊어낼 수 있는 바람이라도 불어주려는 것일까? 별처럼 빛나는 곳에서 못다 이룬 꿈을 이루는 집 한 채를 내 평생 월급을 담보해서라도 지어주고 싶다. 하늘나라에는 그런 집을 지을 땅이 진정 없는 것일까? 새들이 뛰어놀고 꽃들의 웃음소리 깔깔거리고 고무신을 벗어 물의 지느러미를 잡으며 티 없는 웃음 하르르하르르 웃으며 꿈을 키울 그런 집 한 채를 지어주고 싶다.

그러나 이 밤이 새면 또 이 글을 공책에 남겨두고 나는 남아 있는 국민을 위해 뛰어야 한다. 너에게 거슬러 줄 시간조차 없이 뛰어야 한다. 미안하다. 너무 많이 많이 미안하다. 대통령이 국민 하나를 못 지켜서 어둡도록 미안하다. 이승복! 너의 죽음이 헛되지 않게 이 나라를 공산주의에서 반드시 지켜 주리라, 안녕! 온전한 영혼으로 살아있거라. 우리 국민이 너를 기억하리라!

박정희 대통령은 더는 이렇게 무방비 상태로 있어서는 안 될 것이라는 생각에 잠겼다. 김신조 일당이 제거되고 고작 이틀 후에 원산 앞바다에서 북한이 미국 해군함 푸에블로호를 납치했다. 안에 있던 미국인 1명이 사망했고 82명이 인질이 되었다. 미국 정부가 인질을 풀어달라고 요청했으나 북한은 한마디로 거절했다. 이에 미국은 한국에 있는 미군과 한국군 가용병력을 동원해서 전투태세에 들어간다.

도무지 북한은 겁나는 게 없다. 감히 미군조차 겁내지 않고 무모

소백산맥 **⑮**

한 짓을 한다. 우리나라에도 수시로 무장공비 침투와 도발을 멈추지 않고 더해만 간다. *지역 방위 체계를 확립하고 국가비상사태에 대비하기 위한 대책을 세워야 한다.* 밤새도록 서성이며 혼잣말로 잠을 꺼린 청와대 본관의 창문 틈으로 차디찬 겨울바람이 들어왔다. 이튿날 박정희 대통령은 초췌한 얼굴로 회의실에 들어왔다. 책상 위 국방부 보고서가 대통령을 쳐다보고 있었다. *각하 밤새 쉬시지도 못하셨습니다.*

비서실장이 조심스레 말하지만, 말을 들었는지 씹었는지 박정희 대통령은 아무 대답도 하지 않았다. 대통령은 *아직도 이 땅은 북한과 전쟁 중이다.* 라며 의자에 앉는다. 국방부 장관이 들어와 서류철을 내려놓으며 말했다. *각하, 지난 한 달 동안 울진·삼척에 침투한 무장공비 수만 200명이 넘습니다. 민가에서 총격전이 벌어졌고, 농민들이 목숨을 걸고 싸워 희생당한 사람만도 30명이 넘습니다.*

박정희 대통령 얼굴이 굳어졌다. 그렇다면 군대만으로는 충분치 *않다는 말이구먼. 예, 각하. 민간에 군이 도착하기 전까지, 국민이 스스로 지키기엔 역부족입니다. 저들은 무장한 상태고 국민은 무방비 상태입니다.* 보고서에는 밤새 산에서 총소리를 들으며 숨어 있던 아이들, 도끼와 호미로 무장공비를 쫓아낸 농부들, 자식들을 등에 업고 피신하다 총에 맞은 어머니들의 기록이 적혀 있었다. 그 기록들은 무엇인가 도움을 요청하고 있었다. 국민 스스로 나라를 지킬 힘을 키울 방법은 없을까? 생각하던 박정희 대통령이 말했다.

전쟁이 터졌을 때, 나는 장교로서 산골 마을을 지킨 적이 있었소. 총 한 자루 없는 노인들이 장독대 뒤에 숨어 괭이로 흙을 파 참호를 만들었지. 그때 나는 깨달았소. 국가의 첫 번째 방패는 군이 아니라 국민이라는 것을. 그 말에 아무도 말이 없자 박정희 대통령은 회의실 중앙으로 걸어가 군 장성들을 바라보았다. 각하, 무슨 말씀입니까? 참모가 물었다. 대통령은 단호하게 말했다. 예비군을 만들어야겠소. 장성들이 놀란 눈빛을 주고받았다. 전 국민이 유사시 전투력으로 전환될 수 있게 해야만 하오. 농부도, 상인도, 공장 노동자도, 모든 국민이 나라가 위기에 빠지면 누구든 군인이 되어 싸워야 하오. 그렇지 않고는 이 나라를 지킬 방법이 없소. 북한은 밤낮도 없고 겁나는 것도 없이 설치고 있소. 우리가 지키지 않으면 나라의 생존이 위태롭소. 절박한 상황이오. 박정희 대통령 눈에는 밤새 경비병들이 추위 속에서 나라를 지키는 모습이 들어왔다. 향토예비군, 아니, 예비군. 국민이 유사시에 군인이 될 수 있도록 해서 북한 괴뢰군에 두려워하지 말고 국민이 군이 되어 나라를 지키도록 하시오.

그렇게 대통령의 계획에 따라 경기도의 한 마을 아침 안개가 스멀거리는 학교 운동장에는 삽, 곡괭이, 낡은 군화와 점퍼를 걸친 남자들이 모여들었다. 정식 제복도, 제대로 된 장비도 갖추지 못한 이들이었다. 장교의 호령이 떨어지자 일제히 고개를 들었다. 향토

 소백산맥 ⓖ

예비군 제1 훈련, 전원 집합! 며칠 전까지만 해도 벽돌을 나르던 노동자, 삽을 들고 논두렁을 걷던 농부, 버스 운전사였던 만 20세 이상 40세 이하 사람들이 전시나 비상사태 발생 시 즉각적인 동원과 후방 방어를 목적으로 모였다.

군 복무를 마친 남성은 전역 후 만 8년 동안 예비군에 편성되었다. *지금부터 여러분은 단순한 민간인이 아니다. 국가를 위해 늘 싸워야 할, 아니 가족을 위해 싸워야 할 방패다.* 어떤 사나이가 중얼거렸다. *이 나이에 총을 다시 잡을 줄이야.* 그렇지만 가족을 지킨다는 책임이라는 말에 훈련은 서투르지만 힘을 냈다. 퇴직한 예비역 부사관이 옆에서 욕을 해가며 도왔다. 그 시간, 청와대 집무실 책상 위 라디오에서는 훈련 현장을 담은 군 리포트가 흘러나왔다. *전국 각지에서 예비군 첫 훈련이 진행 중입니다.* 박정희 대통령은 라디오의 볼륨을 조금 높였다. 장병들의 숨소리와 구령이 힘차게 울려 나왔다. 그리고 특별히 지시해서 만든 노래가 흘러나왔다. 예비군 노래였다.

박정희 대통령은 창밖의 텅 빈 정원을 바라보며 구름과자를 천천히 꺼내 들었다. 그리고 혼잣말을 했다. *이제 이승복처럼 그냥 무방비로 당해서 죽는 국민은 없겠지.*

그리고 박정희 대통령은 국민교육헌장을 제정한다.

국민 교육 헌장

우리는 민족중흥의 역사적 사명을 띠고 이 땅에 태어났다. 조상의 빛난 얼을 오늘에 되살려, 안으로 자주독립의 자세를 확립하고, 밖으로 인류 공영에 이바지할 때다. 이에, 우리의 나아갈 바를 밝혀 교육의 지표로 삼는다.

성실한 마음과 튼튼한 몸으로, 학문과 기술을 배우고 익히며, 타고난 저마다의 소질을 계발하고, 우리의 처지를 약진의 발판으로 삼아, 창조의 힘과 개척의 정신을 기른다.

공익과 질서를 앞세우며 능률과 실질을 숭상하고, 경애와 신의에 뿌리박은 상부상조의 전통을 이어받아, 명랑하고 따뜻한 협동 정신을 북돋운다.

우리의 창의와 협력을 바탕으로 나라가 발전하며, 나라의 융성이 나의 발전의 근본임을 깨달아, 자유와 권리에 따르는 책임과 의무를 다하며, 스스로 국가 건설에 참여하고 봉사하는 국민정신을 드높인다.

반공 민주 정신에 투철한 애국 애족이 우리의 삶의 길이며, 자유 세계의 이상을 실현하는 기반이다.

길이 후손에 물려줄 영광된 통일 조국의 앞날을 내다보며, 신념과 긍지를 지닌 근면한 국민으로서, 민족의 슬기를 모아 줄기찬 노력으로, 새 역사를 창조하자.

1968년 12월 5일 박정희

희대미문(稀代未聞)의 영웅

26

겨울 백목련이 피던 날

하얀 눈밭 속에 그늘마저 슬픈 목련꽃이 피어나던 날이었다. 겨울 목련이 피는 걸 축하라도 하듯 눈송이도 목련처럼 탐스럽게 내려 공중이 온통 흰 목련 색으로 변했다. 갓 태어난 아기의 숨결처럼 모락모락 번지는 목련꽃에 세상 빛들이 다 묻혀버렸다. 등잔불마저 신비스럽다는 듯 온몸을 흔들었고 마루의 삐걱거림마저 잠든 밤. 멀리서 닭이 목청껏 울어대며 개벽을 알렸다. 하얀 시간에 하얀 사슴이 끄는 마차를 타고 하얀 공중을 지나 이 세상으로 숨차게 달려왔다. 단아하고 우아해 보기조차 조심스러운 하얀 목련꽃 한 송이였다.

1925년 11월 29일, 충청북도 옥천의 작은 마을에 착지했다. 겨울

초입을 쓸어내려 산등성이를 감싼 눈들조차 햇빛을 받아 유리 조각처럼 부서져 내리던 겨울. 하얀 보자기 속에서 아기 목련꽃이 울음을 터뜨리며 이 세상으로 건너왔다. 울음소리마저 청아해 닿기만 해도 하얀 눈물이 뚝뚝 떨어질 것 같았다. 옥천의 대지주인 육종관과 이경영 사이 1남 3녀 중 셋째이자 차녀로 태어난 목련꽃의 눈망울은 마치 세상의 고운 빛을 모두 담아도 남을 듯 맑고 깊었다. 어머니는 아이를 품에 안고 생각했다. 가인박명(佳人薄命)이라는 말이 있는데. 기쁨 속에서 불안을 건져 올리고 있었다. 어머니는 아기의 아버지에게 말했다. *이 아이의 이름을 영원할 永, 목숨 壽 영수(永壽)라고 지어야겠어요.*

아내의 말에 남편은 좋다며 어여쁜 딸의 이름을 영수라고 지었다. 어머니는 속으로 기도했다. 영수야 오래오래 건강하게 살아야 한다. 옥천의 2대 부호였던 육종관은 소작농들에게서 거둬들인 소작료와 미곡도매상 금광 인삼가공업을 해서 벌어들인 돈으로 과수원은 1만 평 순수 대지가 5천 평이 넘고 99칸 저택에서 수십 명의 하인을 거느리고 사는 집이었다. 1925년대 육영수가 태어나보니 이미 전화기와 자동차까지 있을 정도의 부잣집이었다.

어머니는 영수라는 이름을 많이 불렀다. 어쩐 일인지 불안한 마음이 가슴 한구석에 구름처럼 피어올랐다. 그러나 아버지는 첩이 5명이었을 정도였다. 그 당시 사회에서는 아무렇지도 이상할 것도 없는 현상이었다. 영수는 어머니의 마음을 아는지 모르는지 고요하고 우아한 자태로 자랐다. 어린 나이에도 꽃을 꺾지 않고 조심스럽게 바라보았고 동물들도 아주 귀하게 쓰다듬었다. 어린 영수는 말보다 눈빛으로 세상을 배웠다.

봄이면 개울가의 미나리를 보며, *미나리야 겨울을 견디느라고 힘들었지? 그런데도 새파랗고 참 이쁘기도 하다.*라고 해 아버지는 영수를 무척 귀여워했다. 고요하고 말수가 적어 친구들은 그녀를 조용한 아이라 불렀지만, 친구는 많았다. 어느 날 학교에서 친구의 교복이 찢겨 울던 날, 영수는 손수 바늘에 실을 꿰어 꿰매주었다. 기특하게 생각한 아버지가 영수를 불러서 어찌 그리 기특한 생각을 했느냐고 묻자 영수는 *아버지 저는 그때 처음, 친구를 돕는 것이 내가 기쁜 일이라는 걸 알았어요.* 하고 대답해 아버지는 놀랐다. 밤이면 노트에 바람결처럼 부드러운 문장으로 일기를 썼다.

어머니는 어린 영수에게 말했다. *영수야, 사랑은 언제나 따뜻하고 포근하단다.* 엄마의 말에 어린 영수는 *엄마 품처럼요?* 하고 물었다. *그럼 그래서 남을 사랑하는 마음은 너를 행복하게 하고 기쁨도 오래간단다. 무엇이든지 서두르지 말고 차분하게 생각하고 말하고 생각하고 행동하며 나보다 상대 처지에서 생각해라.* 영수는 어머니의 말을 한마디도 흘리지 않고 일기장에 적었다. 육영수는 자라면서 생각했다.

엄마 부유하면 첩을 꼭 거느려야 하는 거예요? 일부일처제로 단란한 가정을 이루면 안 되는 거예요? 첩의 자식이란 딱지가 붙은

동생들을 보면서 육영수는 어머니에게 물었다. 어머니는 이런 딸이 남편에게 밉게 보이기라도 할까 조심을 시켰지만, 다행스럽게도 남편은 영수를 누구보다 사랑하고 아꼈다. 영수는 일기장에 이렇게 적었다.

적자와 서자를 합하면 12남 10녀다. 물론 아버지가 어머니에게 소실들을 관리할 권한을 주었고 서자녀들이 어머니를 어머니라고 깍듯하게 모시게 했지만, 아버지의 축첩에 가슴앓이를 한 어머니의 일기장을 보면서 어머니의 설움을 생생하게 목격했다. 내가 공부를 열심히 해서 이다음에 여성과 남성이 평등하게 권리를 찾으며 살게 해야겠다.

영수는 은행나무 아래서 친구들이 떠드는 시간에서 조용히 책장을 넘겼다. 그녀는 일기에 이렇게 썼다.

사람은 모두 평등하다. 왜 한 남자가 여러 명을 거느리면서도 당당할까? 사람은 말과 행동이 똑같아야 오래 남고 상대를 신뢰할 수 있다. 그런데도 사람들은 우리 아버지를 존경하는 이유는 무엇일까?

그러던 어느 날 영수는 가난한 아이가 교복이 없어서 학교를 그만둔다는 말에 충격을 받았다. 왜 가난한 자는 배움마저 박탈을 당해야 할까? 눈이 세상을 삼켜버리던 해였다. 옥천의 겨울은 유난히 길었고, 하얀 들판 위에서 사람들의 발소리마저 얼어붙어 있었다. 열세 살의 영수는 학교 가는 길에 교회 첨탑에 걸린 십자가를 바라보았다. 십자가 끝에 눈송이가 내려앉아 하얗게 웃고 있었다. 육영수는 자신도 모르게 고개를 숙이고 기도했다.

가난한 친구에게 교복을 주세요. 그리고 학교에 다시 가도록 해 주세요. 그렇게 기도를 하며 학교에 갔다. 그런데 짝꿍이 신발 밑창이 떨어져 양발이 다 젖어 발이 시리다며 동동 굴리고 있었다. 영수는 자신의 신발을 벗어주며 말했다. *내 신발이 작아 발이 아파서 그래. 우리 신발 바꿔 신으면 안 될까?* 영수의 말에 짝꿍은 아무 생각도 없이 *그래 좋아!* 하면서 신발을 바꿔주었다. 영수는 친구의 떨어진 신발을 신고 집으로 오면서 친구 발이 얼마나 시렸을지 생각했다. 집에 와서 영수는 어머니께 말했다.

엄마 신발을 잃어버려서 친구 신발 빌려 신고 왔어요. 신발 한 켤레 사주세요. 그리고 그 친구 것도 사주세요. 어머니는 딸의 말에 웃으며 *그래 잘했구나, 그런데 그 친구는 맨발로 어떻게 집에 가라고 친구 신발을 신고 와?* *그 친구가 그냥 빌려줘서 신고 왔어요.* 당황하는 딸의 얼굴을 보며 어머니는 딸이 한 행동을 눈치챘다. 그리고 딸을 향해 말했다. *영수야! 저 내리는 눈을 보렴. 눈은 하늘이 내리는 말씀이지. 어려운 친구들을 돕고 사는 일은 잘하는 일이라고 하늘에서 축하를 해주네.*

영수는 어머니의 말의 뜻을 오래 생각했다. 눈은 아무 말도 하지 않고 다만 착한지 악한지 바라볼 뿐이라는 생각을 했다. 학교 잔칫날, 영수는 학교 강당의 무대에 섰다. 교장 선생이 자신의 이름을 불렀을 때, 아이들이 손뼉을 쳤다. 그 순간, 무대 옆 거울에 비친 자신의 얼굴을 보았다. 빛이 비껴들어, 한쪽 볼에 발갛게 번져 있었다. 그 얼굴은 낯설었다. 영수는 속삭였다. *저건 내가 아닌 것 같아. 사람들이 믿고 싶은 나일 뿐이야. 친구를 도와준 건 당연한 일인데 왜 무대에 서야 하지?*

육영수는 그날 이후 거울을 쳐다보며 늘 생각하는 버릇이 생겼다. 거울은 늘 정직하다는 생각이었다. 거울을 보며 늘 세상은 저렇게 한 걸음 물러서서 바라보아야 한다는 생각이 버릇처럼 생겼다.

최고의 환경에서 느끼는 비애

육영수는 옥천 공립보통학교(현 죽향초등학교)를 졸업한 후 서울로 상경했다. 육영수의 거처는 다름 아닌 큰개성댁의 집이었다. 물론 집주인은 아버지 육종관이었지만, 실세는 서울에 왔을 때나 가끔 머무는 육종관이 아니라 큰개성댁이었고, 상경과 동시에 육영수는 신데렐라 처지에 놓이게 되었다. 말은 아버지의 집이지만 아버지가 없는 상황에서 서모(庶母)와 적녀(嫡女)의 사이는 애초부터

거리가 있을 수밖에 없었다. 늘 서먹서먹한 관계였다.

어머니가 보낸 용돈이나 물건들을 모두 자신의 자식에게 주었다. 그렇지만 육영수는 단 한 마디도 그 사실을 아버지나 어머니에게 말하지 않았다. 육영수의 눈에는 그들도 피해자로 보였기 때문이다. 재학 동안 육영수는 묵묵히 공부에만 전념했다. 외로움이 몰려올 때면 어머니의 젖가슴 위에서 느낀 첫 온기를 생각하며 자신이 슬퍼하면 온기마저 눈처럼 사라질까 두려워, 울지 않았다. 육영수는 일기장에 적었다.

내가 울면, 세상이 흔들릴 것 같다. 내가 이 힘든 시간을 잘 견디지 못하면 부모님도 슬퍼할 것이다. 이를 물고 공부에 전념하자. 스스로 나 자신을 지키려면 더 깊이 감추는 법을 알아야 한다.

그러던 어느 날 학교에서는 일본으로 수학여행을 간다고 했다. 육영수는 무척 가고 싶어 어머니에게 연락했다. 그렇지만 워낙에 완고했던 아버지의 한 마디로 좌절되고 말았다. *과년한 처녀가 여행가는 일은 있을 수 없다. 그것도 국내도 아니고 일본이라니 제정신으로 하는 말이냐?* 고 딱 잘라 거절했다. 그렇게 일본에 가 볼 기회를 몰수당하고 졸업반에 들었다. 육영수는 졸업 후 대학에도 가고 싶어 졸업 전에 아버지에게 말을 꺼냈다.

아버지 저도 대학을 가고 싶어요. 보내주세요. 하자 아버지 육종

관은 *계집애들이 공부를 많이 하면 건방져지고 거만해져서 못 써. 우리 집 딸들은 대학은 절대로 안 되니 그리 알아!* 하면서 딸들의 대학 진학을 반대했다. *내 아들들은 배워야 사회생활을 하니 아들들은 대학에 보내지만, 딸들은 절대로 안 되니 명심해!* 했다. 육영수는 대학에 가서 공부하고 싶었지만 아버지에게 한마디도 대항하지 못한 채 이불 뒤집어쓰고 며칠을 울었다.

그때 어머니께서 *영수야, 아버지의 뜻이 저렇게 완고하니 절대로 안 보내 줄 것 같다. 니가 단념하는 편이 가정의 평화를 위해 좋을 것 같다.* 라고 달랬다. 영수는 애달프게 눈물을 흘려가며 딸을 위로하는 어머니가 가엾어서 울음을 그쳤다. 육종관은 일본에도 겨우 2대밖에 없는 95식 4륜 자동차를 가지고 있었다. 일제 후반기에 군용차를 민간이 보유하고 있었다는 점에 대해 더 이상 그의 부에 대해선 말할 필요가 없지만, 그가 딸의 수학여행과 대학 진학에 반대한 것은 돈 때문이 아니라 남존여비가 심하고 보수적 생각을 하는 시절이라 여자가 여행하거나 공부를 많이 하는 것을 부정적으로 보는 분위기도 한몫했다.

아버지의 말에 대학을 포기한 육영수는 1942년 3월, 배화고등여학교 졸업 후 고향으로 내려왔다. 육종관은 자신이 딸의 대학교육을 반대한 것에 대해 말을 잘 듣는 딸이 믿음직스럽고 사랑스러워서 딸을 매우 신임했다. 육종관은 자신만 딸이 있는 것처럼 이 세상에 하나밖에 없는 딸로 여기고 사랑을 쏟았다. 아버지는 딸의 영리함을 알았기에 자신의 곁에 두고 비서를 시키며 곳간 열쇠까지 맡겼다. 자신을 믿어주는 아버지를 고마워하며 영수는 아버지의 뜻을 잘 헤아렸다. 어느 날 어머니가 급히 돈 쓸 일이 있다고 딸에게 부탁했다.

영수야, 엄마가 급하게 돈을 좀 써야 하니 곳간 문을 좀 열어주렴. 부탁하자 영수는 어머니 아버지 허락 없이는 제가 곳간 문을 열기 곤란합니다. 아버지께 직접 말씀드려보시지요! 한마디로 거절하자 어머니는 아버지에게 그 말을 전했다. 당신 비서 급히 돈을 쓸 일이 있으니 곳간을 좀 열어달라고 부탁했더니 아버지 허락이 없이는 드릴 수가 없으니 아버지께 부탁드려보세요, 죄송합니다. 어머니. 하고 말하더군요. 당신은 비서 한번 똑똑한 비서 두었더군요. 마음 한편 서운하기도 했지만 한편 대견스럽기도 했어요.

아내의 말을 듣고 박장대소를 하면서 너무 좋아했다. 육영수는 이종육촌의 추천으로 1945년 10월 옥천여자전수학교에서 가사교사 생활을 하게 되었다. 이듬해 봄 육영수는 남자들의 성희롱이 싫어 조용히 학교에 사직서를 냈다. 교장이 찾아와서 요즘 남자들이 아직 시대가 변한 걸 몰라 그러니 너그러이 한 번만 용서하시고 다시 학교에 나와 주시지요. 제가 대신 이렇게 사과드립니다. 하자 육영수는 아닙니다. 교장 선생님께서 제게 사과하실 일도 없고 그들을 나무랄 생각도 없습니다. 내가 그 학교를 안 나가면 그뿐 누구도 원망하지 않고 미워하지 않기 위해 학교를 그만두는 것뿐이니 그리 아시기 바랍니다. 하고 잘라 말했다. 교장 선생님은 더 할 말이 없어서 돌아가면서 중얼거렸다. *여자가 저렇게 자존심이 강하고 휘지 못하고 꺾어지는 대나무 같으니 나중에 여자가 한자리 할 시대가 오려나?* 하고 요지부동인 육영수를 두고 말하면서 씁쓸하게 입맛을 다시며 웅얼웅얼 학교로 돌아왔다.

백옥처럼 희디흰 마음을 까맣게 그을리기 전에 멀리하는 것이 좋겠다는 육영수 여사의 마음을 돌리기에는 역부족이었다. 육영수는 사직서를 내고 돌아오는 길, 일부러 다랑이 논둑길을 걸었다. 환한 보름달 빛에 축축하게 젖은 청개구리 울음이 쓸쓸하게 들려왔다. 저 울음도 어쩌다 이 세상에 태어나보니 극지(劇地)여서 죽을 힘을 다해 슬픔을 이기려는 몸부림일지도 몰랐다.

어쩌면 체질적으로 자연에 적응할 줄 모르는 것이었는지도 몰랐다. 산기슭에서 어슬렁거리는 사슴, 호랑이, 기린 등 다른 동물들의 몸집을 닮고 싶은 것인지도 모르겠지만, 그러나 저 울음은 분명 아슬아슬한 현재진행형의 울음이고 잊어버리거나 망각해버릴 울음임은 분명하다. 저들도 분명 자연에서 태어난 역동성의 실체고 존재해야만 할 목숨이다. 무한한 초록빛에 젖었거나 봄물 소리에 젖었거나 달빛에 젖었거나 아흔아홉 개의 꼬리를 감추고 있는 개골개골이란 울음을 언제 한번 관심 있게 들어본 적이 있는가?

육영수 여사는 논두렁에 앉아 상상에 풀을 뜯다가 일어났다. 바

 소백산맥 ⑮

람이 파랗게 웃으며 육영수 여사의 머리칼을 흔들었다. 남자 선생들의 성희롱이 바람의 푸른 웃음에 유산되었다.

무궁화와 목련화의 만남

그렇게 무슨 일이 있든 세월은 육영수를 스물이 넘는 어엿한 처녀로 만들어가고 있었다. 박정희는 나이를 더 먹고 자신의 꿈을 이룬 다음 자신이 좋아하는 여성을 만나 결혼을 하고 싶었으나 아버지 박성빈은 *내가 죽기 전에 막내아들이 결혼하는 것을 보고 죽어야 한다*며 서둘러서 아들의 의사와는 상관없이 이미 그 짝을 정해놓고 있었다. 강하게 서둘러서 16세 처녀였던 김호남과 1936년 억지로 결혼시켰다. 그러나 본인이 원하지도 않았던 결혼 생활인지라 박정희는 김호남에게 정이 가지 않았다.

부모들이 걱정했지만, 마음이 가지 않는 것에는 어쩔 수 없었으나 아무것도 모르고 시집온 아내가 측은지심이 들었고 정을 붙여보려고 노력했으나 마음대로 되지 않았다. 박정희는 한동안 방황하였다. 그리고 박정희는 아내에게 말했다. *미안하지만 당신은 지금이라도 나보다 좋은 남자를 만나 결혼하시오. 나는 안 만났던 거로 생각하고.* 그렇게 선언하고 아내가 떠나기를 기다리며 방황하는 자신을 안타까워하던 차에 시간이 흘러 6·25 전쟁이 터졌다.

군대에 복귀한 이후 육군본부를 따라 대구시와 부산시를 왔다 갔
다 하며 근무하고 있던 박정희를 보고 휘하 장교 중 하나가 대구사
범 1기 후배인 송재천이 퍼뜩 떠올린 것이 자기 고향인 옥천 출신
육영수였다.

　마침 육종관이 아내와 딸과 함께 부산 영도로 피란을 와있다는
소식을 알고 있었던 터라 소개를 하기로 마음먹고 당시 소령이었
던 박정희를 만났다. *선배님 아주 멋진 여인 하나가 있는데 만나
보실 겁니까? 지금은 아무 생각 없네!* 한마디로 거절하는 박정희
의 성격을 잘 아는 송재천은 나름대로 작전을 세웠다. 둘이 만나기
로 약속을 하고 육영수를 데리고 약속 장소로 갔다. 봄이었다. 지
천에 꽃들이 흐드러지게 피어서 벌나비를 유혹하고 봄바람은 처녀
총각의 가슴을 드나들며 심장을 부풀려 놓는 계절이었다. 전쟁 중
에도 꽃은 피고 새는 울고 봄바람은 살랑이며 꼬리를 흔들었다.

　그렇게 박정희는 자신의 의도와 상관없이 육영수와 만났다. 약
속된 만남은 아니었으나, 육영수는 한눈에 박정희의 눈빛에 큐피
드 화살처럼 자신의 눈빛을 날려버렸다. 박정희는 어안이 벙벙했지
만, 목이 길고 학처럼 고상하게 생긴 처녀에게 박정희 역시 대번
호감을 느꼈다. 그러나 박정희는 냉정한 판단의 잣대를 여자를 보
는 것에도 들이댔다. 송재천이 물었다. *선배님, 육영수 어떻습니
까?* 하자 눈이 높았던 박정희는 송재천에게 말했다. *키는 나보다
큰 것 같고, 고품격 같아 보이기는 하는데 한 번 보고 어찌 사람을*

아노? 다시 만나봐야지. 했다. 그럼 또 한 번 만나볼 생각은 있으십니까? 하자 그래 까짓 한 번도 봤는데 두 번은 못 보겠소. 한 번 더 만나보지 뭐. 그렇지만 나는 한 번 결혼했던 사람이네.

그렇게 대답을 하면서 박정희는 자신의 가슴이 뛰고 있음을 느꼈다. 중매한 아내에게서 단 한 번도 느껴보지 못했던 감정이 일었다. 다시 약속이 잡히고 정작 육영수를 만나기 전에 심장이 너무 뛰어서 소주를 몇 잔이나 마시고 갔다. 육영수도 박정희에게 호감을 느끼던 터라 두 번째 만남은 순조롭게 이루어졌다. 육영수는 박정희에게 날카로운 질문을 던졌다. *이념이 무엇입니까?* 박정희는 하얗게 웃으며 *나라*라고 말했다. 논리보다 결의에 찬 목소리에 육영수는 심장이 뛰었다. 박정희는 묻지도 않는 말을 육영수에게 건넸다.

나라가 서야, 가정도 설 수 있습니다. 육 선생. 지금 상황에 사랑이니 뭐니 타령할 시간 없고 나라를 찾고 봐야 하지 않겠습니까? 지금 나라가 호랑이 입속에 들어갔는데 입에서 탈출할 계획을 세워야지 한가하게 사랑 타령을 하는 건 나중이라고 생각합니다. 그리고 나는 부모님이 정해준 사람과 한번 결혼을 했던 사람입니다. 지금은 혼자지만.

육영수는 고개를 푹 숙였다. 그 말 속에서, 이상하게도 그녀는 따뜻함을 느꼈다. 그의 냉정함 속에 숨어 있는 어떤 외로움이 자신의 것처럼 느껴졌기 때문이다. 그렇게 세 시간을 함께한 그날 밤, 창문 너머로 달빛이 쏟아졌다. 다른 말은 아무것도 기억나지 않고 결기에 찬 말이 귓속에 왕왕거려 육영수는 잠들지 못한 채, 창가에 앉아 흰빛을 바라보았다. 내가 이 사람 곁에서 그를 도와야겠구나! 나는 다시 박정희를 위해 녹는 눈이 되어야겠구나. 아니 소리 없는 햇살로, 그를 쬐어줘야겠구나. 하고 일기장에 적고 밤을 하얗게 지새웠다.

　밤은 다시 아침을 고삐에 매달고 아침은 고삐에 끌려오고 있었다. 육영수는 다짐을 하고 어머니 이경영에게 자기 생각을 털어놓았다. 어머니는 딸이 원하는 길이라면 무엇이든 해주겠다는 생각을 했기에 도와주기로 마음 먹는다. 어머니는 조용히 남편에게 두 사람 사이를 이야기했다. 그리고 결혼을 성사시켜 주자고 졸랐다. 그러나 아버지 육종관은 이 전쟁통에 군인을 무얼 믿고 결혼시켜! 다시는 결혼 같은 말 꺼내지 마시오. 군인은 절대로 안 되오! 그리고 어떤 집안인지도 모르고 나이도 서른네 살이나 되는 노총각인데 무얼 믿고 결혼을 시켜! 다시는 꺼내지 마시오! 육종관은 완강하게 반대했다. 그도 그럴 것이 왕처럼 살고 있어 자존심이 대단했던 육종관에게는 너무나 당연한 것이었다. 그러나 둘은 포기하지 않았다. 박정희는 육종관의 눈에 들기 위해 노력했다. 우선 인천 상륙 작전 이후 옥천군이 수복되자 군용트럭을 징발해서 육종관 일가를 옥천에 보내 주었다.

　그러나 육종관은 끄떡하지 않고 반대했다. 보다 못한 어머니 이경영은 박정희와 육영수를 남편 몰래라도 대구로 가서 약혼시켜야 겠다고 다짐한다. 이후 육종관은 박정희를 집에 불러서 만나봤는데, 이상하게도 박정희는 육종관을 상당히 불손하게 대했다. 자신을 완강하게 반대하는 예비 장인 앞에서 박정희는 한쪽 무릎을 세우고 오른팔을 그 위로 늘어뜨린 자세로 육종관을 맞이했고, 육종관이 말하는 내내 지포 라이터를 딸깍거리며 육종관의 신경을 건드렸다.

육종관은 박정희가 돌아간 후에 *뭐 저런 놈이 있냐!* 고 길길이 날뛰었다. 또한, 육종관에게 이경영이 박정희가 김호남과 결혼해서 딸(박재옥)까지 둔 사실을 숨겼음에도 육종관은 *서른네 살이나 된 놈이 총각인 걸 믿을 수 없다*고 펄펄 뛰었다. 이후 육종관은 예비 사위를 아주 못마땅하게 생각하며 시험하기 위해 *인민군이 나의 닛산 트럭을 약탈해갔는데 그걸 찾아오라*고 요구했다. 이에 박정희는 알겠습니다. *반드시 찾아오겠습니다.* 하고 자신만만하게 대답했다. 그리고 수송부대를 동원해서 어디선가 고물이 된 닛산 트럭을 찾아서 육종관에게 가져다주면서 말했다. *여기 찾아왔습니다.* 트럭을 본 육종 관은 *결혼할 성의가 있으면 수리를 해서 가져와야지 뭐 이런 놈이 있냐?* 고 또 분노했다.

그러자 박정희는 *제가 수리할 돈도 없고 전쟁 중이라 시간도 없어 그냥 가져왔습니다.* 하고 당당하게 대답했다. 육종관은 *그놈 배짱 하나는 두둑하구먼!* 했다. 육영수와 어머니는 육종관에게 박정희가 결혼해서 아이가 있다는 사실을 끝까지 숨기고 결혼식 날짜를 잡았다. 그러나 육종관은 의심을 감추지 못하고 박정희의 주변 사람들에게 물어보아 정확하게는 아니지만, 어렴풋이 알아냈다.

그 후 육종관은 기름이 끓듯이 화를 펄펄 끓이며 더욱 격렬히 반대하기 시작했다. 육종관은 *박정희의 집안도 모르겠고, 결혼을 했을지도 모르고 또 난리판에 군인에게 시집을 보내는 것은 말이 되지 않는다, 절대로 허락할 수 없으니 그리 알아!* 하며 결혼에 들뜬 육영수를 뜯어말렸다. 육영수는 *아버지 제가 지금까지 단 한 번도 아버지 말씀을 거역한 적 없습니다. 그렇지만 결혼만은 제 뜻대로 하도록 허락해 주십시오. 평생 제가 함께해야 할 사람이니 제 뜻대로 하게 해주세요!* 하며 아버지의 뜻을 단호히 거부했다.

육종관은 평소에 고분고분하던 아내와 딸이 반항한다는 사실에 분노했다. *니 마음대로 하려면 아버지와 인연 끊자!* 소리를 질렀다. 육영수의 여동생 육예수가 육영수의 결혼식에 들러리로 따라나서려 하자 *너 언니 결혼식에 가면 넌 오늘부터 내 딸이 아니니 그리 알아라!* 라고 화풀이했다. 육영수는 마지막으로 *아버지 허락해 주세요!* 하고 매달리자 육종관은 거부하고 집을 떠나서 어디론가 가버렸다. 어머니 이경영은 남편을 만나 설득하기 위해 옥천에서 기다렸다. 남편이 오자 다시 한번 간곡하게 청했다. *여보, 우리가 대신 살아줄 것도 아니고 영수가 저리도 원하니 우리가 한번 져 줍시다. 어디 자식 이기는 부모가 있습디까?* 아이 마음만 아프

소백산맥 **15**

게 하지 말고 잘 살도록 빌어줍시다. 하고 울면서 애원했지만 육종 관은 요지부동이었다.

한 달을 매일같이 공을 들이며 남편을 설득해 보았지만 조금도 달라지지 않자 이경영은 대판 싸우고 남편 곁을 떠나서 육영수와 살게 된다. 어머니는 육영수의 결혼을 존중했다. 네가 평생 살 사람이니 아버지가 반대하시더라도 서운하게 생각하지 말고, 언젠가 마음이 풀리실 때까지 아버지께 잘해라. 그 대신 아버지 보란 듯이 잘 살아야 한다. 신분이 군인이니 항상 조심 또 조심 내조 잘하고, 내 박정희를 보니 보통 사람이 아닌 것 같으니 잘 내조해서 성공시키고 행복하게 살아야 한다. 예, 어머니 고맙습니다.

그렇게 육영수 여사와 박정희는 천주교 대구대교구 계산성당에서 1950년 12월 12일, 결혼식을 올렸다. 박정희가 34세, 육영수가 25세였다. 육영수는 옥천에서 대구로 오면서 아버지의 완강한 반대를 누그러뜨러지 못하고 결혼식장에 어머니만 오게 됨에 밤새 울고 또 울어서 얼굴이 퉁퉁 부었다. 어머니는 결혼할 신부가 이렇게 울어서 얼굴이 퉁퉁 부으면 어쩐단 말이냐. 이제 좀 그만 울어라. 며칠 동안 밥도 한 술 안 뜨고 먹고는 다 토하고 신부 얼굴이 이래서 어떻게 결혼식장에 들어간단 말이냐? 하고 달랬지만 육영수의 울음이 결혼식장에서까지 그치지 않을까 불안한 건 어머니였다.

결혼식장에 도착했다. 주례는 허억 대구시장이었다. 시장은 사전에 두 사람을 본 일이 없기에 한바탕 웃음을 자아내게 했다. 허억 시장이 *신랑 육영수 군과 신부 박정희 양의 결혼식 주례사를 시작하겠습니다.* 하자 결혼식장은 하객들의 웃음바다가 되었다. 결혼식이 웃음바다로 끝나고 신혼살림은 노량진에 차려졌다. 단칸방이었다. 당장 먹을 것도 없어서 21사단 부사단장이나 26사단 참모장의 도움을 받아 겨우 쌀과 땔감을 마련해야 했다.

날씨가 추운 날 부엌도 없는 단칸방에 사는 걸 본 육영수 어머니가 육종관에게 도움을 청했지만 단칼에 거절을 당했다. 어머니는 딸에게 구멍가게라도 하라고 권했다. 권유에 따라 구멍가게를 냈다. *군인은 마음 놓고 전념할 수 있도록 뒷바라지를 해야 출세를 한다*면서 어머니는 부잣집에서 귀하게 자란 딸에게 구멍가게를 하도록 하고 옆에서 도와주었다. 구멍가게를 해도 귀하게만 자라던 육영수는 손님들이 가난한 걸 보고 공짜로 주는 일이 더 많았다. 그렇게 가게를 하고 있었지만 가난한 시절 가난한 사람에게 공짜로 주니 오히려 적자만 났다. 곤궁한 살림은 박정희가 장군으로 진급한 뒤에도 나아지지 않았다.

1952년 박근혜가 태어났다. 육영수 어머니는 식구가 늘어나자 어찌어찌 돈을 마련하여 6년 만에 신당동으로 이사를 시켰다. 그러나 돈이 부족해 대문이 작은 집을 마련했다. 어느 날 고개를 숙이고 들어오던 박정희를 보고, *남자가 고개를 숙이면 기개가 꺾인다*며 육영수 어머니는 당장 대문을 고쳤다. 육영수 여사는 남편에게 가난에 대해 한 번도 탓하지 않고 오히려 위로를 주었다. 그렇게 박정희와 육영수의 사이에서는 첫째 박근혜, 둘째 박근령, 셋째 박지만이 태어났다.

가게를 접고 공간에 머무르던 어느 날 아침 국민학교 6학년이었던 큰딸 근혜는 심한 눈보라에 학교에 가지 못하고 또 발만 동동 구르고 있었다. 눈이 추위를 피해 박근혜의 낡은 신발 속으로 들어갔다.

희대미문(稀代未聞)의 영웅

27

발만 동동 구르고 있는 어린아이를 보다 못한 공간 운전병이 관
용 지프로 학교에 데려다주었다. 이 사실이 알려지자 그날 저녁 의
장 공간이 발칵 뒤집혔다. 박 의장은 딸 근혜를 불렀다. 그리고 말
했다. *그 차가 니 차냐, 아니면 그 차가 아버지의 차냐? 니가 왜 그
차를 타고 학교에 가?* 아무 말도 못 하고 울고만 있는 어린 딸에게
박정희 의장은 더 단호한 목소리로 다그쳤다. *그 차는 나라 차야.
나라 차를 니가 감히 등교용으로 쓸 수 있는가 말이다.* 딸이 울고
있음에도 호통을 쳤다.

대통령이 되고 난 후에도 박정희는 늘 엄한 교육을 했다. 학교에
다녀온 어린 자녀들에게 박정희 대통령은 늘 *아버지가 대통령을
그만두면 지금처럼 너희들을 대접해 주지 않는다. 아버지가 대통
령이라고 특권을 가지거나 다른 아이들과 다르다는 생각은 꿈에도

가지지 말고 행실에 유의하여야 하고 남보다 더 검소해야 하고 더 겸손해야 한다고 교육했다. 육영수 여사 역시 아이들 교육에는 남편보다 더 짜고 엄하게 했다.

백목련꽃의 일기

웃고
뛰놀자
그리고
하늘을 보며
생각하고
푸른
내일의 꿈을
키우자

이것이 나의 신조다. 나는 이 글귀를 거실에 붙여 놓고 실천하고자 한다.

1964년 12월 17일

오늘 내가 생각하고 계획한 '양지회'를 발족하는 날이다. 이 양지회는 나라가 어렵고 가난해서 그늘진 곳에서 소외당하는 국민에게 햇볕이 되어주기 위해 만든 단체다. 국민의 고통을 조금이라도 도와주기 위해 함께 뛰어다니며 노력할 단체다. 내가 중심이 되어 여성 봉사자들과 함께 사회봉사 단체를 만들었고 오늘 드디어 발족회를 가지는 날이다. '나 혼자 힘으로는 도저히 그 많은 사람의 어려움을 살피기는 힘들기에 뜻 있는 여러분들의 도움을 얻어 함께 농촌 지원, 전쟁고아와 병사 가족 위문, 무료진료 및 구호 활동, 도시 꽃 심기 자선 모금 행사와 또한 재해 지역 구호 사회적 약자 복지 나환자촌 돕기 등 사회복지와 공공봉사에 앞장서기 위한 민간 봉사조직을 만든 것이니 잘 부탁합니다.' 라고 말했다.

국가 지도층 인사 부인들이 대부분이다. 이들은 어떤 대가도 바라지 않고 국민을 위한 헌신과 봉사를 함께 하기로 한 단체다. 내가 이 나라를 위해 할 수 있는 것부터 해 국민의 고통과 눈물을 조금이라도 말리기 위해 창설했다. 이로 인해 대외적으로는 부녀들의 사회적 지위도 아름답게 향상될 것이다. 그렇게 회원들의 교양을 향상하는 교육을 해서 회원 각자가 개인적인 내면에도 충만함을 느끼게 하는 의식을 개화해야 한다. 가진 자들이 못 가진 자들의 처지를 이해하고 서로 따뜻함을 교환해서 이 나라가 아름다움의 열기로 화끈 달아오르는 나라가 되길 바라는 마음으로 창설한 것이다.

이제 양지회란 꽃모종을 심어놓았으니 머지않아 잎이 무성하게 자라고 꽃이 피어 꽃향기가 나라 전체에 향기나향기나 날아다니리라 생각한다.

1964년 12월 22일

오늘은 양지회관 기공식이 있었다. 이 회관은 회원들을 위한 회관이 아니다. 이 회관은 불우한 여성들을 돕기 위해 설계되고 건립된 건물이다. 나는 이것을 의장공관 시절의 체험을 토대로 봉사활동의 새로운 방향을 만들어나가기 위해 지었다. 꼼꼼하게 계획을 세워 지속적인 사업이 되도록 노력해 많은 사람이 행복하고 보람된 삶을 살도록 하는 것이 목적이다. 어떤 회원들은 남편의 직위에 따라 조금 이질적인 면을 보이기도 했다.

그러나 유동적인 회원으로 구성된 모임이라 지속성을 가지기 위해서는 모든 사업을 공익화해야 한다는 생각을 했다. 양지회관은 여성 노동자들의 합숙과 직업 알림이 주된 건립 목적이었기에 대지 203평 연건평 275평 합숙 인원 200명 이상 수용할 수 있도록 설계했다. 또 연건평 70평 남짓한 2층 건물은 여성의 복지 및 자질

향상을 위해 부녀자들에게 기술지도 부업알선 교양강좌를 해야 한다. 그래서 여성의 고급 인력을 사회에 쓰임이 되도록 하고 삶의 질이 높아지도록 하는 데 쓰일 예정이다.

또한 1층은 지도실로 쓰고 2층은 강의실로 사용하도록 설계했다. 강의가 없는 날은 가난한 시민들이 결혼식이나 각종 행사로 활용하기도 하고 어린이들이나 청소년들이 도서실로 운영하면 알차게 이용할 수 있을 것이다. 나라가 자라도록 노력해야 한다. 나라의 앞날을 햇빛 속으로 밀어 넣어야 한다.

1964년 12월 25일

오늘은 회원들에게 앞으로 양지회를 이끌어가는 기본교육을 해야겠다고 생각하고 회원들을 모두 모이게 했다. 그리고 지켜야 할 기본 몇 가지를 말했다. '첫째 떠들썩하게 어울려 다니며 다른 사람에게 위화감을 조성하는 행동을 삼가고, 둘째 화려한 복장이나 장신구의 사용을 금하며 셋째 말씨나 태도에 각별하게 유의하면 항상 다른 사람들에게 모범이 되는 분들이 되었으면 좋겠고 넷째 손톱에 매니큐어를 칠하는 것은 삼가 주셨으면 합니다.

너무 심한 요구 같지만, 기본이 갖춰지지 않으면 아무리 뜻이 좋다고 하여도 성공하기 어렵다는 걸 여러분도 잘 알고 있을 겁니다.

우리 모두 그늘을 말리기 위해 자신을 희생하기로 결심했으니 제 말씀이 조금 과하더라도 이해해 주시면 고맙겠습니다.' 내 말에 모두 조용했다. 긍정하는 눈치여서 다행이었다. 지금은 나라의 관리직 부인들이 대부분이지만 앞으로 차차 군인 장성들 아내나 은행 간부 아내 기업체 간부들의 아내들을 모아서 나라를 따뜻하게 만드는 데 노력해야 한다.

1965년 1월 25일

우리 양지회가 펼칠 첫 사업은 극 빈곤자들에게 구호품을 전달하는 일이다. 오늘은 양지회 회원들과 함께 군 경호병원을 위문해 고생하는 사람들에게 선물을 주었다. 뜻밖이라는 듯 모두의 얼굴에 웃음꽃이 벙실벙실 피어올랐다. 웃음꽃을 한 다발씩 안고 모자원에 방문했다. 겨울에 입을 내의를 나눠주었다. 약소한 선물이지만 나라가 더 부강해 지면 더 좋은 선물을 해줄 수 있으리라 생각하며 돌아서는데 뒤통수가 당겼다.

너무 약소한 마음이었다. 힘든 여정이지만 회원들은 자부심을 느끼는 것 같아 나라의 장래가 봄날 배꽃처럼 환하게 밝아지리라. 배꽃처럼 하얗게 피어 나라를 환하게 비추는 날이 어서 오기를 기다린다. 밖에는 눈 내리는 냄새가 하얗게 콧속으로 날아 들어온다. 따뜻한 봄바람이 저 멀리서 달려올 준비를 하고 있는가 보다.

1965년 8월 25일

오늘은 회원들과 함께 경북 영일에 내려갔다. 날씨가 너무 더워 모두들 부채를 손에서 놓지 않는다. 나는 부채를 모두 가방에 집어넣으라고 했다. 태풍으로 가옥이 파괴되고 유실된 재해민들 앞에서 아무리 더워도 부채질은 무례한 것 같아서 회원들의 원망을 감수하고 말했다. 수해복구 보조비로 금일봉을 전달하고 왔다.

그러나 가슴이 아프다. 어서 빨리 복구가 되어야 할 텐데 나라가 가난해 복구를 다 해주지 못함에 가슴을 움켜잡고 저녁 생각도 없이 이렇게 책상에 앉아 있다. 수해민들의 처참한 모습도 부채를 못 부치게 한 것도 마음에 가시처럼 걸려 따끔따끔 온몸을 돌아다니며 찔러대고 있다.

1965년 9월 9일

오늘은 대구 육군 의무 센터 위문, 혜육원 애희원, 신생 보육원 등을 방문했다. 조금 무리한 일정들이지만 원아들을 위문한다는 일에 힘들어도 이들만큼 힘들까 싶어 강행군을 하고 왔다. 다리가 퉁퉁 부어 찬물에 담그니 조금 성을 가라앉히고 다리가 나를 빤히 쳐다보며 헤헤 웃는다. 다리야, 미안하다. 그러나 너보다 더욱 힘들고 어려운 이웃이라 어쩔 수 없었단다. 무겁게 성내지 말고 화 좀 풀어주렴. 낮에 보았던 사람들이 청와대까지 따라와 내 옆에 앉아서 자꾸만 말을 건다. 내 혈관이 파랗게 돋아오른다.

1965년 10월 10일

　오늘은 집안이 가난하지만 학업 성적이 우수한 학생들을 조사해 장학금을 지급하고 왔다. 북한이 전쟁만 안 일으켰어도 이 정도는 아닐 텐데. 하루빨리 어려워서 공부 못하는 어린이가 없어지길 기도한다. 밖에서 찬 바람이 스산하게 창문 틈으로 들어온다. 귀뚜리도 배가 고픈지 끊임없이 울면서 내게 무어라고 추파를 보내지만, 이 미련한 나는 인간이라 귀뚜리의 아픔이 무엇인지 모른다. '저 아파서 신음하는 이들의 고통이 지름길로 달려가 어서 성공이란 목적지에 도착해 행복꽃을 한 아름 안고 환하게 웃게 해주소서!' 손을 모으고 기도를 올렸다.

1965년 12월 12일

오늘은 어둠이 가득한 밤에 일어나 출발을 서둘렀다. 회원들을 데리고 부산과 제주를 다녀와야 하기에 일찍 서두른 것이다. 다행스럽게도 추위는 조금 덜한 것 같았다. 부산과 제주에 육군병원, 보육원, 모자원, 양로원 등을 두루 다니며 위문했다. 하나같이 쓸쓸함만 가슴에 품고 사는 사람들이다. 양지회 회원들이 고맙다. 힘들다는 불평 없이 늘 웃으며 따라주는 회원들이 있어 힘들고 고통받는 사람들이 잠시나마 희망을 품고 살아가게 되리라 생각한다. 이 또한 지나가리라. 그리고 우리나라 대한민국이 활짝 웃는 날이 다가오리라.

1965년 3월 11일

오늘은 회원들이 쉬는 날이다. 봉사에 쉬는 날이 없지만 그래도 가정사라는 것도 있어서 그렇게 하라고 했다. 그리고 나는 혼자 새벽에 서둘러 전남 강진으로 향했다. 봄 냄새가 산들산들 들어오는 강진에 내렸다. 강진 군수를 만나서 마을문고 설치 준비 기금을 전달하고 왔다. 많은 도움이야 되지 않겠지만 이 지역 주민들이 잘 활용하여 조금이라도 이 지역에 도움이 되었으면 좋겠다.

소백산맥 **15**

1965년 3월 13일

오늘은 회원들과 함께 화재 사고를 당한 경기여고를 방문했다. 화재민들에게 무슨 도움이 필요한지 알아볼 겸 들렀다. 화재에 관한 이야기를 듣고 화재 복구 보조비로 금일봉을 전달했다. 무슨 도움이 될까만 그래도 이렇게라도 위로하지 않으면 내가 견딜 수 없을 것 같아서다. 모두 조금만 조심했으면 저렇게 괴로움을 당하지 않을 텐데. 까맣게 탄 건물을 보면서 안타까움이 소낙비처럼 쏟아져 내렸다, 이 봄날에.

1966년 6월 6일

우리나라는 가난이라는 강물 위를 흔들면서 흔들리면서 헤엄치면서 건너고 있다. 그래도 다행인 것은 하루에 1g씩이라도 가난을 덜어내고 있다는 생각이 든다. 우리 모든 국민이 힘을 합해 가난이라는 흙탕물을 퍼내다 보면 머지않아 부자라는 샘물이 퐁알퐁알 샘솟아 나겠지. 그리고 모든 국민이 그 샘물을 마시며 갈증을 해결하리라 생각한다. 이제 활동 범위를 넓혀야겠다. 파월장병들의 사기를 북돋아 주고 그들을 위문하는 일로 범위를 넓혀 나가야겠다. 올해는 파월장병 가족 위문에 좀 더 적극적으로 신경을 써야겠다.

1966년 9월 9일

오늘은 회원들에게 말했다. '난민촌 주민들을 방문하거나 어디를 가더라도 정책적인 측면보다는 인간적인 면에서 불우한 이들을 도우려고 애써야 한다.' 말했다. 나는 장충동 의장공관 시절부터 음으로 양으로 많은 사람을 도와주고 싶었지만 내가 사는 것이 어려워 그러지 못했다. 그러나 양지회가 발족한 후로는 난민 개개인에 대한 도움보다는 난민들에게 고루 혜택이 가는 방안을 모색하려 애쓴다. 단순한 도움보다는 함께 자립할 수 있는 터전을 마련해 주는 것이 더 중요하다는 생각이 든다.

고통의 그늘을 조금이라도 더 잘라 버려야 한다. 그늘 평수를 팔 수 있다면 헐값에라도 팔아버리면 얼마나 좋을까? 그래, 햇볕에게 모든 그늘을 팔아야겠다.

1966년 11월 11일

나는 도움도 중요하지만, 국민이 함께 힘을 모아 자립할 수 있는 길을 모색해야 한다고 생각했다. 그 첫 번째 할 일이 '양지 무료 진료소' 설립이다. 의료 혜택을 받지 못하는 소외된 국민을 위하여 하루 빨리 이루어져야 할 일이다. 일요일을 제외한 엿새 동안 양지

회원들이 발 벗고 나서야 한다. 양지 회원들 세 사람이 한 조가 되어 순번으로 시립병원의 후원을 받아 봉사하도록 하면 된다.

시립병원에서 구급차를 타고 의사와 간호사가 진료소로 나오면 양지회 회원들이 약품을 가지고 나가 의사들과 함께 난민들의 병을 치료해 주면 된다. 양지회에서는 일반 사람들이 미처 생각지 못한 일이나 직접 하기를 꺼리는 일들을 솔선수범함으로써 타의 모범이 되도록 노력해야만 한다고 회원들에게 말했다. 모두 고개를 끄덕여 주어서 고맙다. 오늘은 그들이 더욱 믿음직하고 더욱 고마웠다.

1966년 12월 9일

우리나라 사람들은 전통적으로 헌혈하는 것을 부정적으로 생각하는 고정관념을 지니고 있다. 어쩌면 지금 나라가 가난한 시대이기에 더욱더 그런 풍조가 만연한 것 같다. 배고픈 시대에 내 몸에서 피를 빼는 헌혈이라는 것이 소모적으로 여기는 건 어쩌면 당연한지도 모를 일이다. 그렇기에 적십자에서는 해마다 매스컴을 통해 헌혈 캠페인을 전개한다.

그렇지만 호응도는 항상 저조한 모양이다. 하여 사회적으로 위급환자에게 공급할 혈액은 절대적으로 부족해 환자 치료에 어려움이 많다고 하니 이를 어찌해야 하나 생각이 든다. 선진국에서는 혈액을 무료로 내놓고, 헌혈 운동이 잘되고 있는데 돈을 주고 피를 사고파는 행위는 비인도적인 처사다. 그렇담 내가 먼저 앞장서야겠다.

정부 고관들의 부인으로 구성된 양지회원들을 데리고 채혈에 앞장서야겠다. 그들이 국민을 위해 기쁜 마음으로 나서주기를 간절하게 기도한다. '몰랐다거나 당연한 것으로 생각하고 무관심으로 방치하지 않게 하소서!'

1966년 12월 10일

오늘 아침은 다른 날보다 마음이 무겁다. 양지회 회원들이 대답은 했지만, 막상 현장에서 아무렇지도 않게 헌혈을 해줄 것인지! 그렇지만 나는 그 속마음을 내색하지 못하고 가슴 서랍에 넣어 잠가두고 양지회원들을 데리고 수혈을 하러 갔다. 내가 먼저 중앙혈액원장 전재수 박사에게 헌혈하겠다고 팔을 내밀었다. 전재수 박사는 말했다. '영부인께서는 몸이 너무 쇠약해 240cc의 수혈은 위험합니다' 하고 말했다.

나는 괜찮다고 하고 수혈을 감행했다. 내가 먼저 하고 나니 양지회원들이 모두 팔을 걷어붙이고 헌혈을 했다. 그리고 그들의 그 피 같은 피는 내 뜻대로 시립아동병원으로 보내졌다. 당연히 어린아이들을 위해 어른이 해야 할 일이지만 회원들에게 고맙기도 하고 미안하기도 했다. 회원들에게 말했다. '여러분의 용감하고 자애로운 마음이 어린이들에게는 생명이 되고 희망이 될 것입니다. 고맙습니다.' 모두 뿌듯한 생각을 하는지 아깝다는 생각을 하는지 별말이 없었지만, 헌혈을 했으니 고맙기만 한 하루다.

1966년 12월 28일

당연한 일이 매스컴에 알려졌다. 나는 쑥스럽기만 한데 생각 외로 좋은 일이 되었다. 양지회 회원들의 헌혈이 방송에 흘러나왔다. 그동안 일부 학생들에게만 국한되어 시행하던 헌혈이었다. 그러나 이 방송이 전 국민이 참여하는 범국민적 헌혈의 기틀을 만드는 일이 되었으면 좋겠다는 생각이 든다. 강자는 늘 약자를 도와야 하는 것이 세상이다. 참으로 기뻤다. 방송에서 이렇게 죽어가는 사람을 살릴 수 있는 일이 홍보되니 아직 시행되지도 않은 일이 마치 죽은 사람을 살리기라도 한 듯 춤이라도 추고 싶을 만큼 기쁘다.

1968년 1월 1일

나는 양지회 회원들과 함께 전국 진료소를 두루 다니며 부스럼이 심한 아이들 머리에 약을 발라주고 추위에 제대로 영양 섭취를 못 해 감기에 침범당해 콜록거리는 사람들에게 약을 먹이며 위로해 주었다. 또한, 일하다 다친 노동자들의 상처에 약을 바르고 붕대를 감아주기도 했다.

양지회 회원들의 봉사활동이 계속되는 동안 난민들에게는 일종의 신앙 비슷한 것이 번지는 느낌이 들었다. 똑같은 종류의 약인데도 약국에서 사는 것보다는 우리 양지 진료소에서 나눠주는 약이 더 효과가 좋다고 믿는 사람이 늘어났다. 그 소문은 확장되어 양지 진료소 약을 먹어야 병이 낫는다는 말까지 나돌게 되는 낭패가 일어났다. 그것 또한 양지회 회원이 이겨내야 할 일이었다. 환자들이 이렇게 마음이라도 위로를 받는다면 못할 것도 없다 싶었다.

그런데 문제는 자신의 돈으로 약을 넉넉히 구할 수 있는 사람들까지도 양지 진료소의 약을 구하기 위해 애를 쓰는 기현상까지 벌어졌다. 양지회는 진료소를 운영하며 사람들에게 약을 나눠 주었다. 그러나 치료가 불가피한 중병 환자는 시립병원에 입원할 수 있도록 알선해 주는 일도 함께 하지 않으면 안 되었다. 나는 양지회 사업을 통해 두 가지 의미를 생각했다. 하나는 질병에 고통받는 난민들에 대한 무료봉사였다. 그리고 또 다른 하나는 양지회원들이

난민촌 주민들과 허물없는 소통을 하면서 난민들의 각박한 생활상
을 바로 들여다보고 문제점들을 파악해 정책 고위직에 있는 남편
들에게 문제점을 해소할 수 있도록 조언자들이 되게 하기 위함이
었다.

1968년 12월 1일

　내 계획대로 일이 잘되어가서 기쁘다. 난민촌에 공중전화가 절실
하게 필요하다는 실정을 파악한 체신부장관 부인이 남편에게 건의
해 난민촌에 전화를 가설하게 되었다. 또 난민촌에 위생 시설이 미
비하다는 실정을 파악한 보사부 장관 부인은 남편에게 이야기하
여 위생 시설을 보완하여 주었다. 또 무료 진료소도 설치해 주었
다. 그리고 난민촌 부녀사업장을 설치해 준 일이다.

　나는 난민촌 부녀자 중 사람됨이 성실하고 활동적인 사람을 뽑
아 그를 중심으로 가내수공업, 보세 가공 등의 기술을 습득하도록
했다. 진료소 옆에 사업장을 마련해 주고 홀치기, 유도복 만들기
등을 알선해 주어 이들로 하여금 생계에 도움이 되는 적극적인 길
을 마련해 주니 너무 좋아한다. 이런 방식으로 틀을 잡아나가고자
했던 대로 되니 양지회 회원들의 어려운 이웃을 향한 마음이 대한
민국을 훈훈하게 덥히는 연료가 되어주는 것 같아 기분이 좋았다.

양지회 회원들이 추위도 더위도 밀어내며 어려운 사람들의 말에 귀를 기울여 주는 모습이 고맙게 여겨졌다.

1969년 4월 5일

　여기저기 틈나는 대로 꽃을 심어왔지만, 사람이 먼저인지라 꽃을 심는 일에 조금 소홀했다. 그래서 오늘은 양지회원들과 함께 중앙청과 세종로 녹지대에 팬지와 데이지 꽃을 심는 일을 했다. 봄바람이 달려와 이들을 돌보고 가꾸어 주리라. 봄바람이 파랗게 숨을 할딱이며 달려온다. 봄 햇살도 질세라 곱디고운 한복을 차려입고 양지회 회원들 앞에 나타나 아롱아롱 웃고 있다.

　꽃의 몸으로 태어난 이 이름들은 얼마나 행복할까? 허공을 흔들면서 노랑 하양 분홍 눈빛으로 오가는 사람들을 유혹하겠지. 우리에게 희망을 방긋방긋 날라주며 밤낮으로 이 길거리를 비춰주겠지. 손에 손에 호미를 들고 꽃을 심는 양지회 회원들 모두가 꽃처럼 곱고 아름답게 보이는 날이었다.

희대미문(稀代未聞)의 영웅

28

1970년 1월 지출지

청와대에 매달 20만 원의 특활비가 책정됐다. 이 특활비를 어디에 써야 할까? 그래 불우한 이웃을 위해 쓰자. 가난한 학생의 학비, 병든 환자의 치료비 그리고 소외된 이웃을 돕는 데 써야겠다. 그래, 국민의 피 같은 돈이니 값지게 쓰자.

남대문 구모씨 백혈병 치료비: 2만 원

경주 진모양 학비: 3만 원

전주 화재 피해 가정 긴급 지원: 3만 원

익산 한센병 환자 자녀 교육비: 3만 원

대구 공장 화재 부상자 치료비: 5만 원

제주 고학생 학비: 3만 원

남해 독거 할머니 치료비: 3만 원

거제 장애 가정 연탄값: 5만 원

　돈을 전달할 때 절대 새 지폐를 사용하지 말아야 한다. 반드시 은행에서 헌 지폐로 바꿔서 주어야 한다. 그래야 받는 이의 마음이 불편하지 않을 것이니까. 그런데 이달에도 또 남편의 월급을 축내야 한다. 매달 이렇게 적자 생활이지만 당장 처한 어려움을 외면할 수는 없다. 내 어릴 때부터 마음 착한 교동집 작은 아씨로 이름이 나 있었으니 부모님께 욕 먹이는 일을 해서는 안 된다. 아버지께서도 늘 어려운 이웃들을 보살피셨다. 나도 긴급하게 도움이 필요한 국민에게 도움을 줘야 한다.

　더군다나 나는 온 국민의 어머니다. 국민의 아픔을 어루만지고 치유해주어야 한다. 다행스럽게도 아이들이 많은 투정을 하지는 않는다. 남편은 전기면도기를 제외하고는 모두 국산을 쓴다. 오늘 아침에는 넥타이를 매다가 매듭이 풀리자 '어허 이거 하나 안 풀리게 못 하나? 임자 상공부에 안 풀리는 넥타이를 개발하라고 지시해야겠소.' 했다. 나는 '예, 그러면 좋은 넥타이가 곧 우리나라에서도 만들어지겠네요.' 했다.

내가 남편을 다행이라고 생각하는 건 우리 가족들의 측근 비리를 용납하지 않겠다고 모두 모아서 선언했다. '나라를 위해 일하는 사람은 주위가 모두 청렴해야 한다. 만일 내 측근에서 부정부패가 발견되는 날에는 절대로 용납하지 않을 것이니 모두 나를 도와 있는 사람은 불우한 이웃을 돕고 없어서 굶더라도 한 푼도 남에게 구걸해서도 안 될 것이니 끼니가 없으면 나한테 직접 오면 내가 굶더라도 먹을 것을 주겠다.'고 단단히 대못을 박았다. 나는 다행이라는 생각에 한숨을 내쉬었다.

1970년 2월 1일

자주(自主)국방을 집념 있게 추진하는 남편이 출장을 갔다. 대전 유성의 만년장 호텔을 애용한다고 했다. 무기 개발 연구소가 있는 대전을 자주 찾고 그때마다 이 호텔을 이용한다고 했다. 대통령 전용실 곁엔 부속실이 있기는 하지만 건강이 걱정이다. 밤이면 책을 손에 들고 사시니 그것도 걱정이고 양말 같은 걸 손수 빨아서 신는다고 고집을 피우시니 그것도 걱정이다. 그건 아마도 양말이 떨어져서 몇 번 기워준 것을 경호원이 볼까 봐 그런 것 같다.

그러나 무엇이든 경호원 손보다 자신이 할 수 있는 것이면 홀로한다는 소문이 믿음직스럽기도 하지만 걱정도 된다. 그나마 다행스러운 것은 너무나 서민적이고 소탈하셔서 모든 사람을 아끼고 자신처럼 사랑한다는 것에 참 기쁘다. 다른 사람에게는 봄바람처럼 따뜻하고 자신에게는 가을 서리처럼 대하고 일을 할 때는 탱크처럼 밀어붙이는 남편은 천상 태어날 때부터 대통령 자질을 가지고 태어난 것 같다.

그렇더라도 양말을 안 신고 나가서 일을 보시지는 말아야 할 텐데, 무슨 일이 있으면 밥을 안 먹고 일하는 건 다반사고 추위에 양말도 안 신고 뛰어나가는 버릇이 있으니 객지에서는 걱정이 된다. 남편은 양말을 안 신으면 감기에 걸리는데….

1970년 2월 5일

기어이 걱정하는 일이 발생했다. 남편이 감기몸살에 걸려왔다. 3일 동안 하루 두 시간밖에 못 자고 회의하고 일했단다. 아침마다 그 여러 개 신문을 다 읽어야 하지 책도 읽어야 하지 도무지 몸이 어떻게 몸살이 안 나겠는가? 하긴 나라를 잘 살게 하려면 어쩔 수 없지. 그렇지만 몸이 건강해야 나라도 건강하게 만들 거 아닌가! 약도 잘 안 먹으려 하니 꿀물을 진하게 타서 드렸다. 낮에 읽은 편지가 자꾸 마음을 괴롭힌다.

이 추위에 '불이 나서 부모님이 돌아가시고 할머니와 월세방이라도 구해야 하는데 보증금이 없어요. 육영수 영부인님 도와주세요. 할머니도 몹시 아프세요. 병원에 갈 돈이 없어요. 구화재 올림' 조금 일찍만 읽었어도 오늘 찾아갈 텐데 이 밤중에 갈 수도 없고 내일 날이 밝는 대로 찾아가 봐야겠다. 밤새 어디서 떨고 있는지? 이래저래 오늘 밤도 잠은 도둑맞을 것 같다.

1970년 3월 5일

　우리는 부창부수다. 나라와 국민을 걱정하는 마음은 같아서라는 생각이다. 어느 날 보니 청와대에서 일제 식기를 쓰고 있는 것이 눈에 들어왔다. 남편에게 말했다. '여보! 우리나라에서도 국산 도자기를 생산하라고 해보시지요. 언제까지 외국 도자기에 의존해요. 그러면 외화도 아끼고 우리 국민이 잘살 수 있는 기반도 되고요.' 나의 말에 남편은 '그렇겠네. 어찌 임자가 그런 생각을 다 했소?' 하고 국산 식기를 개발하라고 지시했다고 했다.

　남편의 지시로 한국도자기는 개발에 성공했다. 어느 날 한국도자기 홍보팀장 이홍보 실장이 한국에서 만든 한국도자기를 청와대로 가지고 왔다. 내가 하얀 국산도자기 개발이 신나서 웃자 남편도 뽀얀 치아를 내보이며 환하게 웃었다. 남편의 웃음에서 치자꽃 향기가 뽀얗게 날아 나와 청와대 뜰을 날아다녔다.

남편은 한국도자기를 이리저리 만져보고는 감탄했다. '우리나라 국민은 참으로 대단하오! 어찌 이 짧은 시간에 이렇게 훌륭한 그릇을 만들었단 말이오? 전 세계 해외공관에도 이 한국도자기를 사용하도록 하시오. 자랑스럽지 않소, 우리의 기술로 만든 이 장인정신이.' 그렇게 한국도자기는 태어나서 국산 그릇으로 톡톡히 자리매김했다. 나는 우리나라 국민은 참으로 대단하다는 생각을 했다.

1970년 8월 9일

남편의 집무실에 있던 파리채가 너덜거린다. 우리가 사는 본관 2층이나 집무실이나 에어컨을 놓지 말자고 한 내 잘못인가? 전기를 아껴야 하기에 선풍기로 견디자고 가난한 나라에 대통령이 에어컨을 틀 수는 없다고 말했고, 남편도 같은 생각이었다. 남편은 웬만한 더위에는 선풍기도 돌리지 않는다. 집에서는 내가 못 돌리게 하지만 집무실에서도 돌리지 않는 남편이 안쓰럽기도 했다.

한여름 열기가 닥치면 남편은 창문을 열었다. 창문을 열어 더위를 식히니 파리가 날아 들어온다. 신나게 날아다니는 파리를 파리채를 휘둘러 잡았다. 종일 뜨거운 햇볕은 에어컨으로 쫓아내지 않는 걸 아는지 더욱 극성을 부렸다. 땀이 많은 남편은 땀을 뻘뻘 흘리면서도 선풍기를 잘 돌리지 않았다.

어느 날 비서관이 말했다. '육영수 여사님 대통령 각하께서 선풍기를 틀지 않으시니 저희가 더워서 일을 못 하겠습니다. 왜 선풍기 틀고 일하시지 그래요?' 하고 말했다. '대통령께서 선풍기를 안 트시는데 저희가 선풍기를 돌릴 수는 없잖습니까? 땀이 흘러서 일을 할 수가 없다구요.' 나는 얼마나 더우면 저럴까 싶어 저녁에 남편에게 말했다. '여보, 날씨가 이렇게 더운데 선풍기를 틀고 일하시지 왜 선풍기를 안 틀고 일하세요?' 했다.

남편은 '임자, 이 땡볕에 농촌 사람들은 땡볕에서 일하기도 하는데 그늘에 앉아서 내가 선풍기를 틀고 일한다는 건 부끄러운 일이 아니오. 지금, 이 불볕더위에도 농부들은 밀짚모자 하나 쓰고 논밭에서 땀을 비 오듯 쏟으며 일하는데 대통령인 나는 그늘에 앉아서 일하는 것도 미안한데 선풍기까지 돌릴 염치없는 짓은 못 하겠구려.' 하고 말했다. 나는 입을 다물고 말았다.

미안해요. 여보! 한마디도 못 했다. 너무나 부끄러운 생각이 들어서. 다행스러운 것은 아이들이 덥다고 선풍기를 돌리자고 하지 않는다. 남편을 닮아서 착하고 어린 나이에도 마음이 너그러운 아이들이 고맙다.

1970년 8월 15일

남편은 '여보, 밥에 꼭 보리를 절반 넘게 섞어서 먹어야 하오.'라고 말했다. '국민도 혼식하는데 우리가 쌀밥을 먹어서는 안 된다는 건 당신도 잘 알고 있을 것이오.' 하고 말했다. 그리고 아이들에게도 '애들아 밥을 배가 부르도록 먹지 말고 배가 고프지 않을 정도만 먹어야 건강에 좋단다.' 하고 말한다. 그 교육에는 나도 동감이다. 다행스럽게도 아이들이 우리 말에 고분고분 따라 주었다. 규칙처럼 잘 따라주는 아이들이 고맙기만 하다.

특별한 행사가 없으면 청와대의 의전수석 비서실장 보좌관 등 본관 식구들은 점심을 멸칫국물에 만 기계 국수를 먹었다. 어쩔 수 없었다. 나라 형편이 정부 관료들이 맛있는 걸 배부르게 먹을 형편이 아니라는 남편의 생각이었다. 모두 불평불만 없이 국수로 점심을 먹어주는 관료들이 고마웠다. 미안한 마음에 달걀도 몇 개 풀어서 챙겨주었다.

1970년 9월 15일

남편이 대통령인 게 이 나라는 복이 아닌가 싶다. 오늘은 비서들을 데리고 지방을 다녀온 날이다. 청와대에 도착하자 두 비서관에게 저녁 식사를 만두를 빚어서 주었다. 비서관이 말했다. '육영수 여사님, 대통령께서 오늘 헬기 안에서 여기저기 우뚝 숫은 아파트 단지, 아름다운 농촌 주택, 크고 작은 공장들과 대규모 다목적댐 방조제, 그리고 간척지 등을 내려다보시면서 마치 대통령의 아파트 나 집 공장이 늘어나는 것처럼 기뻐하셨습니다.

그러면서 저녁 좀 사 달라고 했더니 집에 가서 먹자고 하시기에 맛있는 거 해 주시려나 하고 기대를 했습니다. 그런데 저녁 역시 만두군요. 이제 식사 정도는 쌀밥을 먹어도 되지 않습니까?' 했다. 내게 물은 말을 남편이 가로채면서 비서관에게 말했다. '나라의 경 제와 살림살이가 잘 되는 것만 봐도 배가 부르지 않소? 이렇게 성 장하고 있는데 좀 못 먹어도 배가 부르지.

이 성장해가는 모습이 얼마나 기쁘고 감격스럽소. 거, 너무 잘 먹으려고 하지 마시오. 내 이다음에 우리 국민이 모두 잘살면 여러 분도 잘 먹을 수 있도록 해 주리니 열심히 뛰어 국민이 어서 잘 살 게 해 주시오.' 하니 모두 아무 말도 하지 않고 만두를 먹는다. 만 두를 먹고 나서 오늘은 또 무슨 이야기가 있으려나 했더니 '여러분 우리 모두 솔선해서 국산품을 애용해야 하오. 일상용품을 우리 모 두가 솔선수범해야 하오.' 하자 모두 들었는지 못 들었는지 조용하 자 대통령은 '내 말 듣고 있소?' 하고 다시 묻는다.

'대통령 각하, 국산이라도 제대로 써보기나 하면 좋겠습니다. 거 의 무보수 수준인데 외제를 사라고 하셔도 못 삽니다. 그리고 청와대에서 대통령께서도 국산을 쓰시는데 저희가 어떻게 외제를 쓰겠습니까?' 하자 '그래 정신이 똑바로 박혔구먼. 신발도 웬만하면 구두창을 갈아서 신고 허리띠를 졸라매야 국민도 힘을 합해 나라가 빨리 발전할 거요.' 했다. 남편의 말이 참으로 믿음직스럽고 존경스러웠다.

1970년 9월 20일

오늘은 포도주 생산국 출신으로 국내에 살고 있는 외국인 신부와 수녀를 청와대로 초청해 시음회를 했다. 국산상표라는 것을 숨기고 외국산 일류 포도주와 비교해 보도록 한 것이다. 그들은 '백마주앙은 세계 일류에 비교해 전혀 손색이 없습니다. 그러나 적마주앙은 맛이 조금 떨어지는 것 같습니다. 하고 품평을 했다. 남편은 국빈을 접대할 때 국산 백마주앙을 대접해야겠다면서 어깨를 으쓱했다. 그리고 한식을 접대할 때는 적포도주가 맛이 떨어지니 적포도주 대신 경주법주를 대접해야겠다고 했다. 특별보좌관 단과 청와대식당에서 회식할 때는 원당에서 가져온 막걸리를 즐겼는데 남편에게 막걸리는 술 이상의 의미를 부여하고 있었다. 농촌에서 자란 남편은 막걸리가 단순한 술이 아니라 농촌에서 일할 때 허기를 달래주는 음식이라는 것을 잘 알고 있었다. 농촌을 잊지 못하는 남편은 그 어릴 때 기억 때문에 막걸리를 놓을 수 없었던 모양이다.

오늘은 남편이 막걸리가 좀 과한 것 같다. 러닝셔츠를 입은 채로 엎드렸는데 러닝셔츠가 너무 낡아 너덜거리고 좀이 슨 것처럼 떨어져 있었다. 군데군데 벌레가 갉아먹은 나뭇잎 구멍처럼 보였다. 허리띠를 풀려고 보니 가죽이 떨어져 따로 놀고 구멍은 축 늘어나 볼펜 자루가 드나들 정도다. 내가 너무 과한 걸까?

그러나 어쩌랴! 나라가 이렇게 가난하니 대통령은 국민보다 더 잘 입고 더 잘 먹으면 안 된다는 것이 남편의 철칙이니 말이다. 우리는 욕실 변기 물통에도 벽돌을 넣어두고 쓰고 컵도 실금이 가고 이가 빠진 것을 보물처럼 쓰고 있다.

1970년 11월 9일

아무리 아껴 써도 모자란다. 우리 아이들 학용품을 아껴 쓰게 해야 한다. 아침부터 아들이 투덜거린다. 양말을 기워줬는데 또 발가락이 나온다고 짜증을 부린다. '엄마, 아버지가 대통령인데 양말이 이게 뭐예요? 우리 반에서 내가 제일 가난해. 교복을 이렇게 밑단을 덧대 입는 사람은 저밖에 없어요.' 육영수 여사가 할 말을 잃고 있을 때 근혜가 동생을 데리고 방으로 들어가 앉혀놓고 어른스럽게 말했다.

'지만아, 아버지가 대통령이기에 우리가 더욱 아끼고 절약해야
해, 누나는 몽당연필도 볼펜에 끼워서 썼고, 양말은 수도 없이 기
워 신었고 겨울 내의는 중학교 때 입던 내의를 고등학교 때도 입었
어. 작아서 내의가 아니라 반소매와 반바지 같았어. 그래서 누나도
엄마한테 짜증을 내고 울었는데 어느 날 엄마가 행사에 가시려고
갈아입으시는 속치마를 보았지. 하도 깁고 또 기워서 나는 기운
자국이 무늬인 줄 알았다.

손가락으로 세어봤더니 27군데나 기웠더라. 그리고 아버지 구두
는 낡아서 껍질이 다 벗겨졌어. 허리띠는 구멍이 늘어나서 내가 연
필을 끼워봤더니 들어가더라. 아버지도 너덜거려서 떨어진 바지를
엄마가 재봉틀로 박아서 입고 다니셔. 그런데 누나가 투정을 할 수
없어서 사춘기 때 잠깐 아버지가 대통령인 게 싫다고도 했어. 그런
데 커서 보니 아버지 어머니께서 왜 그러셨는지 이해가 되더라.

너도 조금만 더 크면 부모님이 존경스럽고 훌륭한 분이란 생각
을 하게 될 거야. 지금은 짜증스럽고 부모님이 원망스럽겠지만 니
가 조금만 더 크면 자랑스럽다는 생각이 들 거야. 알았지 지만아!
우리 부모님을 위해 조금만 더 참고 부모님을 기쁘게 해드리자.'

나는 문밖에서 잘 자라준 근혜가 고마워 가슴이 울컥했다.

소백산맥 ⑮

1970년 12월 12일

매일 100여 통씩 편지가 온다. 그러나 얼마나 답답하면 편지를 보낼까 싶어 한 통도 빼지 않고 모두 읽고 지원 방법을 찾아보아야 한다. 그런데 왜 이 편지들이 남편 앞으로 오는 것이 아니라 내 앞으로 올까? 아하 그래 남편은 바깥일에 바쁜 걸 국민이 알기 때문이야. 그런데 나는 많이 서툴다. 어느 소년 가장에게 도움을 주니 거절했다. 마음을 다쳤을 것이다. 방법을 달리해야겠다.

근혜에게 도움을 청했다. 근혜가 어느새 많이 컸다. 근혜는 '엄마, 그 아이가 자존심이 상했을 수도 있으니 그의 지인을 찾아가서 장학금이란 명분을 만들어서 주면 좋을 것 같아요.' 했다. 언제 저렇게 컸는지 기특하다.

그래, 도움을 주되 상처는 주지 말아야지. 조심스럽게 마음 다치지 않게 주는 방법을 찾아서 주어야 함을 딸에게서 배웠다. 한센병 환자들에게도 각별한 관심은 가져야 하지만 마음 다치지 않게 조심을 해야 한다.

1970년 12월 30일

오늘은 전남 나주와 전북 익산의 나환자촌을 직접 방문했다. 이 추위에 얼마나 외롭고 쓸쓸할까? 생각했는데 역시 억장이 무너져 주책없이 자꾸 눈물이 나와 그들의 자존심을 다치게 할까 두려웠다. 이제 방법을 바꾸기로 생각했다. 몇 번은 찾아가고 몇 번은 초록동 한센병 환자 자녀들을 청와대에 초청해 다과를 대접하고 희망을 주어야겠다. 그들 앞에서 주책없이 흐르는 눈물에 그들이 젖기라도 하면 안 하느니만 못한 것을.

이것 역시 근혜의 생각이다. 큰딸이 살림 밑천이라더니 딸의 조언이 든든하다. 특히 젊은 세대들에게 어떻게 대해야 할지 딸은 너무도 조곤조곤 자기들의 세상을 말해준다.

오늘은 한센병 환자의 딸이 대학 진학을 포기한다고 한다. 가슴이 아팠다. 일단 입학금을 지원해줄 방법을 근혜에게 묻자 근혜는 '어머니, 학교 측에 이야기해서 장학생으로 지원을 해 주면 되지 않을까요?' 했다.

그래, 모 대학에 장학생으로 한센병을 앓고 있는 딸이 진학하도록 조처를 해야겠다. 그리고 장차 이 학생이 졸업할 방법을 찾아야겠다.

1971년 새해가 아침 문을 열어젖히다

남편이 대통령이 되고 나자 국민을 위해 무엇을 해야 하는지를 끊임없이 생각했다. 나는 소록도 한센병 환자를 찾아갔다. 그들을 보고 돌아와 며칠을 밥을 못 먹을 정도로 가슴 아팠고 그러던 차에 방송 진행자 봉두완 씨를 통해 한센병 환자들의 복지와 치료에 온 힘을 다해 달라고 했다. 대중탕에 갈 수 없는 나환자들을 위해 공중목욕탕도 지어주자고 했다. 나는 한센병 환자인 한하운의 보리피리 시를 읽고 한없이 울었다.

오늘은 음성나환자 정착촌에 갔다가 전라남도 나주에 정착촌 호예원과 현애원에 씨돼지 30마리를 나누어 주면서 정착촌 주민들을 찾아 위로를 건넸다. 이까짓 것이 이들에게 큰 위로야 되지 않겠지만 희망이라도 생기길 간절하게 바라는 마음으로 방문했다. 나환자들과 손을 잡고 격려를 하자 이들은 눈물을 보였다.

그리고 환자들이 말했다. '저희는 세상으로부터 버림받았다고 생각하며 좌절 속에서 살았는데 육영수 여사님, 아니 나라의 어머니께서 이렇게 우리를 사람으로 대해주시며 숭고한 사랑을 주시고 삶의 의지를 북돋워 주셔서 고맙습니다.' 하며 울었다. '아닙니다. 여러분 몸이 아픈 건 장애가 아닙니다. 다른 사람과 달리 조금 불편할 뿐입니다. 우리나라 경제가 좋아지면 여러분 병도 고칠 수 있을 것이니 희망을 품고 열심히 살아가십시오. 여러분에게 해드릴 수 있는 것이 고작 악수밖에 없음에 가슴이 아플 뿐입니다. 미안합니다. 힘을 내시고 조금만 참고 기다려 주십시오. 하루빨리 여러

분들께서 잘살 수 있는 날이 오도록 노력하겠습니다.'

　그렇게밖에 그들을 도울 수 없는 어쩔 수 없는 상황이 너무나 가슴 아팠다. 내 말에 환자들은 울었다. 없는 손으로 눈물을 훔치는 모습에 또 가슴이 아리고 쓰라리고 찢기는 것 같아 그들의 울음에 나는 피눈물이 흘렀다. 그러나 그들에게 허락된 시간도 잠시 또 서울로 돌아와야만 했다. 헬기에 오르는데 옆에 함께 한 사람들에게 미안했다. 그들도 모두 환자들과 함께 울어 눈이 퉁퉁 부어 있었다.

　남편의 배려로 헬기를 타고 갔다 오면서 식사는 청와대에서 준비해간 도시락으로 간단하게 때웠다. 함께 한 사람들에게 미안했지만, 육신이라도 멀쩡하니 아픈 그들의 고통에 비하면 아무것도 아니라고 미안함을 대신했다. 그러나 이렇게 위로를 할 수밖에 어쩔 수 없음에 이것 또한 마음이 아팠다.

　양지회 총무와 이호철 소설가, 한하운 시인이 함께 헬기를 타고 왔다. 돌아오는 길 헬기 안에서 나는 후식으로 귤과 과자를 나누어 주었다. 무심코 귤을 나누어 주다가 나는 마음이 얼어붙어 주춤했다. 면도날 같은 칼날이 내 가슴을 쓰윽, 베고 지나갔다. 한하운 시인이 나병을 앓아서 손가락이 오그라들어 부자연스러운 것이 눈에 들어왔다. 베인 가슴이 쓰라렸다.

다시 귤껍질을 벗기고 귤 알맹이만 먹기 좋게 쪽을 내어 접시에 담아 한하운 시인에게 건네주었다. 당연한 이 일에 한하운 시인은 감

격하면서 또 눈물을 흘렸다. 나는 너무 먹먹해 눈물조차 나오지
않았다. 누가 저 착하고 순한 사람에게 저렇게 천형 같은 형벌을
주었을까?

16권으로 계속